Magali Ségura est née en 1972. Elle a été découverte avec son premier texte, *Contre la fatalité*, une nouvelle nominée au **Grand Prix de l'Imaginaire** et récompensée par le **Prix Bob Morane Imaginaire 2000**. Confirmation de son talent, son cycle de *Leïlan*, délicieuse rencontre entre *Robin des bois* et l'esprit des contes de fée, a comblé les amateurs de merveilleux et de cape et d'épée.

Du même auteur aux éditions Bragelonne :

Leïlan – L'intégrale de la trilogie (2007)

www.milady.fr

Magali Ségura

Les Yeux de Leïlan

Leïlan – tome 1

Bragelonne

Milady est un label des éditions Bragelonne

Cet ouvrage a été originellement publié en France par Bragelonne.

Illustration de couverture :
Miguel Coimbra

Carte :
Michaël D'Auria

ISBN : 978-2-8112-0059-6

Bragelonne – Milady
35, rue de la Bienfaisance – 75008 Paris

E-mail : info@milady.fr
Site Internet : http://www.milady.fr

Je dédie ce roman à ma mère, pour toutes les histoires abracadabrantes qui ont accompagné mon enfance et construit mon imaginaire.

Mais je n'oublie pas :

Stéphane, pour ce rêve et tous ceux qui rendent sa tête désordonnée,
Barbara, pour sa persévérance, sa gentillesse et sa complicité,
Marianne, Micky et Sandrine qui m'ont follement poussée dans cette aventure,
Mike dont les caricatures d'Axel, de Nis et de Jerry me font toujours rire,
Anne et « notre » Seb dont les mails m'ont été des plus précieux,
Fabrice que Nis, Erwan et Sten ne remercieront jamais assez,
Et Charles pour… Charles et sa patience sans égale.

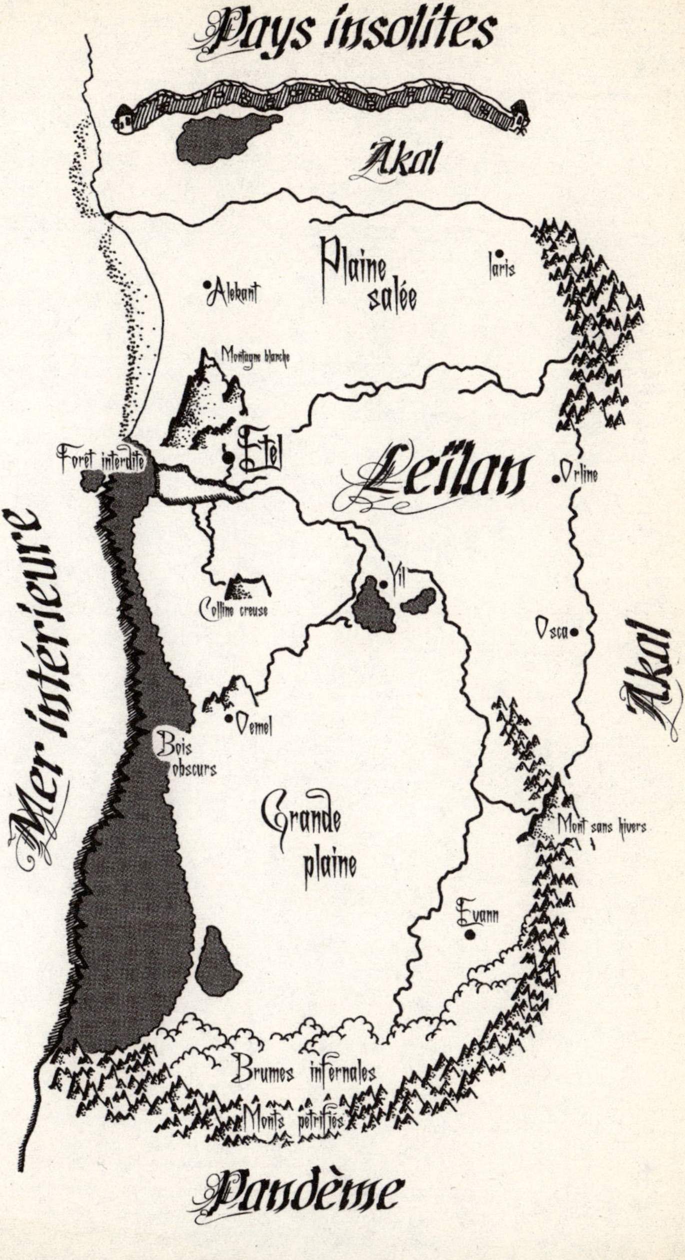
Pays insolites
Akal
Plaine salée
Alekant
Iaris
Montagne blanche
Forêt interdite
Etel
Leïlan
Orline
Mer intérieure
Yil
Colline creuse
Osca
Akal
Oemel
Bois obscurs
Grande plaine
Mont sans hivers
Evann
Brumes infernales
Monts pétrifiés
Pandème

Première partie

Le Masque

L'enfant s'assit au soleil, sur l'épais chaume d'un toit. Le ciel à perte de vue lui procurait toute la tranquillité qu'il recherchait depuis trois jours. De la poche arrière de son pantalon râpé, il sortit un petit livre, mou, fermé par un lien tressé. La couverture de cuir brun était de bonne facture ; peu de mains curieuses l'avaient consulté. Les lettres d'or, les ornements étoilés chargés d'enluminures, si délicatement reproduites par le copiste, laissaient imaginer que l'original était somptueux, et vieux de plusieurs siècles.

Le petit garçon était impressionné malgré lui, il hésitait encore à l'ouvrir. Peur de découvrir un secret effrayant... Peur de ne pas ressentir toute l'émotion qu'il espérait... Il se rappelait le regard lointain et soucieux de sa mère quand elle lisait ce livre. Avait-il bien fait de le lui emprunter sans lui demander ? Il avait fui comme à son habitude, pour s'assurer qu'il avait envie de revenir auprès d'elle, mais aussi pour être sûr de pouvoir lire le précieux fruit de son vol.

Ce n'était pas un roman d'aventures, pas même un récit de voyage qui aurait pu intéresser n'importe quel enfant de huit ans. Trop de morts erraient dans l'esprit du petit garçon pour lui permettre de s'évader avec ce genre de littérature. Le livre qu'il tenait entre les mains, traduit en langue commune, contenait les mémoires du premier roi de Pandème. Et parce qu'il venait d'un grand royaume voisin, considéré comme idéal de par les Mondes, ce message à la postérité était plus passionnant que la meilleure des histoires.

Prenant une inspiration décidée, l'enfant délaça le lien et ses petits doigts fébriles ouvrirent la première page du passé.

« La Guerre des Siècles est finie. Et moi, Enkil, un enfant des rues, je suis devenu roi. Ironie des Divinités du Bien et de la Vie : le plus insignifiant des humains est devenu Leur héros, Leur Champion, et ma victoire a apporté une paix irréelle dans un pays du Monde de l'Est où vivre signifiait forcément voler ou tuer les autres.

Je devrais être heureux, paisible ; mon bonheur est parfait et j'ai la certitude qu'il le restera jusqu'à ma mort ; mon peuple est comblé et bien peu de souverains peuvent se vanter de cette félicité. Pourtant, au fur et à mesure que le temps s'écoule, que la vieillesse prend ses droits sur ma personne, je ne peux m'empêcher de craindre l'horreur de la guerre pour ma descendance. Quatre cents ans, c'est si vite passé, c'est juste ce qu'il faut pour oublier le pouvoir du Mal ou même Son existence.

Je sais qu'Il n'est pas vaincu. Le sera-t-Il un jour ? Sa puissance est enfermée ou enterrée quelque part, mais certainement pas suffisamment. Trop d'affrontements entre les Divinités Contraires ont affaibli les Fées de la Vie. Je sais que ma victoire ne Leur a pas rendu tous Leurs pouvoirs ; le rayonnement de Leur bienfaisance s'étend à peine aux pays voisins. Les Pays Insolites ne cesseront pas de sitôt leurs attaques contre le nord d'Akal. Je me demande même si les Fées pourront un jour insuffler de l'amour à des peuples n'ayant vécu que de haine pendant huit siècles.

Les Divinités du Bien ont besoin d'une nouvelle victoire, d'une assise sur un point plus central du Monde de l'Est.

Pourquoi ne puis-je m'arrêter d'y penser ? Je ne saurai jamais l'avenir, je ne verrai pas la prochaine bataille. Pourtant, je ne peux m'empêcher de calculer la date, d'imaginer le lieu et de passer des nuits à me demander si je dois graver mes trouvailles sur les murs de mon royaume, pour prévenir le Monde de l'Est du danger à venir, ou si je dois me taire pour ne pas provoquer d'inutiles paniques et des guerres de préventions.

Le Bien et le Mal s'affrontaient bien avant moi et s'affronteront encore pendant des millénaires. Pourtant, je n'arrive pas toujours à dormir. J'ai la désagréable sensation de ne pas avoir fini ce que j'avais à faire. Y aura-t-il quelqu'un après moi pour continuer dans la même direction et prolonger la victoire ? Ma volonté était guidée par un besoin vital de paix : je n'avais plus rien à perdre. Quelle sera la motivation de mon successeur si son pays a oublié l'horreur dans laquelle il pourrait tomber ? »

L'enfant referma le livre. Son cœur battait vite, fort.

Il ne pouvait pas répondre aux questions d'Enkil. Trop de choses lui échappaient encore. Le Bien, le Mal ? Il ne connaissait que l'existence des Fées. *Un lieu pour un combat, une assise sur un point central…* Le petit garçon avait parfaitement conscience qu'il habitait un royaume situé au cœur des Mondes de l'Est. *Quatre cents ans…* C'était peut-être proche. Est-ce que tous les affrontements dans son pays annonçaient cette date et la fin de l'attente pour les Divinités ?

L'enfant serra le livre contre sa poitrine et se rappela le visage inquiet de sa mère.

Un Messager

Il faisait froid. Un froid intense qui pénétrait la chair jusqu'aux os. Axel était tellement emmitouflé que seules quelques mèches blondes dépassaient du haut col de sa cape.

Il faisait noir. Un noir profond qui ne laissait filtrer qu'un soupçon de rayon lunaire. Le jeune homme distinguait à peine les flancs de rochers descendant cette chaîne de montagnes.

Que faisait-il dans les Monts Pétrifiés ?! Nis, sa belle jument alezane, avait renâclé longtemps pour lui signifier qu'elle n'appréciait pas le chemin choisi. L'obstination de son maître à vouloir prendre ce raccourci était de la folie, même s'il ne voulait pas le reconnaître. Son père aurait parlé d'*entêtement juvénile*. Le message qu'Axel devait porter n'était pas si urgent ! Son envie de flâner dans Leïlan pouvait lui coûter très cher.

Le jeune homme s'était peu arrêté en cinq jours. L'étroit sentier qu'il empruntait avait été enseveli plus d'une fois, effacé, même, par les violentes bourrasques. Sur des dizaines de lieues, il avait dû faire attention aux crêtes escarpées et aux redoutables crevasses. Il manquait de sommeil et avait mal aux yeux : le souvenir du feu des glaciers brûlait encore ses iris d'un vert trop clair. Il ne pensait plus aux dangers qu'il pouvait de nouveau rencontrer. Il se redonnait seulement du courage en écoutant les sabots de sa jument sur les pierres ; leurs trébuchements annonçaient la fin des tempêtes de neige, et le retour vers les plaines.

Cependant, la descente à tâtons dura des heures. Axel en venait à croire qu'elle ne finirait jamais. De tous ses voyages celui-ci se montrait de loin le plus pénible. Il s'attendait à voir le jour se lever – depuis le temps qu'il avançait dans le noir ! – mais lorsque le vent sifflant se calma, la seule lueur qui apparut à l'horizon émanait d'une brume.

La vapeur s'éleva lentement, aussi diffuse que le souffle blanc qui s'échappait des narines laiteuses de Nis. Elle dessina les courbes des pierres qui jonchaient le sol, s'accaparant la moindre lumière environnante. Gonflant progressivement, elle finit par cerner les alentours de son voile chaud et humide.

— Eh bien, tu vas finir par ne plus voir le bout de ton nez, Nis.

La jument coucha les oreilles. Axel sourit de sa mauvaise humeur, malgré ses lèvres gercées, et se laissa tomber lourdement de la selle. Il se déplia, soulagé de pouvoir encore bouger. La besace accrochée en bandoulière à son dos glissa. Elle semblait s'alourdir alors qu'elle était presque vide. Il eut un mouvement d'épaules et resserra la courroie pour qu'elle ne le gêne plus.

Il voulut continuer à avancer dans les caillasses, une main sur la paroi rocheuse. Mais quelques pas lui suffirent pour sentir que le mur naturel ne l'aiderait pas : il se divisait, les roches s'espaçaient, le chemin s'élargissait. Après tant de lieues abruptes, la pente se faisait plus douce. Axel eut le mauvais pressentiment qu'il atteignait juste un nouveau plateau, mais l'espoir d'arriver enfin au terme de cette damnée montagne lui redonna du courage et lui permit de repartir d'un pas plus assuré vers l'inconnu.

Depuis que le vent s'était tu, le roulement des cailloux se détachait parfaitement du craquement de cuir de la selle ou du froissement de la toile qui protégeait Nis. Axel n'aimait pas ce genre de silence : cela mettait ses sens en alerte. Il avançait tout droit, mal à l'aise de perdre ses repères. Des effluves de pourriture se répandaient dans l'air, lui confirmant qu'il avait bel et bien franchi les Monts Pétrifiés.

Les pierres se faisaient rares, laissant apparaître la terre. Le sol et l'air devenaient de plus en plus humides et l'odeur infecte plus insistante. Des mouches faisaient leur apparition. En forçant son attention, Axel distinguait seulement quelques ombres de rochers dans le brouillard. Une plaine semblait s'étendre devant lui, ou peut-être même un marécage. Ses doutes se dissipèrent quand ses bottes s'enfoncèrent dans la boue. Son réflexe pour les en extirper amplifia l'odeur de décomposition.

— Divinités ! Je comprends pourquoi personne ne veut passer par ici ! toussa-t-il.

Nis renâcla en signe d'accord et tourna la tête pour partir dans la direction opposée, mais son maître la retint. Il était loin de mesurer les risques qu'ils encouraient tous les deux, mais il n'avait pas fait tout ce chemin pour rien ! Tentant de dissimuler la méfiance que l'endroit lui inspirait, il passa une main encourageante sur l'encolure de sa jument.

— As-tu vraiment envie de retourner dans les tempêtes ?! Nous sommes presque arrivés ! Leïlan est tout près ! Une demi-journée de marche tout au plus par là... Dois-je te promettre un bon toilettage après ? Allez, ma belle, viens.

Il tira sur la bride et s'enfonça dans la brume. Nis céda à regret. Les mouches commençaient déjà à la harceler. Un frisson d'inquiétude et de dégoût parcourut son échine. La boue était gluante et profonde ; ils pataugèrent rapidement dans un véritable marécage où il était impossible de voir à plus de dix pas. Axel eut beau éviter soigneusement les sables mouvants, il se retrouva bientôt embourbé jusqu'aux mollets.

— Recule, Nis. Doucement... doucement...

Comme une sangsue collée à sa proie, la boue ne lâchait pas les bottes du jeune homme. Les mouvements qu'il faisait pour se dégager finirent par le déséquilibrer. Avant d'avoir pu se rattraper, il se retrouva au sol, les mains et les genoux dans la terre détrempée. Il maugréa tout son saoul et, quand il réussit à se redresser, jura en sentant la boue glisser dans ses cuissardes. Nis secoua la tête ; ses yeux noirs lui adressèrent un regard malicieux, lui faisant comprendre qu'il ne pouvait s'en prendre qu'à lui-même.

— Je sais ! Ce n'est pas le chemin que tu aurais choisi ! Pour apporter un simple message à Leïlan, j'aurais pu te faire ce plaisir !

Il chassa cinq mouches, retira sa cape, ses gants et s'essuya les mains comme il put sur son pantalon de cuir.

— Mais nous allons gagner plus d'une semaine en passant par là ! Je t'assure que tu auras des plaines bien claires et de l'herbe croquante ! Pour l'heure, tu peux faire la tête que tu veux ! Dussé-je y perdre mes bottes, je ne rebrousserai pas chemin !

Sa voix, jusque-là étouffée, s'amplifia soudain et parut s'étendre à des lieues à la ronde. La brume s'éleva plus haut au-dessus des marais, pareille à un corps qui se redresse au réveil. En même temps, elle s'agita de brusques bouillonnements autour d'Axel, comme si elle découvrait sa présence.

Étonné par ce phénomène, le jeune homme se tint immobile. L'espace de trois respirations difficiles, l'univers devint cloisonné, suffocant et cotonneux. Une brise glaciale se remit à souffler, telle la plainte gémissante de milliers de voix graves. Comme si, dans ce paradoxe de chaud et de froid, l'haleine de ce chœur lugubre créait une gigantesque buée...

Axel coinça rapidement ses affaires trempées sous une lanière de son chargement. Il ne pouvait plus quitter du regard les masses instables de la brume. Menaçantes, elles semblaient chercher à prendre une forme sans y parvenir. Axel ne pensait plus à la fatigue de ses yeux, ni même à la boue liquide qui s'insinuait dans ses bottes. Il reprenait conscience de la garde en rameaux de laurier de son épée, appuyée contre sa hanche ; sa main droite s'en était rapprochée tandis que la gauche tenait fermement les rênes de sa jument. Déjà peu rassurée, Nis percevait à présent l'inquiétude de son maître.

— Ce n'est rien, ma belle. C'est juste du vent.

Il n'y croyait pas lui-même. Il y avait du danger dans le moindre déplacement d'air. Rien de tout cela ne semblait naturel. Pourtant, Axel ne pouvait admettre ce qu'on lui avait raconté sur cet endroit : *les Brumes Infernales*... Malgré lui, il se souvint des mises en garde qui l'avaient fait sourire :

« Personne passe la frontière par là ! C'est interdit ! »

« Un gardien invincible attend tous ceux qui violent son territoire ! »

« Fais attention, bonhomme. J'en ai vu plus d'un revenir fou... »

Mais aucun de ces braves gens ne donnait la même description du visage de l'ennemi. Sans doute parce qu'il n'existait que dans leur esprit... L'un d'eux dépeignait un monstre vomissant des rivières de lave, le deuxième détaillait les mandibules d'un insecte qui avaient failli mutiler un ami, un troisième s'attardait sur l'armure d'ossements d'un guerrier géant. Il n'y avait pas autant de Bas-Esprits décrits dans les quatre Mondes réunis!

Du brouillard, du silence, de l'obscurité et des odeurs immondes : cela suffisait à l'imagination populaire pour créer des légendes à dormir debout. Ce n'étaient que des contes effrayants pour enfants indisciplinés. Axel n'avait foi que dans les Fées de la Vie. Leurs décisions suprêmes guidaient ses pas, au point même qu'il s'en était révolté plus d'une fois! Il n'avait pas besoin de s'embarrasser de superstitions.

Les traits tirés, les joues mal rasées, les vêtements souillés, il avançait avec tout le courage intrépide de ses vingt ans.

Axel avait pris la route très jeune. *Trop, pour certains.* Mais bien des combats lui avaient appris à observer sérieusement son environnement. Il n'aimait pas celui-ci. Les nappes de brume n'arrivaient toujours pas à prendre consistance. Elles se modulaient et se transformaient, fantasques et perfides. Une lourde lumière phosphorescente en émanait, disposant des miroirs flottants dans le paysage funèbre. L'atmosphère était oppressante et malsaine.

Axel se sentait épié. Les mouches ne le gênaient plus, à moins qu'elles n'aient disparu. Il ne prêtait pas plus attention aux naseaux soucieux que lui tendait sa jument. Son esprit était trop accaparé pour s'occuper de ce genre de détails. *Qui l'attendait ?* Quelqu'un qui aurait le pouvoir de commander aux éléments ? Réalité ou appréhension de sa part, sa décision était irrévocable : il passerait, avec ou sans gardien ! Il rêvait de campagnes ensoleillées ou d'un feu calme dans un coin de forêt, sous l'artifice du légendaire double clair de lune de Leïlan. Il en avait plus qu'assez du noir, du blanc, du vent et du froid ! La sortie de cet enfer ne pouvait plus être loin.

Une forme floue apparut à quelques pas de lui dans un tourbillon. Mais la vision fut brève, vite remplacée par le gris du décor. Axel avait eu juste le temps de voir un homme vêtu d'oripeaux. *Un sorcier !* Instinctivement, il sortit son épée. Le murmure de mécontentement qui s'éleva alors lui ôta tout doute : il y avait bien un gardien et Axel avait enfreint une loi en venant ici !

Comme une risée dans les voiles d'un bateau, les brumes s'écartèrent pour découvrir une forme humaine. De ses épaules aiguës, une nuée d'oiseaux aux cris stridents s'envola brusquement ; ils s'abattirent, toutes serres devant, sur le jeune homme et sa monture.

— Recule, Nis !

D'un coup d'épée, Axel para l'attaque. Mais parce qu'il était trop engourdi par le froid, son geste n'eut pas la justesse nécessaire ; l'acier fendit l'air ; d'un battement d'ailes, les assaillants s'éparpillèrent comme une gerbe d'eau. Le deuxième coup d'Axel ne fut pas plus efficace, le sol spongieux manqua même de le faire trébucher. En réponse à sa maladresse, l'énigmatique personnage en oripeaux eut un ricanement macabre. De ses mains décharnées, il rappela ses compagnons ailés et ils disparurent dans l'épaisseur de la brume, avec l'écho lointain du cri des oiseaux.

Axel se tourna vers la droite, vers la gauche. Le brouillard était si épais tout à coup qu'il ne voyait pas le bout de ses doigts lorsqu'il tendait le bras; il discernait à peine sa jument à côté de lui. Il voulut la rassurer, lorsqu'il réalisa qu'elle n'avait même pas eu un mouvement de recul. Il n'eut pas le temps de s'appesantir sur le sujet. Un clapotis de pas dans la boue gluante et fétide attira son attention. L'adversaire n'était pas loin. Axel pressentait la prochaine attaque. Son jeune visage avait soudain pris les plis d'une vieille expérience.

L'étrange individu réapparut au même endroit dans la brume. Quelques fils d'argent brillaient encore dans le vieux tissu broché de sa cape. Les oiseaux, au nombre de sept, dressèrent leurs cous déplumés. Leurs becs étaient aussi pointus et acérés que les serres plantées dans les bras tendus de leur maître. Ouvrant leurs ailes, ils s'élancèrent de nouveau.

— Retourne d'où tu viens ou meurs! gronda le sinistre sorcier.

Mais Axel était avare de sa vie et de sa liberté. Depuis huit ans, personne ne l'empêchait d'aller où il voulait. Bien campé dans la boue, il était prêt à repousser l'attaque. L'effet de surprise n'opérait plus sur lui et, chose étrange, malgré les épaisses vapeurs mouvantes, il avait maintenant l'impression de distinguer parfaitement les oiseaux. Lorsque deux d'entre eux passèrent près de sa lame, celle-ci fut bien plus précise: l'un perdit une aile, l'autre sa tête. Les corps mutilés disparurent sous la couche de brume couvrant le sol.

Devant la soudaine adresse de leur adversaire, les derniers volatiles esquivèrent lestement les coups d'épée suivants. Ils poussèrent des cris à percer les tympans et profitèrent de la gêne qu'ils provoquaient pour reprendre leurs assauts agressifs. Malgré plusieurs tentatives, Axel ne parvint pas à s'approcher du maître immobile qui proférait toujours des menaces. Puis, brusquement, ce dernier rappela ses oiseaux d'un grondement et disparut une nouvelle fois, sans raison.

Brume et bruits de pas. La troisième attaque se préparait.

Axel profita de l'accalmie pour planter son épée dans le sol. Il fit glisser autour de son bras les rênes de sa jument immobile et retira d'un seul mouvement l'arc et les flèches accrochés à la selle. La brume dévoilait de nouveau ses adversaires. Le jeune homme tendit puissamment les deux grandes courbures de bois de son arc. Trois fois consécutives, les cordes frôlèrent le bracelet de cuir recouvrant son avant-bras. Les sifflements des flèches s'élevèrent dans l'air en direction des oiseaux qui s'élançaient. Deux furent stoppés en vol, le cou transpercé, et chutèrent dans les nuages bas. Avant même de pouvoir l'anticiper, leur maître, dégagé de leur protection, reçut la troisième flèche en plein cœur.

La brume s'enroula au ras du sol, dissimulant le corps de l'homme qui s'effondrait. Axel s'apprêta à se débarrasser des trois derniers oiseaux mais ceux-ci avaient disparu en même temps que le sorcier. Tout était silencieux. Des mouches volaient de nouveau. Le brouillard formait un mur à vingt pas.

Axel enfila l'arc autour de son épaule et reprit son épée. Il fit quelques pas prudents pour récupérer ses flèches. À son grand étonnement, il retrouva les deux premières plantées dans des branches mortes tombées au sol. Et lorsqu'il arriva à l'endroit où le sorcier aurait dû mourir, il découvrit un arbre blessé par sa flèche en plein milieu du tronc.

Le jeune homme passa sa main sur l'écorce et arracha la pointe de métal. Il avait pris un arbre des marais pour un homme, sa base large pour un tour de robe et le feuillage chevelu et rampant pour une cape déchirée. Les bras tendus n'étaient que deux branches mortes.

Axel se trouvait sot devant sa victime. Ses yeux devaient être plus mal en point qu'il ne le croyait, et les histoires de paysans avaient eu sur lui un impact insoupçonné ! Mais la confusion n'expliquait pas tout : il n'avait pas pu inventer les menaces, les cris des oiseaux et leurs attaques répétées. Il se remit en marche, troublé. Il avait perdu la notion de temps, il ne savait plus s'il faisait jour ou s'il faisait nuit, abusé par la luminescence persistante de la brume. Ces lieux déroutaient toute logique.

Une illusion… Une illusion agressive… Pour lui faire peur, pour le faire fuir… Sa jument semblait aussi perplexe que lui. Elle orientait les oreilles dans toutes les directions et l'interrogeait du regard. Mais Axel ne pouvait dire si elle était étonnée par les apparitions ou par son propre comportement. Il lui caressa l'encolure et passa la main sur le haut de sa jambe.

— Tu n'as rien vu, toi. À cause des brumes ou… parce qu'il n'y avait rien à voir ?

Nis bougea encore les oreilles pour chasser les mouches et souleva les mèches un peu trop longues d'Axel du bout de ses lèvres barbues. Il caressa sa gorge, toujours mal à l'aise malgré le calme qu'elle affichait.

— Oui, c'était une illusion. Le gardien est une simple illusion…

À peine avait-il dit ces mots qu'une énorme tête de

varan surgit derrière l'arbre et pointa avec colère sa langue fourchue. Prenant appui sur ses pattes trapues, la bête se jeta à la gorge du jeune homme avec un feulement de tcharas. Axel écarta Nis et esquiva l'attaque. Faisant volte-face, il abattit un coup d'épée sur la tête de l'animal. Trop lourd, celui-ci n'eut pas le temps de reprendre appui sur le sol. La lame toucha juste et trancha en profondeur. Le sang répandit sa couleur vermeille sur le sol gris. Cette fois, la peau écailleuse du varan ne se transforma pas, ni ne disparut. Une odeur amère et piquante, se détachant des relents de putréfaction des alentours, monta du corps sans vie.

— Doux, Nis, fit Axel en se retournant vers sa jument paniquée. Doux, ma belle. C'est fini. C'est fini…

Elle se laissa calmer en jetant des yeux inquiets vers l'étrange cadavre.

— Eh bien, tout n'est pas mirage ! observa Axel. Drôle de gardien, tu ne trouves pas ? On dirait plutôt son chien… Arrête de trembler, Nis, regarde ! Ce n'est qu'un petit lézard de rien du tout !

Sans la tête, l'animal par terre faisait tout de même cinq pieds de long ! Nis avait le droit d'être effrayée ! Axel la sentait prête à fuir et maintenait solidement ses rênes. Restant sur le qui-vive, il essayait de trouver des mots plus rassurants pour la retenir sans parvenir à y mettre le ton. Que le reptile soit le gardien ou non, l'illusion ne s'expliquait pas pour autant ! Le grand mur de brume attira son attention en creusant brusquement un tunnel. Il semblait indiquer la sortie et la solution aux questions d'Axel : un Esprit contrôlait les lieux.

Un Esprit Supérieur ou un Bas-Esprit ? Axel penchait pour ses Divinités : les Trois Fées de l'Est. À cause des brumes. Elles s'approchaient plus de l'idée qu'il se faisait d'un Esprit Supérieur : sans forme propre, sans toucher, uniquement fait de sensations. Les Bas-Esprits étaient des créatures de rebut possédant un corps et des pouvoirs très limités par rapport à leurs aînés. Mais ils pouvaient tuer ; ils n'avaient aucun intérêt à utiliser un pouvoir d'illusion pour faire peur.

Les Fées avaient certainement voulu tester Axel. Le grand reptile n'était qu'un habitant du coin. Après un nouvel encouragement, Nis se décida à suivre son maître, concentrée sur son regard vert et son air confiant.

Mais les brumes ne se dissipèrent pas comme Axel l'avait cru. Bien au contraire, l'atmosphère redevint vite lourde et inquiétante. Le jeune homme en perdit sa mine triomphale. Une dizaine de pas plus loin, il se demanda si le reptile tué n'avait pas plus d'importance et si ses Divinités étaient bien avec lui. L'angoisse qu'il ressentait ne s'accordait pas à leur pouvoir bienfaisant.

Un craquement d'os et un grincement de dents l'arrêtèrent net. Sur ses gardes, il avisa la brume alentour. Une ombre se dessinait au milieu des petits rochers que la vapeur changeait en hautes tours ondulantes. Elle ressemblait à une étrange créature, ailée et squelettique, de huit pieds de haut. Un monstre ! *Un Bas-Esprit !*

La brume se déchira comme un tissu. Axel se retrouva brusquement face à un visage noir charbon, trop chargé de crocs pour être humain ! Son rire strident ébranla la résolution du jeune homme. Le frisson qui le parcourut n'était plus dû au froid. Il aurait dû fuir, il le savait. Mais l'impassibilité de Nis réprima ce mouvement. Il n'eut que le réflexe de projeter son épée en avant vers la créature. Elle s'empala dessus sans même tenter de l'esquiver.

Le Bas-Esprit ne s'effondra pas. La main anguleuse et crochue tendue vers Axel redevint de l'écorce. Le monstre n'était qu'un arbrisseau chétif, dont les branches déformées avaient accroché deux étoffes vieilles de cent ans.

Axel était plus abasourdi encore que la première fois. Il était si près de l'arbre qu'il ne pouvait pas accepter de s'être trompé à ce point ! Il se retourna vers Nis. Elle dardait de nouveau sur lui un regard inquisiteur. De toute évidence, elle n'avait pas compris la raison de son agitation. *Comment pouvait-elle ne rien remarquer ?!* Énervé, Axel empoigna son arme et appuya son pied sur l'arbre pour la retirer du tronc.

À ce moment précis, Nis redressa les oreilles en signe d'alerte et tira sur sa longe. Axel partit à la renverse et percuta le sol dans une épaisse éclaboussure. Avant qu'il ait pu dire un mot, un nouveau reptile atterrit dans la boue à côté de lui. L'instinct qui poussa Axel à rattraper son épée tombée l'empêcha de retenir sa jument : elle s'enfuit dans la brume.

— Nis ! Reste là ! Nis !!!

L'énorme reptile était déjà sur lui. Axel repoussa la gueule de justesse du plat de sa lame. Les bords tranchants entaillèrent les écailles mais le varan ne s'en soucia pas. Il écrasait le jeune homme de tout son poids, enfonçant ses griffes sur sa poitrine, ouvrant la gueule tout près de son visage.

L'odeur du sang qui gouttait était abominable. Un miasme de mort et de pourriture ! Axel en avait des haut-le-cœur. Il réussit à se dégager en flanquant un violent coup de pied dans le ventre de l'animal. Celui-ci roula dans la boue. Vivace, sa masse l'empêchait pourtant d'être agile. Il put se remettre sur ses pattes mais ne parvint pas à anticiper la nouvelle attaque d'Axel. Tirant une longue dague d'une de ses cuissardes, le jeune homme lui sauta sur le dos et lui trancha la gorge d'un coup net.

Axel se releva immédiatement pour vomir. Il avait senti ce sang nauséabond de trop près. Il avait l'impression qu'on lui retournait l'estomac avec un crochet. Il essuya ses lèvres et ses joues maculées de boue en reportant son attention sur la brume environnante.

— Nis !

Il ne la voyait plus. Elle ne s'éloignait jamais d'habitude… Cette fois la peur avait été trop forte… Comment allait-il la retrouver ? Il avança avec prudence tout en l'appelant. Un petit hennissement lui rendit le sourire. Elle le cherchait aussi.

— Je suis là, ma belle ! C'est fini… Pas une de ces bêtes ne te touchera ! Viens !

Un chanfrein alezan, orné de naseaux blancs, s'enfonça dans son cou. Axel eut un soupir de soulagement et la flatta de sa main sale.

— Tu m'as fait peur, Nis. Tu ne dois pas t'enfuir !

La jument acquiesça, les oreilles tombantes et l'œil implorant. Il était son maître. Elle l'aimait assez pour le suivre au bout des quatre Mondes, mais rester ici était un supplice. Il lui adressa l'un de ses sourires accentués par une fossette charmeuse.

— Courage, Leïlan n'est pas loin.

Un mouvement des brumes l'empêcha de poursuivre son argumentation : un nouveau tunnel se formait. Était-ce la récompense de l'épreuve ? Axel ne cherchait plus à savoir de qui il était le jouet. Il voulait en finir. Il s'engagea sans hésitation dans le couloir de brume.

Il distingua bientôt une ombre glissant sur la boue. À peine songeait-il qu'elle évoquait un grand taryl des marécages que les vapeurs épaisses se déchirèrent et que le taryl apparut, la gueule ouverte sur une rangée de crocs et un cri effrayant. Mais Axel eut du mal à le prendre au sérieux. L'absence de réaction de sa jument à cette arrivée insolite lui fit comprendre que ce n'était qu'une illusion. Sans la moindre peur, il attaqua l'animal et, malgré les mouvements rapides du taryl, il fit taire les grondements graves et puissants. Un coup d'épée bien placé dévoila le véritable aspect de la bête : un vieux tronc flottant dans la terre détrempée.

Axel le contempla un moment, pensif. Chaque fois qu'il croyait identifier une ombre, une illusion se créait à l'image de ses cauchemars. Comme si des génies malfaisants devinaient ses moindres pensées... Lorsqu'un troisième varan apparut, il comprit le rituel qui se déroulait ici, ainsi que sa méprise : les reptiles étaient les Bas-Esprits.

Les doigts d'Axel trouvèrent immédiatement leur place sur la poignée de l'épée pour permettre un mouvement transversal. Comme il s'y attendait, l'animal bondit vers lui. Axel le frappa en pleine poitrine. Le sang gicla suivant le tracé de la lame. La masse d'écailles éclaboussa le jeune homme dans sa chute et se convulsa violemment pendant encore quelques secondes avant de rendre l'âme. L'odeur aurait dû faire comprendre à Axel, dès le début, qu'il n'avait pas affaire à de simples *lézards* !

Un bref instant, Axel se rappela l'enseignement de son père. Ce dernier lui avait souvent répété que les Bas-Esprits n'avaient pas forcément une apparence extraordinaire. Le jeune homme en eut un pincement agacé des lèvres : il ne s'était jamais intéressé à la théologie de son Monde. Mais pourquoi ce jeu d'illusions ? En tout cas, les varans n'avaient plus grand-chose de monstrueux comparé à ce que son esprit était capable d'inventer dans un tel environnement. Il n'avait décidément rien à envier à l'imagination populaire !

S'écartant de son troisième cadavre visqueux pour éviter l'abjecte odeur qui en émanait, il félicita la jument de son calme.

— Bien, Nis. Bien. Cette partie du voyage devient… intéressante.

Elle le regarda de travers. Il éclata de rire et sembla s'évader un instant de ce triste endroit. La fatigue accentuait cet excès de joie, bien sûr, comme la douce folie qui le faisait converser avec Nis depuis cinq ans, pour oublier sa solitude.

— Hé ! Je ne suis pas fou ! Je vois des monstres et toi non. C'est une situation intéressante, même si tu penses le contraire.

Elle leva la tête avec dédain. Elle ne pouvait pas rester indifférente à une réflexion ou à un geste, même ici. Il fallait toujours qu'elle donne son avis. Axel avait pris l'habitude de se justifier pour la convaincre. Sa peur des endroits insolites ou sa coquetterie déplacée en faisait plus une compagne qu'une monture.

— Je suis persuadé que je peux te faire changer d'avis… Que dirais-tu si on gageait des carottes sur le véritable aspect de ces apparitions ?

Au mot *carotte*, les oreilles de la jument s'étaient redressées. Cette gourmandise avait autrefois eu raison de sa méfiance, dans les collines herbeuses et sauvages des Pays Noirs, et l'avait conduite vers un adolescent inconnu aux cheveux blonds. Axel savait qu'il était déjà parvenu à lui faire oublier sa peur.

— Une carotte si je ne trouve pas, aucune si je trouve.

Elle semblait intéressée mais pas vraiment convaincue. Avait-elle conscience qu'elle pouvait obtenir davantage en se faisant prier ?

— Une de plus chaque fois que tu resteras sage à l'apparition d'un lézard.

Elle accepta de se diriger vers le nouveau tunnel de brume. Axel sourit. Elle semblait suffisamment motivée pour le suivre. Il n'avait plus qu'à espérer qu'ils finissent par sortir d'ici.

Le bruit clapotant des sabots et des bottes se répercutait en écho dans le décor désertique. Chaque pas libérait davantage l'odeur pestilentielle de la boue. Celle des reptiles emplissait toujours les poumons d'Axel et lui retournait l'estomac. Le bruissement des mouches était aussi agaçant que leur contact insistant. Mais le plus gênant restait le manque de visibilité. Les apparitions en devenaient plus saisissantes. Perçant la brume, d'extraordinaires serpents d'eau s'élancèrent vers eux pour les avaler. Une vieille et hideuse femme lacéra les vapeurs de ses ongles aussi longs que des bras pour tenter de les embrocher. Un colosse au visage brûlé arracha les voiles d'air au moyen de son gourdin avec la volonté de les écraser.

Leurs hurlements de menaces glaçaient le sang. Leurs souffles passaient très près du visage du jeune homme, mais les griffes redevenaient toujours des branchages. Un coup d'épée ou une flèche mettait fin à l'artifice.

La seule difficulté demeurait les gros reptiles surgissant du néant. Mais ceux-ci apparaissaient régulièrement près des arbres quand l'illusion était rompue, légèrement précédés par l'odeur écœurante. Ils se montraient plus furieux qu'un magicien dont on aurait percé le tour le plus prestigieux. Axel n'aurait jamais imaginé que des Bas-Esprits puissent être si faciles à terrasser !

Combattant ses fantômes, il progressait dans ce lieu de terreur en oubliant sa fatigue et ses questions. Les Monts Pétrifiés ne lui avaient donné qu'une leçon d'endurance. Les Brumes Infernales recelant monstres, pièges et épreuves convenaient mieux à sa nature curieuse et audacieuse. Nis paraissait à peine moins exaltée que son maître malgré ses mouvements de recul. Peut-être trouvait-elle son courage dans le nombre croissant de carottes qu'il lui promettait ?

Au bout de plusieurs heures, une brise se décida à calmer toute cette folie illusoire. Elle dissipa légèrement le brouillard et amena les premières percées de soleil. À son grand soulagement, Axel distingua les contours flous d'une forêt en contrebas. Il avait atteint Leïlan.

Il aurait dû accélérer le pas. Il avait réussi. Il était sorti. Pourtant, il s'arrêta.

Axel avait parcouru bien des pays dans les quatre Mondes mais Leïlan demeurait la seule contrée où sa soif d'aventures ne l'avait jamais conduit. Il avait pleinement étudié les sentiers du pays au point qu'il pouvait se rendre droit au palais, les yeux fermés, malgré le difficile Passage des Cinq Rivières. Mais quelque chose, une impression, l'avait toujours empêché de franchir la frontière. Ce royaume était pourtant à côté du sien. Pourquoi n'en prenait-il conscience que maintenant ?

Une dernière hésitation, un dernier pas. Que craignait-il ? Il ne comprenait pas sa brutale paralysie.

Il tourna la tête. Derrière les Brumes Infernales, au-delà des Monts Pétrifiés, se trouvait son royaume. Reverrait-il un jour le beau château de Pandème ? Il ne s'était jamais posé la question auparavant. À l'âge de douze ans, il avait quitté son pays et la demeure familiale. Depuis, il allait par monts et par vaux, sans que personne ne comprenne ce besoin d'errance. Son père encore moins que les autres… Mais il n'avait jamais regretté son départ. Cette nostalgie était étrange… Était-ce encore une illusion ? Ou cette odeur atroce lui attaquait-elle l'esprit ?

Les petits tourbillons de brume dégagèrent progressivement le paysage. Axel ne pouvait pas reculer. Il avait promis qu'il mènerait à bien la mission qui lui était confiée. Cette crainte d'avancer devenait vraiment ridicule ! Après tout ce qu'il venait de traverser, comment pouvait-il hésiter ?! Il se souvenait de ce que lui avait dit le prince Cédric, héritier du trône de Pandème, juste avant de partir :

« J'ai entendu dire que le pays des Deux Lunes est un royaume parsemé de démons et de Divinités. L'illusion y serait maître de la réalité. »

Après son passage dans les Brumes Infernales, Axel admettait qu'il pouvait y avoir une part de vérité dans cette réputation. Mais toutes ces élucubrations avaient pour seul rôle de faire peur à l'étranger ! Il n'allait pas céder maintenant !

Cette angoisse ne venait pas de lui, il en était certain. Des sentiments forts comme celui-là portaient toujours l'empreinte d'un Esprit Supérieur. Après avoir voulu le faire fuir par tous les moyens, on l'empêchait de quitter les Brumes Infernales. La première question revenait : *qui était le gardien ?*

Malgré l'environnement qui ne leur ressemblait en rien, Axel était persuadé que ces mouvements de brume provenaient des Trois Fées. Parce que depuis l'enfance, il ressentait quelquefois leur volonté par des envies, et parce qu'il ne pouvait imaginer être en face d'une autre Divinité Supérieure.

Les Fées avaient dû lui insuffler cette angoisse pour lui signifier qu'elles étaient contre sa décision de passer par là. Axel pestait qu'elles se rangent du côté de son père. Malgré tout l'amour qu'il pouvait leur porter, il n'admettait pas d'être testé pour le plaisir ! Luttant contre une peur profonde et l'impression de risquer un cataclysme, il fit un pas en avant.

La brume se dissipa entièrement et un soleil de midi brûla les yeux du jeune homme. Il était déjà en Leïlan, il avait l'impression d'avoir franchi un monde. L'odeur des marécages et des reptiles avait disparu comme un souvenir fugace, alors qu'il la sentait un pas avant… Il n'y avait plus que trois mouches perdues autour de lui. Il se trouvait sur un haut plateau. Aucun danger ne semblait devoir surgir. Les Brumes Infernales se résumaient à un voile blanc derrière lui. Le contraste était saisissant avec le paysage qu'il pouvait embrasser.

Descendant le reste de la montagne, il aperçut une forêt immense qui s'étalait à sa gauche. Certains arbres atteignaient plus de deux cents pieds de haut. La densité du feuillage était très irrégulière mais, de prime abord, la plupart des espèces de plantes lui semblaient familières. À sa droite s'étendait la Grande Plaine. Une multitude de plans d'eau et de rivières couraient la campagne. Des champs et des prairies vallonnées se succédaient. Ils parsemaient le paysage de taches vertes, ocre ou brunes. Les tuiles d'écaille bises et anthracite de quelques villages se noyaient dans le paysage printanier. S'il n'avait pas été si fatigué, Axel aurait pu croire qu'il se réveillait et qu'il avait rêvé cette traversée.

— Hé bien ! Que penses-tu de ce panorama, Nis ?! Ne vaut-il pas tous les efforts des Mondes pour le voir ?

Il oubliait soudain sa peur, ses angoisses et les difficultés qu'il avait dû surmonter. Il avait l'impression d'être enivré par le sentiment de liberté qu'il éprouvait maintenant.

Sa jument broutait voracement à ses pieds. Un monceau d'herbe dépassant de part et d'autre de sa bouche, elle remua à peine la tête pour répondre. Mais lorsqu'elle se rendit compte que son maître faisait signe à un oiseau, elle retroussa agressivement ses lèvres vertes : *il était revenu !*

Un pavallois blanc aux longues plumes rouges virevoltait dans le paysage. C'était un animal apprivoisé. Depuis trois jours, il attendait Axel de ce côté de la montagne. Dans le ciel d'un bleu éthéré, il demeurait le dernier lien avec Pandème.

— Du calme, Nis, dit Axel en riant. Je ne lui ai pas demandé de nous rejoindre. Inutile de t'exciter.

Elle renâcla furieusement et détourna la tête avec mépris. Elle ne supportait pas les caresses infidèles qu'Axel faisait à cet animal vaniteux !

— Intéresse-toi à ce que nous devons faire et oublie le pavallois. Regarde, c'est là-bas que nous devons maintenant nous rendre.

Elle porta à peine son attention sur la suite du voyage. Les contours flous du château royal se devinaient au loin, au pied de la Montagne Blanche. Majestueux et impressionnant malgré la distance qui les en séparait. Seule la plus grande des tours se découpait sur l'horizon azuré.

Respirant à pleins poumons, Axel se rappelait les cartes qu'il avait consultées avant de partir.

— *Leïlan est un pays très isolé*, récita-t-il à Nis, suivant les indications mille fois répétées de son père. *Des falaises se succèdent sur toute la longueur ouest du territoire, réduisant la communication avec la Mer Intérieure aux plages de la Plaine Salée*... En gros, ce n'est pas la peine de chercher les bandes de sable pour les galops, Nis, tu ne peux pas les voir d'ici : elles sont derrière la Montagne Blanche.

Il sourit à la vue de sa jument, trop occupée à engranger des herbes dans son estomac pour l'écouter. Il continua son compte rendu dans sa tête.

Le pays Akal partageait toute la frontière est de Leïlan, mais une langue de terre au nord – source du conflit sans âge contre les Pays Insolites – rendait le peuple akalien encore plus méfiant et renfermé. La frontière sud de Leïlan était commune avec Pandème mais les Monts Pétrifiés et les Brumes Infernales étaient difficiles à franchir.

Pour atteindre Leïlan, les gens venant du sud préféraient contourner la chaîne de montagnes par l'est, en passant par le pays Akal. Le trajet était rallongé d'une bonne semaine, mais ils prenaient seulement le risque d'embuscades. Axel y avait renoncé pour éviter les contrôles, les fouilles et les questions. S'il voyageait sans cesse, c'était pour se sentir dégagé de toute contrainte. Il n'avait pas envie d'avoir une escorte parce qu'il était porteur d'un message royal.

L'insécurité des routes de Leïlan avait anéanti la plupart des relations commerciales avec les autres pays. Depuis la mort de la reine, le roi ne semblait plus régner correctement. On disait que la folie avait envahi son esprit. Il ne se montrait même plus aux conseils annuels du Monde de l'Est. En dix-sept ans, les seuls rapports sur le royaume venaient des récits – pas toujours très cohérents – colportés par des voyageurs.

Ce côté mystérieux envoûtait peut-être Axel, à moins que ce ne soit ce magnifique panorama tant attendu qui ne demandait qu'à être visité de près. Le jeune homme se sentait poussé vers l'avant. *Les Fées auraient-elles changé d'avis face à son entêtement à poursuivre sa route ?*

Soulagé d'avoir réussi à les convaincre, il arracha Nis à son repas :

— Nous avons encore neuf jours avant de devoir rejoindre père. Et il n'en faudra pas plus de trois pour arriver au château. Tu auras tout le temps de grignoter des trèfles, ma belle.

Il avait délibérément choisi le chemin le plus court malgré sa difficulté pour profiter de la marge de liberté restante. Il connaissait l'importance du pli à remettre et était décidé à prouver à son père qu'on pouvait lui faire confiance. Il appréciait à sa juste valeur l'honneur d'être un messager.

L'odeur de résine, de frais et l'envie de verdure l'attirèrent plus que la chaleur d'un village. Après tant de neige et de boue, il voulait se détendre dans cette nature enfin accueillante. Il préférait pour l'instant ne pas révéler sa présence dans le pays, où un étranger n'était pas forcément le bienvenu.

Vérifiant que le pavallois le suivait de loin, il reprit sa place sur la selle et dirigea Nis tranquillement vers la forêt.

La couverture boisée couvrait près d'un quart du pays en bordure de la Mer Intérieure, suivant les Longues Falaises. Une multitude de pépiements d'oiseaux s'entendait dans l'ombre tiède des épicéas et des mélèzes. Le premier ruisseau qu'Axel rencontra coulait limpide et froid.

À genoux dans l'herbe, les lèvres et la gorge enfin hydratées, le jeune homme sentit tout son corps se relâcher sous la quiétude de l'endroit. La visite de Leïlan n'était pas pour aujourd'hui. Il avait accumulé trop de fatigue et se sentait affamé. Il desserra la courroie de son sac et le laissa glisser de son épaule.

— Et si nous nous arrêtions ici ? Le coin est agréable. Une pause, qu'en dis-tu ?

Nis pointa les oreilles en avant. De toute évidence, elle comprenait la question et semblait ravie d'une telle proposition ! Depuis le temps qu'elle l'attendait ! Elle sembla revigorée un bref instant. Axel rit de ses yeux pétillants et se releva péniblement pour lui défaire son licol. Lorsque ce fut au tour de la selle, à peine eut-il détaché la sangle qu'elle se retourna pour enfouir ses naseaux encore humides dans les affaires qui la chargeaient. Elle fit voler la toile qui la couvrait.

— Attends ! s'écria Axel qu'elle bousculait en tous sens pour obtenir des carottes.

Il lui tourna le dos pour poser son chargement. Nis, impatiente, poussa deux ou trois fois son coude et tira même sur les grandes manches de sa chemise sale.

— Nis ! Je n'arriverai pas à ouvrir ton sac ainsi !

Il réussit tout de même à extraire deux carottes que la jument lui vola des mains. Elle les engloutit sans complexe et jugea même qu'elle n'en avait pas eu suffisamment.

— Ce sont les dernières…

Elle vérifia en enfonçant ses naseaux bruyants jusqu'au fond du sac. Et devant l'évidence, elle le secoua de mécontentement. *Et toutes celles promises, alors ?*

— À la première auberge, tu auras les autres, assura son maître en souriant. Ai-je manqué à ma parole une seule fois ?

Elle souffla et, dépitée, partit brouter. Mais lorsqu'il la brossa avec des branches de bruyère trouvées plus loin, elle passa gentiment son nez dans son cou.

Axel ne fit pas autant de frais pour sa propre toilette. Il se contenta d'un débarbouillage expéditif et se déchaussa avec plaisir avant d'en arriver à l'essentiel : manger. Il avait vu juste question vivres, il ne lui restait plus qu'un fond de farine à gruau, et une miche de pain. Il aurait mieux valu qu'il retourne vers un village, mais il n'arrivait pas à s'y résoudre.

Il avait allumé un petit feu et s'était fait un matelas avec une couverture et le tapis d'aiguilles de pin couvrant le sol. Le coin était vraiment parfait. Il se sentait en sécurité. La fatigue le berçait déjà. Même si l'après-midi ne faisait que commencer, il était prêt pour cette nuit agréable à la belle étoile dont il avait rêvé ces derniers jours. Il avait tout prévu. Tout, sauf la pluie. À sa dernière bouchée, il reçut la première goutte sur le nez. Il leva les yeux au ciel tandis que Nis couchait les oreilles.

— Je ne pouvais pas deviner ! Il n'y avait pas un nuage à l'horizon !

La jument se posta sous un arbre en fouaillant de la queue tandis que le pavallois se cachait entre les branches.

— Nous allons retourner vers un village… Je crois que je n'ai plus le choix… Mais laisse-moi faire une sieste.

Nis tourna la tête avec une mine sceptique. Pour les carottes, elle pouvait le croire, mais pas pour le village. Elle laissa Axel lui étendre sa toile huilée sur le dos et le regarda en placer une autre sur ses sacs. Elle renâcla quand il partit s'enrouler dans une couverture et sous une chape de pluie. Un orage pouvait bien déferler, il était décidé à dormir ici et maintenant.

Axel avait connu pire ces derniers temps et, au moins, l'atmosphère ne sentait pas le moisi d'une chambre d'auberge délabrée. Sa paillasse avait juste un parfum de terre et d'aiguilles de pin, rehaussé par l'humidité de la pluie.

En pensant aux odeurs, celle des Brumes Infernales revint hanter ses poumons. Ou plutôt celle des grands reptiles, amère et piquante. Axel se frotta le nez et se tourna. Cette puanteur restait accrochée à lui. Il se reprocha de ne pas avoir lavé ses affaires correctement, mais il était trop fatigué pour arranger les choses. Il préféra se retourner. Ce relent de mort persistant lui remit en mémoire sa peur absurde au moment de franchir la frontière, son attirance après l'avoir passée. En y réfléchissant, il avait eu l'impression d'être au centre d'un conflit entre Divinités Contraires. Ses sourcils se froncèrent ; il était vraiment fatigué. L'Esprit du Mal était enterré, il ne se réveillerait pas. Les prédictions de son père lui montaient à la tête. Il s'obligea à fermer les yeux.

La pluie était fine et coulait à peine des feuilles et des aiguilles. Elle s'arrêta au coucher du soleil. Sa besace en guise d'oreiller, ses armes auprès de lui, Axel ne se rendit même pas compte qu'il enchaînait sur sa sieste une nuit de sommeil. Il manqua son premier lever de lunes. Dans le pays des Illusions, un reflet mystérieux accompagnait le véritable croissant lunaire. Et cette nuit-là, l'astre laiteux et son double imaginaire faisaient penser à des yeux divins mi-clos observant attentivement ce petit pays du Monde de l'Est ainsi que le jeune étranger.

✧

Le roi de Leïlan se retourna vers le duc d'Alekant. Ses yeux gris étaient plus vides que de coutume. Ils s'attardèrent à peine sur les flammes dorées des chandeliers glissant sur les habits de soie incarnate de son interlocuteur. Ils essayèrent de trouver une réponse dans les tentures vert olive du cabinet royal, mais même les deux croissants de lune argentés sur les bannières du royaume ne lui vinrent pas en aide. Le souverain avait du mal à prendre sa décision. Peut-être parce qu'il ne se sentait plus capable d'en prendre une depuis dix-sept ans…

L'homme debout en face de lui, la joue barrée d'une légère cicatrice violacée, était de haute lignée et s'était toujours montré ami de la famille, même quand les pires bouleversements l'avaient touchée. Korta pouvait être considéré comme un homme fascinant, même si le roi n'était pas très qualifié pour ce genre de jugement. Sa grande carrure athlétique, son bouc soigneusement taillé, aussi noir que ses cheveux, et ses yeux sombres et perçants pouvaient séduire autant qu'appeler la peur. Mais quelque part au fond de lui, le souverain n'arrivait pas à admettre que sa fille aînée, Éline, puisse aimer un homme ayant quatorze ans de plus qu'elle.

Il n'était pourtant pas vraiment vieux. Le duc d'Alekant n'avait que trente-cinq ans. Et lui-même avait eu neuf ans de différence avec sa reine. *La reine...* La simple évocation de son visage éclipsa brusquement toutes ses préoccupations. L'esprit du roi s'envola vers la folie d'un amour perdu... vers des erreurs irréparables. Le rubis de sa bague de pouvoir devint aussi terne que son visage.

Le lourd tissu de son manteau de cour pourpre finit par glisser sur son avant-bras. Le mouvement le ramena un instant à la réalité. Korta s'attendait à repartir sur des discussions interminables mais le roi caressa sa barbe brune et leva le bras d'un geste las. Il cédait. Éline aimait le duc, il fallait qu'il l'accepte. Il pouvait bien jouer son rôle de père, au moins pour cette fois.

— Je sais que vous avez engagé des guerriers scylès. Je n'apprécie pas ces hommes des Pays Insolites mais je comprends que leur pouvoir puisse vous être d'un grand secours. Demain, vous recevrez un papier officiel vous accordant la main de la princesse Éline sous la condition que vous débarrassiez le pays de son pire brigand : le Masque. Vous pouvez disposer.

Le duc eut un sourire, légèrement carnassier, et salua Sa Majesté comme il le devait avant de sortir. Dehors, dans un couloir somptueux décoré d'armures et de candélabres, il dut se mordre les lèvres et serrer ses poings le plus fort possible pour ne pas exulter. Il rejoignit à grands pas un escalier qui montait dans l'une des innombrables tours du château de Leïlan. Glissant dans le silence nocturne d'un couloir recouvert d'épais tapis, il ne prêta pas plus attention au petit valet qui passait en portant un repas sur un plateau qu'aux caryatides disposées le long des murs. Il retira ses gants, dégageant sa bague ducale à la main droite, et dénoua sa cape d'un air satisfait. Cette journée était la meilleure qu'il ait eue depuis longtemps ! Ses plans se déroulaient pour le mieux.

Grâce à leur faculté de lire les esprits, les guerriers scylès lui avaient fourni des renseignements sur un petit village au cœur de Leïlan. Un tournant dans son combat contre le Masque ! Il rapporterait sa tête au roi sous quelques jours. Depuis deux ans qu'il promettait à Sa Majesté de tuer le bandit noir et sa troupe, il avait, cette fois, toutes les chances de son côté. L'enjeu en valait enfin la peine !

Korta avait hâte de faire un dernier compte rendu à son puissant allié secret, Ibbak. Une bonne nuit l'attendait avant de partir dans le pays pour y établir un nouvel ordre.

Il entra dans ses appartements dont l'agencement des meubles de bois sombre était rehaussé de lisérés d'or. Il n'alluma aucune bougie, aucun chandelier. Il jeta ses gants et sa cape sur un fauteuil de velours rouge que les croissants lunaires éclairaient à travers une fenêtre. Sans hésiter une seule seconde, il se dirigea vers la colossale cheminée aux monstrueuses fresques animales de son salon. Il ne chercha pas à allumer de feu, même si le printemps tirait sur sa fin et que les soirées étaient encore bien plus froides que les journées. Il actionna un levier.

La cheminée se mit à pivoter lentement, dévoilant une étroite volée de marches. Un filet de fumée rouge s'infiltra dans la pièce, montant des fins fonds du couloir secret. Ses volutes s'étendirent comme les bras d'une créature impatiente de connaître les dernières nouvelles.

Couleur bleu nuit

Les naseaux de Nis passèrent dans le cou d'Axel. La chaleur du souffle et le mouvement des lèvres barbues le chatouillèrent. Un pli fendit sa joue mais il grogna :

— Nis… Laisse-moi dormir…

Ses yeux étaient bien trop gonflés de sommeil et trop douloureux pour qu'il puisse les ouvrir, mais un petit bruit insolite réussit à lui faire soulever une paupière. La toile huilée, posée la veille sur ses affaires, bougeait. Intrigué, il redressa la tête juste au moment où un écureuil sortait avec le dernier morceau de pain qu'il s'était astreint à garder.

— Hé ! Espèce de voleur ! s'écria-t-il en faisant voler sa couverture.

Le petit animal, tout saisi sur le moment, s'éclipsa comme un éclair dans les lianes de clématites, avec le morceau de pain. *Plutôt mourir que le lâcher !*

— Saleté ! cria Axel en écartant en vain les buissons.

L'écureuil était déjà loin, son petit déjeuner aussi. Axel bougonna un moment. Le quignon était à moitié rassis mais son estomac creux s'en serait bien contenté pour ce matin. Il se rassit comme un sac sur son matelas de fortune et finit par se rallonger encore sous le coup de ce réveil trop brutal et trop matinal. Nis approcha les naseaux.

— Encore une demi-heure, ma belle, dit-il en frottant ses yeux et ses pommettes brûlées par les récentes traversées de glaciers. Nous allons retourner vers un village. Je n'ai plus rien à manger de toute façon. Tu vas avoir tes carottes, tu le sais.

Et il s'endormit pour deux heures de plus.

À son réveil, il était moins reposé qu'il l'aurait voulu, et tout à fait affamé. Au trépignement d'impatience de Nis, il céda et se leva.

— Tu as à ce point envie de reprendre la route ?

Elle bougea les oreilles.

— Tu m'as l'air en forme, toi. Tu veux aller dans les Bois Obscurs ? Ce n'est pas loin. Juste à une demi-journée d'ici. Droit devant. Il paraît que tous ceux qui s'y enfoncent ne reviennent pas... Mais ce n'est pas forcément parce qu'un Bas-Esprit les retient, sourit-il. Peut-être qu'ils ont trouvé un lieu merveilleux ? Maintenant, si tu veux absolument voir un monstre, il faut aller plus loin, près du château, dans la Forêt Interdite...

Nis ne semblait pas tout comprendre mais elle avait perdu son enthousiasme. Le pli qui fendait la joue de son maître montrait qu'il devait certainement se moquer d'elle. Elle baissa les oreilles. Axel sourit un peu plus. Il n'avait la force d'aller nulle part pour l'instant mais il avait trop faim pour rester là.

Au ralenti, il chargea la selle sur le dos de sa jument et éparpilla les cendres de son feu déjà éteint par la pluie de la veille. Mâchouillant un morceau d'écorce de bouleau, il se remit en route. Nis prit un pas allègre pour descendre dans cette végétation accueillante et chantante. Attirée toujours plus loin comme son maître, elle se mit à suivre les rais de soleil qui s'allongeaient obliquement sur le tapis de mousse, d'humus et de rosée.

✧

Korta d'Alekant forçait l'allure de son grand cheval noir sur les sentiers de Leïlan, en direction du sud. Il avait hâte de rejoindre ses espions scylès, avant de mettre son plan contre le Masque à exécution. Il était satisfait de leur travail, mais certaines de leurs conclusions demandaient des explications plus claires.

Douze soldats suivaient le duc, renâclant comme leurs chevaux ; ils avaient chaud sous leurs casques de fer et leurs cottes de maille. Pourtant aucun d'entre eux ne ralentissait : Korta n'admettait aucune faiblesse.

Au grand soulagement des soldats, leur course s'arrêta moins d'une heure plus tard au sommet d'une colline verdoyante. Trois cavaliers les attendaient à l'ombre des chênes.

Au moins aussi grands que le duc, ces hommes avaient une peau au teint cadavéreux accentué par des traits osseux et des cheveux platine. Tous étaient torse nu, vêtus de pantalons de toile anthracite et de ceintures d'argent ; leur chef portait en plus une étrange cape rouge chevelue que la bise n'arrivait pas à soulever. Les soldats les reconnurent immédiatement : les *Yeux-d'Utahn*, comme ils les appelaient. Les guerriers des Pays Insolites.

Les soldats se sentirent mal à l'aise de devoir faire face aux yeux bleus légèrement bridés ; ils savaient que ces hommes étaient capables de lire leurs pensées, rien qu'en les regardant. Comment faisaient-ils ? Que voyaient-ils exactement ? Personne ne le savait. Ce qui rendait leur présence encore plus effrayante.

Les Scylès avaient pleinement conscience de la crainte qu'ils inspiraient. Ils arboraient des visages méprisants et supérieurs, même en présence du duc. Celui-ci avait plus ou moins réussi à le supporter, peut-être parce qu'il avait vu leur chef l'échine courbée comme un mendiant. Il arrêta son cheval à la hauteur de celui-ci :

— Je croyais que tu trouvais ce pays trop chaud, Muht. N'est-ce pas exagéré de porter ton trophée de guerre par ce temps ? Ou est-ce que tu espères que l'odeur de ta transpiration parviendra à camoufler celle de tes scalps akaliens ?

Le guerrier scylès releva la tête plus haut qu'il ne l'avait déjà.

— Ce ne sont plus seulement des scalps akaliens qui composent mon *Shat-Hunt*, ne l'oublie pas, répondit-il, en montrant sur sa cape une zone de cheveux bruns, à côté de tresses rouges. Le Masque fuit à ma vue.

Korta eut un léger sourire moqueur qui rehaussa sa barbiche d'un seul côté.

— Pas moi, dit-il tranquillement.

Muht serra les dents et détourna les yeux devant la menace qu'il vit dans l'esprit du duc.

— Quelle est cette fable de double esprit à propos du Masque ? reprit Korta.

Muht lui fit face de nouveau, piqué au vif.

— Ce n'est pas une fable !

— Alors comment l'expliques-tu ?

— Moi et les miens avons senti deux esprits à chacune des approches du Masque : celui d'un homme mûr et celui d'une jeune femelle encore utile. Ils sont indissociables. Amante, fille ou sorcière, l'explication est multiple. Je ne peux rien dire de plus. L'amour n'est pas un sentiment qui m'intéresse. En tout cas, la jeune femelle a une grande importance pour le Masque : son visage aux yeux bleu nuit traîne dans de nombreux esprits dès qu'on parle de lui.

— Bien… Bien, bien, bien… Voilà une faiblesse supplémentaire inattendue, apprécia Korta. Je suis obligé d'admettre que tu mérites d'avoir l'aide de mes hommes pour conquérir Akal. Utahn Qashiltar ne manquera pas de faire de toi son nouveau bras droit, comme tu le souhaites.

Muht avait de nouveau le regard fier.

— Nous chercherons cette fille plus tard. Rendons-nous d'abord à Éade, poursuivit Korta en tirant les rênes de son cheval. Tendons notre piège au Masque. Il me file entre les doigts depuis trop longtemps. J'ai une idée pour le mettre à mes pieds.

Le Scylès voulut chevaucher à son côté mais Korta le retint.

— Ton utilité ne t'octroie pas toutes les familiarités, Muht Dabashir. Je ne voudrais pas être blessant, mais ne m'oblige pas à rappeler à ta mémoire la simple comparaison de ta naissance à la mienne… Gardez une lieue de distance avec nous… Ton odeur importune mes hommes.

Muht serra de nouveau les dents au sourire sournois de Korta qui se savait fort. Gorth et Erkem, ses acolytes, attendirent une réaction de sa part. Aucun guerrier scylès ne se laissait insulter de la sorte ! Mais l'enjeu était trop grand, Muht avait besoin de l'aide du duc d'Alekant. Quitte à subir cet affront ; l'avenir de leur guerre en dépendait. Il resta en arrière, encadré par ses deux acolytes vexés.

Avec ordre et discipline, les soldats prirent la suite du duc, tous bien heureux de fuir les Yeux-d'Utahn, même s'ils devaient finalement retrouver la chaleur du soleil.

✧

La forêt faisait oublier à Axel le mystère des Brumes Infernales et les questions sur son gardien. Il retrouvait le plaisir simple de galoper dans les bois.

Au grand malheur de Nis, il ne s'aventura pas vers un village, parce qu'il avait rencontré trois bûcherons qui s'étaient enfuis à son premier mot. Axel grogna un bon moment contre la bêtise de ces hommes et évita soigneusement la route menant à leurs fermes. Une lieue plus loin, deux grives firent les frais d'un repas longuement attendu et quelques fraises des bois, un frugal dessert.

Au fur et à mesure que le temps passait, Axel retrouvait sa forme et son envie de tout visiter de Leïlan. À chaque jour son aventure. Il allait toujours au-devant. Par défi. Il aurait pu avoir une existence facile ; plus que n'importe quel pays, Pandème bénéficiait de l'amour des Trois Fées depuis quatre cents ans. Mais Axel avait besoin de prouver à ses Divinités qu'il pouvait décider lui-même de sa vie et de sa solitude.

Sans l'avoir prémédité – sans l'avoir évité non plus – ses pas l'amenèrent aux frontières des Bois Obscurs. À la vue de grands peupliers noirs s'élevant droits et accolés les uns aux autres, son regard brilla d'intérêt. La barrière gigantesque d'arbres devant lui dégageait un climat de mystère. Axel posa pied à terre et resta un moment pensif, grattant doucement l'irrégularité de sa barbe. Qu'est-ce qui se cachait derrière la légende du lieu ? Quelque chose l'appelait, le poussait à entrer. Il n'avait pas envie de résister.

Il sortit sa belle épée de son fourreau. Mais aux premiers buissons écartés, sa jument se fit soudain réticente. *Il n'allait pas recommencer ?!* Elle avait eu suffisamment de frayeurs ces derniers jours !

—Viens, Nis, je passe devant toi. Ainsi, je te protégerai et tu te reposeras. Où sont passés ta curiosité et ton sens de l'aventure ? ajouta-t-il avec un sourire charmeur.

Ces arguments suffisaient habituellement. Elle ne bougea pas d'un cil.

— Si tu veux rester ici toute seule, à ta guise. Mais je dois te dire que j'ai vu une empreinte de loup tout à l'heure.

La jument hésita une dernière fois puis céda. Certains mots avaient le don de lui faire prendre les bonnes décisions.

Ils pénétrèrent donc, l'un derrière l'autre, dans les bois soudain étouffants et silencieux. Ceux-ci s'assombrirent rapidement comme ils avançaient. Les branches semblèrent vouloir les attraper au passage, les capturer ou les étrangler. Mais la pénombre des premiers pas ne fit jamais place à l'obscurité attendue. Les doigts crochus des quelques ramures dénudées ne les agrippèrent point. De fins bruits d'animaux dans les feuillages épais les entourèrent et, peu à peu, les arbres s'espacèrent de nouveau. *Quel était le piège ?*

En une bouffée de vent frais, le paysage changea aussi soudainement que dans les Brumes Infernales. Mais l'air fut agréable, la beauté des lieux surprenante et la paix semblable à celle d'une église. Une dizaine d'oiseaux argentés s'envolèrent avec légèreté, accentuant la féerie qui se découvrait à Axel et à Nis.

La variété végétale autour d'eux était incroyable ; une véritable forêt vierge où se mêlaient toutes les plantes de la création. Par un fait extraordinaire, elles s'épanouissaient au même endroit alors que leurs caractéristiques étaient très différentes. En parfaite communion, une flore exotique des royaumes du Sud avoisinait une végétation poussant normalement dans les régions septentrionales. Les couleurs et les formes capricieuses, éclairées par un petit nombre de longues colonnes de lumière, avaient quelque chose d'irréel. La composition d'ensemble laissait libre cours à toute imagination un peu fertile. Un lieu sacré, un temple à la Nature.

Axel n'en revenait pas. Leïlan était vraiment un pays étrange ! Quelle était cette nouvelle magie ? Tout était grandiose ! Les Bois Obscurs possédaient cet art du paysage qui mariait à merveille la profusion colorée des arbres aux teintes insaisissables des ruisseaux.

L'envie de goûter à toutes ces plantes merveilleuses titillait fortement Nis, mais la tension de son maître la retenait sagement derrière lui. Le plus silencieusement possible, Axel se mit à glisser entre les hautes herbes et les fourrés, son sac devant sa poitrine pour ne pas l'accrocher aux branches et son épée à la main. Il scrutait la forêt : il ne voyait rien de dangereux mais ce décor lui rappelait l'irréalité des Brumes Infernales. Ayant les reptiles enchanteurs toujours en tête, le jeune homme se méfiait de chaque forme de fleur ou de feuille et observait la moindre ombre.

Il marcha ainsi deux bonnes heures dans un environnement des plus féeriques avant d'apercevoir devant lui une chose informe qu'il n'avait pas encore rencontrée. La matière apparaissait gluante, translucide, avec des reflets vert foncé et noir. Bombée, cette gelée d'environ quinze pouces de diamètre gisait sur le sol et ne donnait pas l'impression d'être vivante.

Axel s'approcha doucement. Il ressentit une désagréable sensation, une odeur légèrement amère et piquante agaça son nez. Il n'arrivait pas à savoir si l'effluve provenait de cette chose ou de ses vêtements. Nis montra son inquiétude en s'agitant. De toute évidence, ils étaient devant un piège, mais le jeune homme ne comprenait pas de quel ordre.

Il n'y avait pas de fil, pas de corde, la terre n'avait pas été creusée et les quelques rares feuilles mortes étaient trop dispersées pour cacher un quelconque trou. Néanmoins, il se méfiait, les oreilles aux aguets comme Nis.

Son arme en avant, il avança pour retourner la gelée. Au moment même où il allait toucher la masse gélatineuse, un bruit le fit sursauter. *C'était un rire ! Ici ?! De qui pouvait-il provenir ?!* Il se détourna brusquement de la gelée non identifiée gisant sur le sol. Attirant Nis, il partit dans la direction du rire sans se rendre compte de son surprenant comportement.

Silencieusement, il arriva au bord d'une petite falaise qui surplombait une lagune immense et une clairière en cuve dotée des attraits d'un jardin merveilleux. Là, dans l'herbe constellée de fleurs, irisée de mille couleurs, une adorable jeune fille de dix-sept ou dix-huit ans jouait avec de petits animaux sombres, mi-chats mi-rats.

Axel ne savait plus que penser. Après s'être joué de ses peurs, Leïlan se jouait-il de ses rêves ?

La jeune fille ressemblait à une jolie nymphe des bois. Sa tenue légère était la réplique de celle d'une danseuse de Zhol, un pays lointain des royaumes du Sud : une jupe écourtée à plusieurs pans et un petit corsage. Ses cheveux châtain et doré, disciplinés par trois tresses en couronne, coulaient sur ses épaules jusqu'à sa taille. Sa silhouette très élancée était soulignée par des sortes de lianes, vraisemblablement composées de cette même matière qu'Axel avait trouvée sur son chemin. À la différence que celle-ci arborait un vert très clair. Est-ce que cette délicieuse personne était une illusion ?

Elle avait les bras tendus vers le ciel, les mains pleines de gros fruits jaunes et rouges que les petites bêtes autour d'elle essayaient d'atteindre par des bonds prodigieux pour leur taille. Malgré leur frénésie, la jeune fille avait réussi à se dégager et s'était assise sur un rocher recouvert d'un lit de mousse. Elle tendait les fruits aux plus hardis en échange d'herbes ou de fleurs et reprenait ses rires aux cris de rage des plus craintifs.

L'apparition était assez attrayante pour que Méfiance et Prudence n'aient plus de place dans l'esprit d'Axel. Il voulait voir son visage. Il attacha les rênes de sa jument au pommeau de sa selle et s'allongea près des racines du bord de la falaise. Cette vision était trop magique, la curiosité trop forte. Tout en se cachant derrière les buissons, il se penchait dangereusement.

La jeune fille se tourna pour caresser un des petits animaux qui se laissait enfin apprivoiser. Ses traits paraissaient délicats et son visage respirait une insouciance envoûtante. Si Axel n'avait pas su que les Fées étaient transparentes et vaporeuses, il aurait cru qu'elle était l'une d'elles.

Il planta son épée au pied d'une fougère, et posa sa main sur une pierre pour se dégager de sa besace. Au moment précis où il prenait son appui, la pierre bascula dans le vide. Empêtré dans la courroie desserrée, Axel ne put rétablir son équilibre et tomba à son tour. Son sac se prit dans une racine plus basse mais ses doigts glissèrent. Sa chemise se déchira et il s'entailla profondément le bras en essayant de se rattraper aux pierres qui se dérobèrent les unes derrière les autres : il ne put arrêter sa chute.

Les animaux mi-chats mi-rats s'enfuirent par bonds. La jeune fille se retourna brusquement, lâchant tous les fruits dans l'herbe fleurie. Mais, passé l'instant de surprise, elle ne s'enfuit pas. Elle s'élança vers l'étranger :

— Sors de l'eau ! Cours !

L'eau était peu profonde à l'endroit où Axel était tombé. Quelque chose de moelleux avait amorti sa chute mais il était tout étourdi. *Et encore trempé !* Il releva la tête pour comprendre les cris qu'il entendait et eut la consolation de voir que son apparition n'avait pas disparu.

— Sors de l'eau ! Elle va te tuer !

Qui ?! Il se retourna. Derrière lui se dressait un mur noir immense dont les extrémités commençaient à foncer sur lui. Il recula précipitamment et retomba dans la lagune. Ses cuissardes pleines d'eau alourdissaient ses mouvements. Instinctivement, il porta sa main au côté pour saisir son épée ; il avait oublié qu'elle brillait encore sur le haut de la falaise. La jeune fille sauta à côté de lui.

— Sors ! Sors et n'interviens surtout pas ! ordonna-t-elle en le repoussant.

Axel monta sur la berge. La jeune fille faisait face à l'être étrange, les bras ouverts. Elle allait être ensevelie ! Axel ne pouvait pas rester là sans rien faire ! Elle n'était pas une illusion, elle l'avait touché. Il tira sa longue dague de sa botte et voulut se ruer sur la chose. Mais il fut arrêté dans son élan : contre toute attente, la jeune fille se mettait à chanter.

Semblant aussi surprise qu'Axel, la masse s'arrêta de progresser à quelques pouces du beau visage. La voix n'était pas exceptionnelle mais troublante. Son chant remplit la clairière de douces notes prenant au corps. La créature changea immédiatement de couleur, virant du noir au vert foncé, reprenant ses reflets translucides. Axel reconnut cette même matière étrange.

La chose, manifestement douée de vie, se mit à glisser sur le corps de la jeune fille comme si elle appréciait le chant et acceptait la danse. Elle s'enroula tout autour de sa taille nue et se divisa en plusieurs expansions. Au gré de la mélodie, chacune d'entre elles fila sur les cuisses jusqu'aux genoux de la charmeuse, flirta avec l'eau puis remonta en faisant varier ses reflets. Elles prenaient n'importe quelle forme, épousant celles de la belle enfant, l'envahissant, s'appropriant son être.

Axel s'appuya contre un tronc ; il en oubliait complètement son bras blessé. Il ne pouvait quitter des yeux ce spectacle extraordinaire ! Il reconnaissait l'ancienne langue de Leïlan. C'était un chant d'amour. Il trouva regrettable de n'en comprendre que quelques mots, mais rien ne pouvait altérer la splendeur de cette danse avec la mort.

En passant sur le corps de la jeune fille, la créature fusionnait avec celles qui s'y trouvaient déjà. Elle était maintenant presque aussi claire que les autres. Ce ne fut que lorsque sa couleur vira complètement que la jeune fille modéra son chant. L'agressive créature replongea lentement dans l'eau, calmée. Elle semblait avoir oublié l'insouciant qui l'avait dérangée. La jeune fille recula alors par petits pas pour sortir de la lagune et ses propres créatures reprirent leur place sur son corps.

Le chant avait pris fin, Axel restait encore sous le choc et le charme de la scène : il avait bien cru que cette créature allait absorber la belle inconnue. Il avait encore la main serrée sur sa dague. L'étendue d'eau était calme. Au jugé, on ne pouvait croire qu'un tel monstre y habitait. Pourtant, il n'avait pas rêvé. Pas cette fois ! *Qu'est-ce que c'était ?*

Il n'eut pas le temps de poser la question, la jeune fille répondait déjà :

— C'est une amalyse, une *plante tueuse* en leïlannais. C'est un être excessivement susceptible qui n'aime pas être dérangé. Lorsqu'on la blesse, elle répond par la mort sans pitié.

— Charmant. Il y en a beaucoup par ici ?! laissa-t-il échapper avant même de se retourner vers elle.

— C'est leur lieu de naissance ! Tu es à la Source aux Amalyses. Je ne comprends pas comment tu as pu venir jusqu'ici.

Il y eut dans son sourire quelque chose de ravissant, mais son regard se montra encore bien plus renversant. Ses yeux étaient bleus mais pas d'un bleu habituel, clair ou délavé. C'était celui de la nuit, profond et mystérieux, un bleu marine scintillant d'étoiles et de rais de lumière, s'harmonisant parfaitement avec un visage aux traits purs. Elle était belle, trop pour qu'on puisse accepter qu'elle soit réelle. Les mots ne sortaient plus de la bouche d'Axel tant il restait subjugué.

Ce fut la douleur qui le ramena sur terre : son bras le faisait souffrir. Ses vêtements mouillés donnaient l'impression qu'il se vidait de son sang.

— Laisse-moi regarder, pria-t-elle, ne semblant s'apercevoir de sa blessure que maintenant.

Il obéit et se laissa asseoir. Elle arracha le morceau de manche déjà déchirée et s'éloigna sans vraiment examiner la plaie. Parmi les plantes qu'elle avait échangées avec les petits animaux mi-chats mi-rats, elle choisit une espèce aux feuilles rosées et trouées. Puis elle revint s'agenouiller auprès du jeune homme. Les élancements furent légèrement apaisés par le contact frais de cette dentelle végétale, mais Axel s'intéressait plus à la sensation procurée par les doigts de la jeune fille qu'à sa peau meurtrie : elle n'était vraiment pas une illusion, elle existait !

— Je ne sais comment vous remercier pour tout ce que vous faites pour moi, balbutia-t-il quand elle eut fini.

Même si elle avait deux ou trois ans de moins que lui, même si elle semblait vivre dans les bois, il ne pouvait pas la tutoyer : elle devait être une petite Divinité.

— *Vous ?!* Quelle idée de me parler ainsi ! Rien n'a moins d'importance dans cette forêt que des futilités de convenances ou de hiérarchies ! Peu importe qui nous sommes, je suis intervenue parce que je n'aime pas la mort. Mais que fais-tu dans cette partie de la forêt ? continua-t-elle dans un même souffle. D'où viens-tu pour qu'aucun Leïlannais n'ait pu t'avertir du danger ?

Il ne savait que répondre, il s'était cru le plus fort, il avait agi comme un crétin.

— Je me nomme Axel. Je viens du royaume de Pandème par les Monts Pétrifiés, et je me rends à la capitale de Leïlan. Les secrets et la beauté de la forêt m'ont attiré, je n'ai pas voulu croire à toutes les histoires que l'on raconte... J'ai voulu voir par moi-même.

Son ton était celui d'un enfant qui avoue sa faute. La jeune fille apprécia cette sincérité : son itinéraire passé prouvait sa témérité. Il s'attendait à ce qu'elle se présente à son tour mais elle ne se pencha vers lui que pour lui dire :

— Avant que tu ne fasses une autre bêtise, sache que la Forêt Interdite existe, et que le Monstre qui l'habite est réel. N'essaie pas de le voir, car lui, je ne pourrais pas l'arrêter.

Elle serra doucement le nœud du pansement fait du morceau de chemise. Axel ferma les yeux en sentant le parfum de sa peau et de ses cheveux. Elle pouvait lui demander n'importe quoi, il accepterait tout sur-le-champ.

Il se moquait complètement de la légende du Monstre qui faisait trembler les jeunes générations depuis quatre siècles. Même si enfant, il avait hurlé plus d'une fois la nuit en imaginant qu'il sortait de son territoire.

— C'est ton sac qui pend là-haut ?

Axel sursauta. Il se releva avec peine et vit trente pieds au-dessus de lui, accrochée à la falaise, sa besace qui pendouillait dans le vide. Comment allait-il la récupérer ?

La jeune fille ne lui laissa pas le temps de réfléchir. Avec agilité, elle monta dans le prunier en floraison le plus proche de la falaise. Elle passa de branche en branche lentement mais avec beaucoup d'assurance. Ses gestes étaient naturels : les arbres n'avaient plus de secrets pour elle depuis longtemps. Ses plantes tueuses suivaient ses mouvements sans la gêner, s'entrecroisant comme des cordes sur son corps. Elles bloquaient les vêtements pouvant s'accrocher aux branches.

Sans aucune difficulté, la jeune fille parvint au sommet de l'arbre. Huit pieds la séparaient du sac. Elle s'élança d'un bond contre la falaise ; une partie des amalyses se réunirent à sa taille et s'agrippèrent à la roche pour la retenir. On aurait dit un écureuil volant. Elle attrapa la besace et passa la lanière autour de son cou.

L'épée d'Axel était juchée un peu plus haut, au bord du vide. La jeune fille observa un instant les deux quillons en forme de rameaux de laurier recourbés vers la lame plus large que la normale. Son doigt passa sur l'acier effilé, allégé par deux cannelures et orné de trois damasquinages près de la poignée. Elle semblait apprécier la beauté de cette arme ancienne et peu commune.

Un dernier brin d'escalade, aidée par ses harnais vivants, permit à la jeune fille de la saisir ; elle l'accrocha au sac. Par le même bond, elle retomba dans le prunier et commença à descendre. Axel admirait son évolution depuis le début. *Qui était-elle ?*

Elle avait parcouru la moitié de son trajet quand un craquement se fit entendre : elle avait surestimé la résistance de la branche qui la soutenait. Avant d'avoir pu faire quoi que ce soit, elle tomba dans le feuillage.

Axel se rua sous l'arbre pour la rattraper, mais la chute s'arrêta net au-dessus de lui. Il ne reçut dans les bras que son épée qui s'était décrochée, suivie d'une pluie de pétales blancs. Suspendue dans le vide, la jeune fille avait les jambes nues et les plantes tueuses cerclant sa poitrine quelques instants plus tôt avaient disparu : elles s'étaient toutes réunies à sa taille pour la retenir à une branche. L'énorme liane la fit glisser tout doucement devant Axel. Quand elle toucha le tapis neigeux de pétales, les amalyses serpentèrent sur son corps pour reprendre leur disposition initiale.

— J'aurais préféré être le sauveur, grogna Axel, ne pouvant réprimer sa déception.

Elle lui fit son plus beau sourire et lui tendit le sac. Pendant qu'il la remerciait, elle entra dans l'immense lagune.

— Comment arrives-tu à les dompter ? ne put s'empêcher de demander Axel, étonné par tous ses mouvements. Tu leur as fait mal, et elles ne t'attaquent pas ?

— Une eau légèrement salée les apaise et elles me connaissent. J'appartiens à la forêt, répondit la jeune fille en tournant dans l'eau. Elles auraient pu me tuer lorsque j'étais enfant mais, au lieu d'en avoir peur, j'ai été fascinée par elles.

Elle sortit de la lagune en se hissant avec souplesse, laissant les plantes tueuses se baigner. Ses vêtements lui collaient à la peau. Axel la trouva idyllique.

Elle s'assit à côté de lui et continua son explication sans gêne :

— Les amalyses ne ressemblent à aucune autre créature. Elles ne réagissent pas à ce qu'elles voient mais à ce qu'elles ressentent. Tu peux prévoir leurs réactions à leurs couleurs : plus elles sont noires, plus elles sont dangereuses. Face à la haine et à la peur, elles deviennent très agressives et peuvent tuer. Face à l'amour, il n'y a pas d'êtres plus dociles et plus maniables. Ce sont des armes de choix et des alliées incomparables qui obéissent à la pensée.

Bien que ravi, Axel n'en revenait pas qu'elle lui dise tout cela. Comme si aucune barrière, aucune frontière ne les séparait. N'avait-elle jamais peur de l'étranger ? Il sentait pourtant qu'elle le détaillait du coin de l'œil et jugeait ses vêtements et son allure. Il regrettait d'être aussi peu engageant avec son ample chemise de lin douteuse, sans col et maintenant déchirée, sa culotte usée de cuir noir, et ses cuissardes épuisées par les lieues arpentées. Mais le fait qu'elle ne semble nullement importunée par sa barbe hirsute et ses pommettes brûlées allégeait son malaise. Le ciel pouvait s'écrouler ou s'évanouir comme les papillons aux ailes transparentes ; enivré par le parfum de l'infinie richesse florale du lieu et par la caresse du vent marin, il n'aurait voulu être ailleurs pour rien en ces Mondes.

Une amalyse ondula dans la verdure. La jeune fille la prit délicatement dans sa main. La plante glissa sur son poignet, formant un gros bracelet.

— Donne-moi ta main, je vais faire venir cette amalyse sur ton bras, proposa-t-elle. Si tu contrôles ta peur, elle ne te fera rien. Pense à quelque chose d'agréable et de doux.

Axel n'aimait pas la chose gluante. La sentir sur sa peau ne l'inspirait pas du tout, mais il avait confiance en cette merveilleuse nymphe des bois. Penser à quelque chose de doux avec elle n'était pas difficile. Il suffisait de regarder ses lèvres rosées, délicatement dessinées, pour rêver de poser les siennes dessus. Agréable et doux. Il contempla chaque grain de sa peau satinée pour s'arrêter sur ses yeux. *Quel bleu!*

Sans qu'il s'en aperçoive, l'amalyse venait sur son poignet. Ce fut lorsqu'il sentit un contact aussi doux que de la soie qu'il le réalisa. Il regarda la plante; sensible à ses sentiments, elle devenait d'un blanc éblouissant et se muait en caresse. Axel n'aurait jamais pu croire qu'elle serait si veloutée et si légère!

La jeune fille en demeurait bouche bée.

—Jamais une seule de mes amalyses n'a pris cette couleur, murmura-t-elle comme pour elle-même. Il reste toujours des reflets verts... Tu peux sortir des Bois Obscurs! Tu ne crains plus rien des amalyses! s'écria-t-elle joyeusement. Tu en as conquis une et les autres le sauront...

Le glapissement d'un aigle passant au-dessus de la forêt l'interrompit brutalement. Elle se leva d'un bond. En quelques secondes, l'amalyse revint sur son poignet et toutes celles qui se trouvaient dans l'eau en sortirent pour reprendre leur place sur son corps. La jeune fille rassembla plusieurs herbes déjà coupées; elle partait. *Pourquoi?* L'insouciance avait disparu de son visage, et Axel lisait même de l'inquiétude dans son regard.

Il se leva et la retint par la main. Il pouvait la protéger si elle était en danger! Elle se retourna, saisie par sa présence. Elle semblait l'avoir oublié pendant un instant.

—Je... je dois m'en aller. Les charatons vont te conduire jusqu'à l'orée de la forêt, près d'un village. Il ne pleuvra pas cette nuit mais il fera très froid. Tu ne peux pas rester avec tes vêtements mouillés.

Elle ajouta un « au revoir » navré en plongeant son regard dans le sien. Mais Axel serra sa main. Il se moquait du temps, de la nuit et du froid !

— Je ne peux savoir ni ton nom, ni qui tu es ?!

— Trop indiscret ! lança-t-elle en lui glissant des doigts.

Elle allait se sauver derrière le rideau de feuillage coulant et rampant d'un saule quand elle se ravisa, un sourire d'enfant malicieux sur les lèvres.

— Fais attention, les charatons sont principalement carnivores !

Elle disparut sur cette pirouette, laissant Axel anéanti par sa fuite. Elle s'était volatilisée tellement vite, si brusquement !

— Trop indiscret ?!

Il secoua lentement la tête sans comprendre et resta un moment immobile. Nis, qui avait réussi à trouver un moyen pour rejoindre son maître, lui poussa le dos de son nez dégorgeant d'herbe. Axel se retourna et posa la main sur son chanfrein. Il caressa tout songeur les naseaux blancs.

Des grognements le firent sortir de ses pensées : les petites bêtes se disputant auparavant des fruits l'avaient entouré. Guère plus grosses qu'une main, elles affectaient chacune une agressivité étonnante : poils hérissés, griffes acérées sorties et yeux rouges, menaçants. Carnivores, Axel ne pouvait en douter. Face aux trois rangées de dents consécutives dans chaque gueule, il dut s'incliner et les suivre.

Escorté par une vingtaine de charatons, petits démons bondissants, et suivi de sa monture, Axel prit ses affaires et sortit des Bois Obscurs à regret. Il ne voulait pas quitter ce rêve. Comment pourrait-il retrouver cette jeune fille ? Leïlan était le plus petit pays des quatre Mondes, mais tout de même, il ne savait rien d'elle !

Il marchait droit devant lui. Aucune amalyse ne l'empêchait de sortir de la forêt et les charatons le guidaient sans l'agresser. Tout ce qui l'entourait avait disparu. Il restait perdu dans le souvenir d'un regard couleur bleu nuit.

L'ennemi du royaume

— Tu cherches que'qu'chose, étranger ?

Cette voix enrouée et grave fit sursauter Axel. Il se trouvait au bord de la forêt. Près de lui se dressait un homme au visage ingrat devant un village. Les charatons avaient disparu sans qu'il le remarque. Il retombait brusquement dans la réalité.

Le paysan allait reformuler sa question, peut-être plus agressivement, lorsque Axel répondit :

— Je... Je cherche des vêtements secs, un repas chaud et un bon lit. Je crois en avoir bien besoin ! Pourrais-tu m'indiquer un endroit, s'il te plaît ?

Il partit en direction de l'auberge désignée, sans se préoccuper de l'effet de sa demande auprès du paysan.

Le village d'Orée était ravissant. Les murs blanchis et les pierres apparentes étaient soutenus par de belles poutres de bois. Les petites maisons solides s'espaçaient dans une ambiance quotidienne relativement paisible. Une fermière balayait le palier de sa chaumière d'où s'échappait une succulente odeur de potage et de porcelet rôti. De petits garçons jouaient à cache-cache dans une grange. Plus loin, un berger, revenu d'une colline voisine, rentrait une trentaine de moutons et de brebis dans une avalanche de laine et de carillons. Dans une rue adjacente, des poules en liberté couraient sur les petits pavés, poursuivies par un chien joueur que sa trop jeune maîtresse ne pouvait arrêter. Là, encore, une jeune femme au chapeau de paille finissait d'étendre de grands draps blancs à côté des lavoirs et un vieil homme sur un banc de cèdre regardait le temps passer, rythmé par le bruit d'une roue à eau.

Axel avait côtoyé trop de lieux et de créatures étranges ces deux derniers jours. Descendant de son nuage, il commençait à peine à apprécier ce qui l'entourait. Lui, en tout cas, ne passait pas inaperçu. Plusieurs personnes se retournaient vers lui et s'arrêtaient de parler. Seuls les enfants rirent de son allure et du bruit que ses pieds mouillés faisaient dans ses bottes. Ignorant la méfiance et le ridicule, Axel entra fièrement dans l'étable de l'auberge.

Sa jument accepta avec joie ce repos longuement demandé. Elle méritait bien la douzaine de carottes promises et les deux picotins supplémentaires. Avant de s'occuper de lui-même, refusant même de l'aide, Axel lui fit une toilette générale, curant les sabots, étrillant, bouchonnant et lustrant l'alezan cuivré, jusqu'à la balzane de sa jambe arrière. Lorsqu'il brossa sa fine crinière, Nis sembla le remercier de son attention et de ses caresses en passant une nouvelle fois ses naseaux blancs sur sa joue. Puis, elle le laissa partir avec tous ses paquets et ses armes.

La femme rousse qui accueillit Axel dans la grande salle de l'auberge était l'image parfaite de la nourrice : grassouillette et de poitrine opulente. Avec ses joues rouges, elle se montra très agréable ; il était extrêmement rare de voir un étranger à Orée.

— Le village est bien trop éloigné de la frontière akalienne ! expliqua-t-elle.

Elle lui indiqua une chambre où elle allait lui apporter

de quoi prendre un bain chaud ainsi que des vêtements de rechange.

Tout en cherchant les pièces d'or que lui avait données son roi, Axel entendit des gloussements et des moqueries fuser derrière lui aux mots *bain chaud*. Mais des creux fendirent ses joues. Il n'avait pas envie de se montrer susceptible aujourd'hui.

La chambre était simple et agréable, et, pour une fois, ne sentait pas le moisi. Finalement, il ne regretterait pas de dormir sous un toit.

Tout avait été refait récemment. En fait, plus Axel y réfléchissait, plus il était certain que le village entier avait été remis à neuf. Il avait l'impression d'être chez lui, à Pandème. Les gens semblaient heureux et la vie aisée. Il ne comprenait pas. Il aurait dû trouver un peuple en désolation, si toutes les rumeurs de vandalisme filtrant du pays étaient fondées. Un grand bandit cruel et sanguinaire, dont le nom lui échappait, faisait la loi depuis deux ans. Il détroussait et tuait les nobles, pillait les villages et les commerçants ambulants. Aucun homme d'armes ne parvenait à l'arrêter. Axel ne comprenait plus. Ce pays conjuguait vraiment mystères et secrets.

Il se déchaussa et posa ses bottes trempées près de la porte. Il était neuf heures du soir et déjà le froid se ressentait. L'été n'arriverait que dans un bon mois. Le temps était encore instable. Sa belle inconnue avait raison : ses affaires n'auraient pas eu le temps de sécher.

Askia, la rousse aubergiste, entra pour lui apporter de l'eau chaude. Ce garçon lui plaisait, sa jeunesse et son regard préoccupé étaient attendrissants. Beau jeune homme, bien fait et bien poli. Elle regretta de ne pas avoir vingt ans de moins lorsqu'elle le vit torse nu, et faillit s'évanouir devant son sourire de remerciement tandis qu'elle emmenait ses affaires à laver. Elle lui promit en fermant la porte de lui apporter un excellent repas.

L'eau était à la température idéale. Oubliant sa blessure, Axel s'y plongea entièrement pour se remettre les idées en place. Parce qu'il devait arrêter de rêver ! Une prophétie revenait hanter son esprit... Un mélange de dévotion et de révolte lui serra le cœur : il ne pouvait pas changer le choix des Trois Fées, mais il ne se résoudrait jamais à l'accepter !

Il ressortit violemment la tête de l'eau et passa les mains dans ses cheveux. Les yeux fabuleux qu'il avait vus dans les Bois Obscurs rendaient plus amère la triste fatalité qui le frappait. Il était préférable qu'il les oublie. Il devait se concentrer sur sa mission. Impossible, il le savait déjà. Le décor de la rencontre avait été trop magique.

Quel était le dessein des Fées ? Pourquoi était-il la seule personne qu'elles faisaient souffrir ?

Askia pénétra une nouvelle fois dans la chambre avec des vêtements propres. Elle préféra ne rien dire : Axel avait l'air si malheureux. Mais elle se jura en sortant de vraiment lui mitonner de bons petits plats durant tout son séjour pour lui faire perdre cette morosité.

✧

La nouvelle d'un étranger logeant à l'auberge fit rapidement le tour du village. On se passa le mot pendant la veillée et, le lendemain, il n'y eut pas d'autre sujet de conversation. D'autant qu'Axel ne trouva rien de mieux à faire que de passer l'après-midi à inspecter le village sous toutes les coutures !

Les habitants d'Orée ne se montraient pas malveillants, toutes les bêtises qu'ils disaient, toutes les hypothèses qu'ils échafaudaient, n'étaient dues qu'à leur méfiance et à leur ignorance. La présence de l'étranger les inquiétait. *Qui était-il ? D'où venait-il ? Comment avait-il évité tous les gardes du royaume aux frontières ? Que savait-il de Leïlan ?* La conclusion était toujours la même : *il valait mieux tenir sa langue en sa présence.*

— Vous avez vu son cheval ? Belle bête ! lança un paysan nouvellement arrivé dans la grande salle de l'auberge.

Il rabattit sa cagoule brune sur ses épaules et rejoignit le groupe de villageois autour de la cheminée centrale allumée pour la nouvelle soirée. Il attrapa un gobelet d'hydromel frais au passage et le vida d'un trait avant même de s'asseoir.

— Ouais, il a même pas voulu que j'm'en occupe, hier, grogna un palefrenier irrité. Peu docile au brossage qu'il dit ! Il avait pas confiance, ouais, vous auriez vu toutes les câlineries qu'elle lui a faites. Elle est brave comme tout, c'te bête !

— Calme-toi, répondit Askia en lui renouvelant son vin. Pour un aventurier, la monture doit être aussi importante que l'épée.

Un homme au regard bourru haussa les épaules en réfléchissant.

— J'lui trouve les cheveux bien clairs pour un simple aventurier. Y s'rait un autre espion des Pays Insolites que ça m'étonnerait pas. Y fouille, y chine, y pose plein d'questions. Vous avez vu le dessous de ses yeux. Son visage a été récemment brûlé par le feu des glaces ou j'm'y connais pas.

— Peut-être, Othal, mais certainement pas par les glaces du Nord, intervint Askia en s'essuyant négligemment les mains sur son tablier de lin. La peau de son corps n'est pas blanche mais, bien au contraire, croquée par le soleil.

Et j'aurais bien voulu être à la place du soleil, ajouta-t-elle avec des yeux pétillants.

Tous les hommes la regardèrent, impassibles.

— Il n'a rien d'un cadavre ambulant. Et moi, je sais d'où il vient, continua-t-elle sur le ton du secret.

Elle laissa le silence passer, heureuse de l'attention qu'elle suscitait.

— Les pièces d'or qu'il m'a données – car il m'a donné des pièces d'or ! – étaient frappées du sceau de… *Pandème !*

Les bouches restèrent ouvertes sans un son, mais Othal éclata de rire.

— De Pandème ! Et il vient des Monts Pétrifiés et a traversé les Brumes Infernales pendant que t'y es ! Ton imagination, ma douce Askia, est débordante ! Ton auberge est la meilleure de la région et t'es une cuisinière fantastique, mais j'suis sûr qu't'y connais rien aux sceaux royaux !

Askia tourna la tête, vexée, aux ricanements de tout le monde. Elle attrapa un plateau et commença à débarrasser rapidement leur table malgré leurs plates excuses.

— Ophélie ! cria-t-elle. J'crois que tous ces manants ont suffisamment bu pour ce soir ! Viens m'aider, ma belle, à les mettre dehors !

Mais Axel apparut à l'entrée de la salle des repas et le silence fut immédiat.

La plupart des hommes se levèrent, reprirent leurs verres, et se séparèrent par petits groupes dans les différents coins de la salle. Les hypothèses d'Othal avaient remporté la victoire sur celle d'Askia : les Oréens craignaient que l'étranger ne vienne des Pays Insolites et qu'il ne connaisse déjà leurs pensées grâce à son pouvoir de double vue.

À voir Axel ainsi rasé et peigné, Askia se renouvela intérieurement des félicitations pour lui avoir choisi de beaux habits de rechange. Sa propreté n'était pas le seul élément à le distinguer de tous les paysans. Dans sa chemise blanche en popeline de coton, rehaussée par un long gilet damassé rouge, son élégance naturelle rayonnait.

Le jeune homme se sentait mal : il avait l'impression que les mots *étranger* et *ennemi* étaient gravés sur son front. Il n'avait essuyé que des regards fuyants et quelques grognements à de banales questions. Il aurait dû partir après son repas de midi. Nis et lui s'étaient suffisamment reposés.

— Bonjour, je m'appelle Ophélie. Ma tante vous a préparé de quoi vous restaurer. Par ici, j'vous prie.

La voix était claire, le visage franc et dégagé. Il reconnut la charmante jeune fille qu'il avait vue préparer mystérieusement un chargement de vivres à l'arrière de l'auberge avec deux hommes, trois heures plus tôt. Elle possédait de longues tresses très blondes remontées en gros macarons, et, entre les deux fins et interminables bandeaux de boucles de sa frange, ses yeux noisette brillaient d'espièglerie. Dans son petit tablier blanc, coiffée d'un bonnet de dentelle, elle était vraiment ravissante. Axel se laissa conduire sans résister vers une petite table de chêne.

Askia l'étonna encore avec ses plats. L'oie à la sauge et le pâté d'anguilles argentées en pot, accompagnés d'un bon vin de pays, furent excellents. Au grand plaisir de la femme potelée, le jeune homme fit grand honneur à son repas et retrouva le sourire.

Du plus vieux au plus jeune, dans l'éclat chaud et roussâtre des flammes crépitantes, l'expression méfiante des villageois demeurait identique. Malgré la différence de leurs traits, les barbes et les cheveux de tailles ou de couleurs diverses, tous les hommes, regroupés par petits clans, paraissaient n'avoir qu'un seul visage. Le fait qu'Askia gâte cet étranger n'arrangeait pas ces regards graves. Son geste de servir une tarte d'aeclives n'était pas approuvé par ce conseil de sages.

Axel resta un moment pensif devant les mêmes fruits jaunes et rouges que la jeune fille des Bois Obscurs utilisait pour négocier avec les charatons. Il n'avait plus de petits démons gourmands autour de lui. Mais le subtil mélange de douceur et d'acidité des aeclives ne le laissa pas regretter leur absence très longtemps. Il aurait eu du mal à partager la tarte tant elle était bonne.

Un villageois, plus curieux que les autres, posa la question qui brûlait les lèvres de chacun :

— Tu viens de loin, étranger ?

— Non, de Pandème.

Il y eut un silence de respect pour ce royaume. Un pays riche, où toute personne ayant accompli un acte courageux se voit devenir noble auprès d'un roi généreux, ne peut que faire rêver les gens de petite condition. Askia sourit.

— Et... *Vous* allez loin ? reprit le paysan en se corrigeant.

— Non, jusqu'à Ételé.

Cet interrogatoire faisait sourire Axel. Ils osaient enfin ! La peur de l'étranger pouvait être vraiment impressionnante dans certains pays ! L'Oréen ne se laissa pas démonter et poursuivit :

— Vous avez eu des problèmes durant votre voyage ? L'pays est pas des plus tranquilles.

Il faisait allusion au bandage de fortune qu'avait gardé Axel.

— Non, je suis seulement tombé d'une falaise dans une

lagune d'amalyses et une jeune fille aux yeux éblouissants m'a sauvé. La connaissez-vous ?

Le ton se voulait ironique mais l'effet fut glacial. Un silence de mort régna, suivi d'une multitude de questions et d'accusations :

— T'es entré dans les Bois Obscurs ?!

— C'est impossible qu'il soit encore en vie !

— Elle l'a sauvé ?! Non, c'est incroyable !

— C'est un menteur ! C'est invraisemblable !

— Jamais une amalyse n'aurait lâché sa proie !

— Elle l'aurait pas sauvé, c'est qu'un étranger !

— Othal, ce que tu dis est stupide !

La dernière intervention venait d'Ophélie.

— Elle n'aime pas la mort, elle soigne ! Elle connaît les amalyses et elle est largement capable de les arrêter pour qui que ce soit, sans distinction !

— Ophélie a raison ! renchérit Askia. Vous n'êtes qu'une bande de jaloux ! Vous n'supportez pas l'idée qu'il ait pu lui parler, uniqu'ment parc'que vous n'avez jamais eu l'audace d'en faire autant !

Cette phrase claqua comme une gifle.

— Euh… Elle a l'air connue… Je ne m'attendais pas à une telle réaction… Mais n'a-t-elle pas un prénom ? demanda timidement Axel à Askia.

— C'est la Fille-aux-yeux-bleus. Elle compte beaucoup pour nous et j'crois bien que tous les hommes de ce pays te tueraient pour l'avoir approchée. Ce sont des sots, pas de vilains bougres. Ils n'ont pas encore compris qu'elle est la seule personne libre dans c'pays.

La réponse était des plus étonnantes mais Axel n'eut pas le temps d'en demander plus, Askia s'éloignait vers ses fourneaux. Il y eut un long moment de silence. Ophélie alluma quelques bougies pour compenser la lumière déclinante du jour.

— Ta tête s'comprend mieux si tu l'as vue, lança un villageois. Elle est belle, hein ?

Le ton semblait cordial, comme pour se faire pardonner d'avoir été excessif. Axel répondit par un énorme soupir qui fit éclater la salle de rire. Un homme se leva et vint s'asseoir, à cheval sur sa chaise, près de la table d'Axel.

— Vas-y, qu'est-ce t'attends ?! Tu vois pas qu'on est pendus à tes lèvres ! Raconte-nous toute l'histoire !

Son brusque mouvement fut suivi par tous les hommes de l'auberge et bientôt Axel fut le cœur de l'univers. Il ne savait que leur dire, il avait l'impression que tous les événements passés lui appartenaient et que le jeu de l'amalyse devait rester secret. Tous les visages étaient penchés sur lui, tous en attente de détails croustillants, tous négligeant la prudence au profit de la curiosité. Mais un cheval au galop s'arrêta devant la porte et un gamin haletant entra dans la pièce.

— Il... Il a... Il a fait enlever les enfants d'Éade !

Le centre d'intérêt changea de personne dans la seconde. Les Oréens s'étaient tournés vers le petit garçon. Celui-ci reprit son souffle en regardant Axel avec méfiance. Il continua :

— Le Masque est désarmé... Ses hommes sont déjà partis... Les soldats le poursuivent. Il est parti vers le duché d'Oemel... mais d'après papa, il va couper par la première colline et passer par ici.

Revenue dans la grande salle, Askia poussa un cri strident :

— Le Doyen a emmené nos enfants à la Rivière Esseulée !

Ils ne sont pas encore rentrés ! Ils seront sur leur chemin ! Ils vont les enlever aussi !

L'homme répondant au prénom d'Othal se rua vers la porte.

Axel avait réagi au mot *Masque*: c'était le nom du terrible bandit de Leïlan ! Il ne pouvait pas manquer une occasion pareille de le voir ! Il sortit comme un fou de la salle et gravit les marches quatre à quatre pour prendre son épée dans sa chambre. Par la fenêtre, il vit Othal à bord d'une charrette commençant à partir. Il n'avait plus le temps de redescendre par l'escalier pour le rattraper ! Sans hésiter, il sauta sur le toit d'un appentis pour atterrir à côté du paysan.

—Qu'est-c'tu viens faire ?! lança froidement Othal, freiné brutalement et surpris par son apparition.

—Découvrir le pays et ses habitants ! rétorqua le jeune homme. Et tu ne peux pas me le refuser, car tu auras peut-être besoin de quelqu'un qui sait manier une arme !

Dans la faible lueur du soleil, l'épée brilla comme pour attirer l'attention sur elle.

Othal ne voulait pas de la présence du Pandémois mais l'argument s'avérait des plus valables. Aussi ne répondit-il pas et fit-il redémarrer les chevaux. Axel était ravi. Il avait hâte de voir le Masque, cette légende vivante.

La charrette roulait à toute allure, prête à se rompre à la première pierre. Axel observait le visage d'Othal. Il semblait très soucieux. Ses mains calleuses crispaient les rênes. Des rides marquaient son front sous les plis de ses sourcils grisonnants. La présence du Masque l'angoissait. Un frisson d'inquiétude parcourut Axel face à son expression.

Pourquoi le bandit avait-il fait enlever des enfants ? Cette lâcheté le répugnait. Les paysans n'avaient aucun moyen de défense. Axel sentait l'envie de se battre monter en lui.

Il scruta l'horizon orangé. Un cavalier, tout de noir vêtu, dévalait le col des Collines Jumelles dans leur direction. Plus loin derrière, une demi-douzaine de soldats le poursuivait.

Othal paniqua complètement. Soudain, il oubliait comment mener la charrette. Axel dut lui prendre les rênes des mains : les chevaux s'emballaient. À guère plus de deux cents pas devant eux, un vieillard et une dizaine d'enfants se trouvaient au bord d'une large rivière peu profonde. Le Doyen n'avait pas assez d'autorité pour les faire rentrer au village.

Axel plongea sur l'un des chevaux pour l'arrêter dans sa course et pour stopper la charrette. Se jetant ensuite au sol, il saisit les deux plus petits enfants dans ses bras et ordonna aux autres de monter. Aucun ne discuta.

La cavalcade approchait. Elle avait disparu dans le creux de la vallée voisine mais son bruit sourd se faisait entendre. Othal se reprit et aida le Doyen à monter. Au moment où Axel donna le dernier enfant au vieil homme, le Masque apparut et franchit la Rivière Esseulée dans une grande gerbe d'eau.

Axel bondit immédiatement dans la charrette et sortit son épée. Mais Othal assena un violent coup dans son estomac trop plein, qui le fit tomber à la renverse. Sans comprendre, le jeune homme vit le villageois sortir une grande perche du chariot et la jeter au Masque. De nouveau armé, ce dernier n'hésita pas à faire volte-face, retraversa la rivière et fonça en direction des soldats qui arrivaient. Axel avait l'impression d'avoir sauté un chapitre de l'histoire !

Tous les enfants s'étaient mis au bord du chariot et chuchotaient des encouragements :

— Vic ! Vic ! Vic !

— Allez vas-y ! Tu les auras !

— Tape fort !

En quelques secondes, Axel put se rendre compte, à voir les yeux des enfants et des deux villageois, que le Masque était leur héros. Avec un simple bâton long, ils semblaient convaincus qu'il allait terrasser tous les soldats. Ne sachant plus que penser, Axel accepta de se mettre en retrait de la bagarre.

Le premier homme armé surgit. Homme de très grande carrure, noble dans son apparence vestimentaire, il arborait une barbichette et de fines moustaches noires qui accentuaient l'agressivité de son visage. Dans son regard se lisaient toute la hargne et la rage d'avoir laissé échapper ce détrousseur noir.

Il rua sa monture vers le Masque qui fit de même. Mais, au lieu de se servir de la perche comme d'une joute, ce dernier l'enfonça avec maîtrise dans le sol juste avant le heurt ; il prit appui et décocha ses deux talons dans la mâchoire du noble surpris qui tomba à terre, inconscient.

De son côté, la perche cassa sous la violence du coup et du poids ; le Masque retomba comme un chat sur ses pattes et se rétablit après une roulade. Saisissant l'un des bouts de bâton, il se protégea des autres soldats qui arrivaient. Il esquivait, parait chaque coup d'épée et désarçonnait les cavaliers. À terre, ceux-ci n'avaient plus aucune chance de reprendre le dessus. Avec beaucoup d'adresse, un bon jeu de jambes et trois violents coups de bâton donnés à deux mains, le Masque les clouait au sol.

Axel admirait le combat et y prenait goût. Il ne saisissait pas toute la scène mais cet homme en noir lui plaisait. Il ressemblait plus à un gringalet qu'à une montagne, surtout comparé au noble, mais personne ne l'arrêtait. Il ne manquait pas d'énergie et d'habileté.

Il portait des bottes légères moulant étroitement les jambes, hautes et souples. Et, par-dessus sa chemise sombre, une longue veste sans manches descendait jusqu'à mi-cuisse. La forme ample des habits ne lui permettait pas de gonfler sa stature, mais le noir de ses vêtements et sa vitalité lui donnaient une certaine prestance empreinte de mystère dans la lumière du soleil couchant.

Axel était épaté. Ses doigts frémissaient sur la garde de son épée. Le Masque alliait agilité, élégance et efficacité. Ce qui empêchait le jeune homme de foncer dans la bagarre restait le choix du camp à prendre. Avec ou contre le Masque ? La sensation de douleur au niveau du ventre qui se faisait encore ressentir lui rappela l'opinion des villageois : il ne devait pas intervenir.

Un cruel et précis retour de bâton permit au Masque de se débarrasser du dernier soldat. Six hommes gisaient maintenant à ses pieds. Il jeta son arme de fortune, attrapa le pommeau de sa selle et, d'un saut, fut sur son cheval noir. Maintenant sa monture, il resta un moment immobile devant les occupants de la charrette.

Axel ne savait pas s'il était la cible de ce regard : le visage face à lui était entièrement recouvert. La moindre parcelle de peau était dissimulée sous une étoffe souple entourant sa tête et son cou. Le soir cachait une quelconque fente pour les yeux ou la bouche. Il se demanda si le Masque allait parler mais, d'un coup de reins, ce dernier fit cabrer son cheval, salua Othal et s'élança vers les champs de blé en pleine croissance après avoir chassé de nouveau l'eau de la rivière.

Cavalier émérite, combattant hors pair, cet homme, pensa Axel, *méritait sa légende.*

Korta se releva à ce moment-là dans un juron, la commissure des lèvres ruisselante de sang. Il tonna avec un emportement démesuré en voyant le Masque disparaître et se jeta sur les soldats à terre pour les secouer, en vain.

Devant sa défaite, il se rabattit avec violence sur Othal. Il exigea de savoir comment le Masque s'était procuré la perche. Le paysan prit un air penaud et niais pour répondre :

— Monseigneur, elle était dans l'chariot et c'brigand a m'nacé les enfants si j'lui donnais pas. Pouvez m'croire, si j'avais su c'qu'il en ferait, j'me s'rais battu pour vous.

Il ponctua ses phrases de petites courbettes pour flatter l'orgueil du noble.

Korta ne croyait pas à cette fable ; pour cela, au moins, il n'avait pas besoin de Muht. Mais il avait vu l'épée du jeune homme blond à côté du paysan. Malgré la nuit qui envahissait de plus en plus les yeux, il avait remarqué que cette arme était trop belle pour appartenir à un paysan. *D'où sortait cet individu ?* Il ne pouvait pas être un étranger ! Ses gardes l'auraient arrêté et tué à la frontière. Était-ce un nouvel homme au service du Masque ? Korta était trop meurtri par sa chute de cheval et ses précédents combats pour chercher à savoir, ou pour se battre de nouveau. Il pourrait toujours envoyer les guerriers scylès dans ce village pour savoir.

Il fixa le villageois dans le blanc de l'œil, puis se retira en maugréant dans sa barbe pointue. Il n'était pas vaincu comme on pouvait le croire : il n'avait pas rattrapé le

Masque, il n'avait pas cherché à prendre les enfants d'Orée, mais ceux d'Éade étaient *en sa possession*. Sous la menace de leur exécution, le Masque prendrait mille risques pour les récupérer.

Axel n'avait pas bougé, il avait remarqué la chevalière ducale du noble et se contentait d'analyser ce qui se passait autour de lui. Il savait parfaitement qu'il n'était pas pour rien dans le départ prématuré de cet homme. Et l'ennui, dans cette aventure, était d'être repéré par lui sans connaître son importance au palais. Il devrait se méfier de son influence.

Clopin-clopant, les gardes remirent leurs petits casques de fer et s'éloignèrent lentement avec leur chef.

Une fillette se mit à pleurer : elle avait eu très peur. Axel la prit dans ses bras mais ne trouva aucun mot pour la consoler. On lui avait dit tellement de bêtises sur Leïlan. Il avait l'impression d'entrer dans un autre monde, toutes ses méfiances étaient injustifiées et toutes ses vérités fausses. Il devait tout réapprendre. Il serra l'enfant contre lui en signe de protection et caressa doucement son visage et ses cheveux roux.

Othal mit les chevaux en route. L'incident était clos pour les Oréens. Mais, pour Axel, l'histoire commençait ! Il avait bien saisi que les véritables ennemis des villageois étaient les gardes du royaume, mais il désirait tout de même savoir pourquoi. De son air bourru, Othal répliqua :

— J'te r'mercie pour les enfants, et pour avoir fait fuir Korta-le-fourbe, mais l'Masque a pas voulu t'parler. J'ai pas à l'faire à sa place. Moins t'en sauras et mieux ça vaudra contre les Yeux-d'Utahn.

De sa part, faire une phrase aussi longue avec des remerciements paraissait un effort immense. Axel le ressentait bien. Il n'osa même pas lui demander ce qu'il entendait par les *Yeux-d'Utahn*. Le Doyen ne paraissait pas plus causant et les enfants avaient appris à se taire. Même la petite fille contre lui, du haut de ses trois ans, ne disait rien. Elle se contentait de fondre dans ses bras.

Axel accepta ce mur de silence. Que pouvait-il faire d'autre ? C'était la première fois qu'il sentait une union aussi parfaite entre des gens. Il n'était pas de force à l'affronter.

Leur arrivée fut un soulagement. De nombreuses torches les attendaient. Les enfants sautèrent dans les bras de leurs parents et, quand le Doyen leur apprit le sang-froid qu'avait montré Axel pour les sauver, il fut accueilli lui aussi à bras ouverts. Le jeune homme ne pensait pas avoir accompli d'exploit, mais le seul fait de les avoir protégés de Korta-le-fourbe lui valait la reconnaissance du village entier. Ophélie sauta au cou d'Axel et Askia l'étreignit aussi avec force, le laissant à peine respirer, pour le remercier d'avoir ramené leur petite Maï. Sans le lâcher, l'aubergiste lui promit le gîte et le couvert gracieusement pour chacun de ses passages à Orée !

Axel ne connaissait pas l'importance démesurée d'un enfant à Leïlan, il ne pouvait que rester étonné devant cette effusion de remerciements. Sans savoir comment l'arrêter et sans la comprendre, il fut emporté par elle. On l'emmena même jusqu'à l'auberge pour régaler à sa santé. Dans l'hydromel et le vin, les villageois cachèrent leur inquiétude et parurent tous rire de bon cœur. Même les langues semblèrent se délier. Toutefois, personne ne parla des enfants d'Éade prisonniers, du Masque, de Korta-le-fourbe ou de la Fille-aux-yeux-bleus.

Tard dans la nuit, Axel réussit à regagner sa chambre. Il était encore abasourdi de sa longue soirée, trop arrosée. Il s'assit devant la petite table près de la fenêtre et y posa sa chandelle de suif.

Deux croissants blancs et ventrus éclairaient le village enfin calme. La veille, le jeune homme était resté fasciné devant eux. Ce double clair de lune représentait toute l'étrangeté de Leïlan. Il était digne des chansons et des armoiries du royaume. L'une des lunes présentait des contours nets, l'autre légèrement flous. Pourtant, les mélanges d'ombre et de lumière de la surface paraissaient plus précis sur celle qui portait un halo. Difficile de déterminer entre les deux astres lequel était réel et lequel illusoire !

Se couvrant les épaules de sa cape, Axel prit une feuille de papier dans ses affaires et trempa d'encre sa plume d'oie. Depuis l'enfance, une grande complicité le liait avec le prince héritier Cédric. Bon nombre de fois, il lui avait écrit lors de ses voyages. Concernant Leïlan, il avait promis de le tenir au courant de tout ce qu'il découvrirait.

Le prince Cédric ne vivait que pour rencontrer un jour la Première Princesse de Leïlan, Éline. Un coup de foudre pour elle lui avait été prophétisé par les Fées et le faisait rêver depuis des années. Son frère Philip, en revanche, ne croyait pas à l'amour qu'on lui avait prédit pour la Deuxième Princesse, Éloïse. Il n'avait pas foi en ce pouvoir des Divinités. Il ne pouvait pas imaginer que l'on puisse choisir à sa place et que sa volonté puisse être influencée au point d'être contrôlée. Cependant, aucun des deux héritiers royaux ne se désintéressait du sort qu'elles réservaient au jeune garçon blond qui avait partagé la plupart de leurs jeux. Ils espéraient, chacun à leur manière, que l'avenir oublierait les promesses du passé.

Le prince Cédric était très intrigué par Leïlan. Il savait qu'il pouvait compter sur Axel s'il devait régner un jour sur ce pays inconnu. C'était en toute confiance qu'il l'avait laissé partir avec un pavallois blanc pour faire la liaison entre eux.

Celui-ci était juché sur le bord de la fenêtre ; la solitude de son maître et sa passivité l'avaient attiré. Il n'approchait du jeune homme que lorsque celui-ci était seul ou si son maître le lui demandait. Ce soir, il sentait qu'Axel allait bientôt avoir besoin de lui. Il arrangea soigneusement son jabot étoilé rouge, replaça de son bec ses petites plumes mouchetées sous ses ailes blanches et secoua sa huppe : il était prêt.

Mais Axel ne savait pas par où commencer. Il était transporté par ce pays. Il ne ressentait plus la présence de la volonté des Fées autour de lui. L'irrésistible envie d'avancer était passée après le détour par les Bois Obscurs, mais son esprit restait marqué. Il avait vécu tant d'oppositions de sentiments et de mystères dans les Brumes Infernales qu'il avait du mal à se rappeler qu'il n'était là que pour porter un message. Tout lui semblait extraordinaire. Même les histoires sur le pays étaient différentes de ce qui se disait ici ! Si le Masque n'était pas un ennemi potentiel, à quel point Korta-le-fourbe risquait-il de le devenir au château ? Axel éprouvait déjà une profonde aversion pour cet homme.

La couleur de la nuit et l'effet de l'alcool l'empêchèrent de se pencher plus avant sur ce personnage. Son pansement lui rappelait les instants si délicieux des Bois Obscurs. Reverrait-il un jour la Fille-aux-yeux-bleus ? Le parfum de la jeune fille balaya l'odeur des Brumes Infernales et le souvenir de son regard étrange écarta très vite les soucis du messager.

Il resta un long moment les yeux dans le vague, essayant de réordonner ses pensées. L'éclairage feutré et doré faisait danser des lumières et des ombres sur son visage, comme les fins nuages sur les croissants lunaires. Il se remémora les plus infimes détails de ses dernières journées dans ce double clair de lune, puis, d'une petite écriture nette et appliquée, il commença une lettre exaltée.

✧

Dans le noir, la princesse Éline se tenait immobile devant l'une des deux fenêtres de sa chambre. Un grand voile de mousseline noire glissa de sa main. Il effleura sa robe aux nuances lavande et s'échoua sur les bords d'un tapis de laine, tandis qu'une larme mourait sur les lèvres de la jeune fille. Les mensonges et les chantages rongeaient la princesse autant que le désespoir. La solitude de la nuit rendait tout plus difficile à supporter malgré le beau spectacle offert par les lunes.

Quelqu'un frappa à la porte mais Éline ne réagit pas. Elle savait parfaitement qui attendait son invitation. Elle n'avait pas envie de la lui donner. De toute manière, Misty passerait outre un refus de la voir.

Au troisième tambourinement, la vieille fille qui lui servait de chaperon entra comme prévu. L'éclairage du couloir dévoila un petit visage de fouine sec et fripé. Misty ne devait pourtant pas excéder de beaucoup les quarante ans. La guimpe encadrant son visage lui donnait l'air plus austère qu'elle pouvait l'être.

— Pourquoi ce silence, Altesse ? Vous savez pourtant très bien ce que je vous apporte.

Éline ne se retourna pas. Un soupir de mépris s'entendit seulement. Elle ne prit la parole que lorsque Misty s'approcha d'un chandelier pour l'allumer :

— Je désire rester dans le noir. Seule. Posez la fiole sur mon lit et allez-vous-en.

— Modérez votre ton, Altesse. Votre sœur Éloïse pourrait en pâtir.

La menace redressa Éline mais elle ne se retourna pas pour autant. Elle ne faisait plus l'honneur à sa chaperonne de la regarder en face.

— Dites-vous bien, Misty, que vous avez aussi peu d'importance pour votre maître que mes désirs peuvent en avoir pour lui. Éloïse n'a rien à craindre du ton que je peux employer avec vous et l'absence de Korta pourrait me permettre de me débarrasser de vous sans difficulté.

Misty eut un petit air pincé. Elle écarta les voiles brodés de liserons pendus au baldaquin du grand lit et déposa entre deux coussins de soie une petite fiole dont le verre était rougi par le produit qu'elle contenait.

— Ma disparition aurait plus de conséquences que vous ne le croyez. Les renseignements que je peux fournir au duc d'Alekant sur votre comportement auprès de votre père lui sont *très* précieux.

Elle s'éloigna vers la porte.

— Gardez bien votre sœur loin de tout surmenage, ajouta-t-elle avec un petit rire de crécelle avant de sortir.

La princesse Éline porta les mains à son visage. Elle eut envie d'éclater en sanglots. Elle se sentait seule et démunie face à ses ennemis. Il ne lui restait que la possibilité de prier les Fées pour que Korta ne revienne jamais et qu'il se fasse tuer par le Masque. Mais, depuis six ans, elle n'était plus très sûre de l'existence de ses Divinités.

Devant des flammes

Axel se leva en milieu de matinée. Il descendit ensommeillé, encore empreint de ses rêves, le corps toujours présent avant l'esprit. Ophélie rougit à son arrivée : elle s'était jetée dans ses bras, la veille, parce qu'il lui avait ramené sa petite sœur. Elle espérait qu'Axel ne se soit pas imaginé n'importe quoi sur son compte. Elle le trouvait bien séduisant, mais son cœur était déjà pris par un autre homme aux yeux verts.

Le jeune homme était loin de se préoccuper de la sorte. Depuis qu'il avait envoyé son pavallois vers Pandème, il avait du mal à penser à autre chose qu'à sa belle mystérieuse. Malgré les Fées, il avait rêvé d'elle encore toute la nuit et il était décidé à la revoir.

Accoudé au comptoir près des fourneaux, il questionna Ophélie sur le lieu le plus probable pour rencontrer la Fille-aux-yeux-bleus. Avec un air faussement candide, la jeune fille s'approcha de lui en essuyant ses mains pleines de farine sur un torchon :

— Elle essaie d'être partout, à chaque endroit où nous avons besoin de ses soins. Comme elle l'a été pour toi. Ne la cherche pas, tu ne la trouveras pas ainsi. Continue ton chemin. Avec de la chance, elle réapparaîtra.

Axel lui sourit : ce peuple ne savait décidément pas parler sans mystères ! Il devait se satisfaire de ne plus être quelqu'un à éviter. Bien, il allait poursuivre son chemin vers le palais, mais par les abords de la forêt puisque c'était sa seule piste !

Il allait la saluer et partir quand il se ravisa :

— Dis-moi, est-ce que les Yeux-d'Utahn ont un rapport avec Utahn Qashiltar, le Haut commandant des armées de Scyl ?

— Oui... ce sont trois guerriers scylès.

Sur le moment, Axel fut effondré d'avoir vu juste. Il avait déjà côtoyé le pouvoir de ces hommes, lors de visites des différents États belliqueux des Pays Insolites. Il avait été plus d'une fois mal à l'aise et pris au dépourvu par leurs regards. Il se rendait compte qu'il avait tout intérêt à les éviter, pour le message qu'il portait et pour lui-même.

— Ils sont au château, ou dans la campagne ? voulut-il savoir.

— N'importe où. Ils sont arrivés depuis une demi-lune. Ils vont et viennent dans les villages, restent ou non près de Korta-le-fourbe. C'est difficile à savoir. Ils cherchent des informations sur le Masque ou la Fille-aux-yeux-bleus. Ils sauront que tu les as vus.

Axel resta pensif un instant puis son regard tomba sur le petit déjeuner qu'Ophélie allait porter dans la salle des repas. Il engloutit un gros morceau de fromage de brebis et prit une grosse galette beurrée très tentante.

— Je ne crois pas que cela les avancera à grand-chose, mais je saurai tenir compte de ton avertissement. Merci pour tout, Ophélie.

Il remercia aussi les villageois pour leur accueil et leurs vivres, et reprit sa route sur sa monture vigoureuse.

Le soleil avait eu du mal à percer. Le ciel était encore blanc et brumeux. Axel ne voyait plus le château royal.

Plus vaporeux qu'auparavant, le temps n'enlevait plus les distances aujourd'hui. Traversant un immense champ de lin, le jeune homme se laissa emporter par le flot de fleurs bleues qui ondulaient sous la brise telles les vagues d'une mer calme. Puis, comme il l'avait décidé, il longea la forêt par l'intérieur, enveloppé dans un air chaud et immobile. Nis trottait ou galopait, comme à son habitude, au gré de l'humeur de son maître.

Axel mit plusieurs fois pied à terre pour manger, reposer sa jument ou se rafraîchir d'une eau claire. Sur de gros galets ronds et une terre sableuse, il marcha un long moment en suivant une rivière calme. La journée était parfaite et reposante. Sauf qu'aucune Fille-aux-yeux-bleus n'apparaissait à l'horizon !

Machinalement, Axel prit une flèche et son arc, et essaya de tendre les cordes du mieux qu'il put. La blessure de son bras le fit légèrement souffrir : s'il avait lâché la flèche, son tir n'aurait pas eu la justesse habituelle. Heureusement, il n'avait pas besoin de chasser. Il restait cependant contrarié par sa blessure, acceptant mal de ne plus pouvoir se servir de son arc.

Il essaya une dernière fois de bander la corde en visant les cimes des arbres qu'une brise balançait. Il aperçut quelques oiseaux qui volaient en rond. Il baissa son arme. Askia lui avait donné suffisamment de vivres et il n'avait pas envie de perdre une flèche pour rien : ce n'était que des corbeaux. Tout ce qu'ils pouvaient lui apporter était la révélation de la présence de loups au-dessous d'eux. Et ceux-ci se trouvaient encore bien loin. Il ne dit rien à Nis.

Il rangea son arc et sortit du lit de la rivière qui chantait l'apparition de petits rapides dans un joyeux clapotis. D'un claquement de langue, il excita le pas de sa jument et poursuivit sa route en direction du nord sur l'étroit sentier qui serpentait dans un nouveau sous-bois.

Toujours aussi imposants, les arbres avaient changé d'apparence depuis la veille. Ils appartenaient à une belle forêt luxuriante de plaine dont une nature coquette se plaisait à habiller les quelques branches mortes de dentelle de lichen. Les troncs massifs, lisses et gris argent des hêtres disputaient parfois la place d'honneur aux éternels chênes majestueux. Les charmes, indifférents à cette guerre, élevaient leur feuillage au-dessus de la laîche des bois, agrémentée de canche gazonnante.

La Source aux Amalyses des Bois Obscurs était très loin. Encore ébloui par le souvenir de sa magie, Axel rabaissait la beauté fertile présente en la considérant comme normale. Il ne cherchait pas les traces de renards, les trous de blaireaux ou les bois de cerfs dépassant de certains buissons. Le silence des charbonniers sur son passage ne lui fit même pas de peine. Il oubliait jusqu'aux préoccupations liées à son arrivée au château ; il n'espérait qu'une seule rencontre.

Soudain, ses pensées furent interrompues par une odeur de feu, par des cris, des coups d'épée ainsi que des cavalcades de chevaux. On se battait plus loin dans la Grande Plaine !

Axel ordonna un galop à Nis pour se rapprocher et descendit d'un saut de sa monture pour écarter les buissons à la lisière de la forêt. Le village d'Ize était en proie à des flammes. Des animaux s'enfuyaient dans la prairie, des femmes hurlaient et couraient en tous sens à la recherche de quelques enfants, et plusieurs hommes cernaient le feu. Au milieu de cette agitation, et de cette fumée suffocante qui cédait malgré tout du terrain, d'autres hommes, un petit nombre, se battaient contre des soldats.

Parmi eux, Axel remarqua un nain, non, un Akalien pour être plus précis : ses cheveux, aussi rouges que les derniers brasiers, trahissaient ses origines étrangères. *Que faisait-il ici ?* Était-ce la présence des Scylès qui l'avait amené en Leïlan ? Il se faufilait avec agilité entre les gardes et profitait de sa petitesse pour les surprendre par sa force et avec des nuages de fumée. Il était secondé par un homme aux dimensions plus qu'imposantes.

Axel allait intervenir. Avec sa dernière expérience, il savait qu'il ne fallait plus croire en la protection des hommes d'armes du château. Mais il repéra un groupe de cinq hommes se battant à l'écart et resta immobile : le Masque luttait au milieu.

Axel était de nouveau impressionné : *cet homme semblait voler et pouvoir parer n'importe quel coup !* Ambidextre, il avait vraiment été instruit à bonne école. Il ne faiblissait pas et attaquait de pied ferme, même lorsque d'autres soldats venaient en renfort. Il s'arrangeait toujours pour n'en avoir que trois de front, ne se laissant jamais submerger par le nombre. Il débordait de stratégies pour compenser son manque de largeur d'épaules et profitait des moindres faiblesses de ses ennemis.

Le reste de deux maisons sacrifiées se consumait lentement. Les villageois avaient réussi à cantonner le feu sans qu'Axel le remarque, et la plupart des soldats étaient hors de combat. Le Masque siffla : cinq hommes, dont l'Akalien et le géant, terrassant leurs derniers adversaires, montèrent sur leurs chevaux. Ils prirent la direction de la forêt et ne passèrent qu'à une centaine de pas d'Axel. Le Masque s'attardait : il ne lui restait que peu d'hommes à affronter mais l'un d'entre eux était Korta-le-fourbe.

Le choix de rester seul semblait très audacieux ; le duc paraissait très doué pour les jeux d'épée. Les trois derniers soldats le savaient. Ils s'éloignèrent pour laisser leur chef avec sa proie.

La vie sembla se suspendre. Tout s'arrêta autour des deux ennemis. Même les villageois, les visages noirs de cendre et de fumée, regardaient la scène. Il y avait autant d'espoir que de peur dans leurs yeux. Tout était redevenu silencieux : on n'entendait plus que le bruit des deux lames d'acier.

Axel avait depuis longtemps pris parti. Il vivait chacun des gestes du Masque, il anticipait les coups, les parades et attaquait avec lui, emporté par la même passion. Malheureusement, au bout d'un moment, l'homme en noir sembla s'épuiser : les coups toujours parfaits étaient portés avec moins de force. Son adversaire s'avérait de taille. Il se montrait même à la hauteur ! Le duc avait compris, lui aussi, que bien qu'excellent, le Masque commençait à se fatiguer.

Un rictus de satisfaction se lisait sur le visage du seigneur, sa barbiche noire pointait vers l'avant à chaque mouvement d'attaque. Il prenait de l'assurance, certain de l'issue du combat : il jouait tel un chat avec une souris.

Le Masque ne cédait pas encore, Axel sentait qu'il allait essayer de fuir : l'énergie du désespoir avait remplacé son ardeur primaire. Après plusieurs minutes de combat, il n'avait blessé Korta que légèrement au bras gauche : il ne parviendrait pas à gagner. Le duc portait un luxueux pourpoint garni de peau dont seuls les rivets des écailles d'acier étaient visibles. Le Masque, lui, n'avait aucune protection. Il fallait qu'il s'enfuie avant d'être à bout de souffle.

Un coup de lame plus rapide et plus précis que les autres lui passa près du cou. Il esquiva, mais l'épée crantée de

Korta déchira d'un coup sec le col de sa chemise et arracha la chaîne qu'il portait. Sous le choc, le bijou fut projeté très loin derrière le duc. Impossible de le reprendre facilement ! Les deux hommes s'immobilisèrent, chacun pensant à une tactique éventuelle. Le combat devenait trop long.

Ce fut le Masque qui attaqua de plus belle, comme pour attiser la colère de son ennemi ; puis ses coups devinrent plus rares, il ne se contentait plus que de se défendre. Axel ne comprenait pas. On aurait dit qu'il cherchait à perdre ! Il trépignait de rage devant cet abandon. Comment pouvait-il laisser tomber ?! Le Masque devait avoir une idée pour s'enfuir. Ménageant coups et parades, il cherchait à reprendre des forces. Peu de sang coulait, ce n'étaient que des égratignures ; néanmoins, dans sa chemise lacérée, il pliait presque sous les chocs.

Korta ne voyait que sa victoire et ne se rendait pas compte de ce jeu. Son seul but était de voir enfin le visage de celui qui le ridiculisait auprès de la cour, et du roi, depuis deux ans. Il ne portait plus ses attaques qu'au niveau de la gorge et de la tête. Chaque coup de lame arrachait un morceau d'étoffe. Mais il ne parvenait pas à zébrer la joue de son adversaire, comme celui-ci l'avait fait quelques mois plus tôt en le clamant *Traître au peuple*.

Le Masque lui avait toujours échappé par des effets de surprise, mais aujourd'hui, il était piégé.

Dans un ultime effort, l'épée du noble vint se planter dans le nœud retenant l'étoffe sur la tête noire. Le Masque s'immobilisa, puis lâcha son arme. Un coup à droite, Korta lui tranchait la gorge, un coup à gauche, il faisait enfin tomber le rideau final. Dans son coin, Axel en avait le souffle coupé : la légende allait mourir devant ses yeux. *Pourquoi n'était-il pas intervenu ?!*

L'ego du duc fut plus fort que son désir de vengeance expéditive : il choisit d'arracher le tissu. À sa grande surprise, de longs cheveux châtain et doré, couronnés de tresses, tombèrent sur les épaules du Masque. Son visage n'était toujours pas découvert, mais Axel n'en avait pas besoin. Son cœur n'avait fait qu'un tour dans sa poitrine, il l'avait reconnue. *Elle,* la Fille-aux-yeux-bleus. *Vic ?*

Le masque sur le visage mystérieux se releva tout seul : une amalyse le composait. Korta fut subjugué. Elle en profita pour envoyer un rapide coup de talon entre les jambes du soi-disant vainqueur et un autre dans sa tête. Il s'effondra sous la douleur sans même pouvoir lâcher un cri. Elle avait réussi ! Savoir sacrifier pour vaincre, une leçon qu'elle savait utiliser à bon escient.

Maintenant, il suffisait qu'elle élimine les quelques gardes encore valides et elle pourrait prendre la tangente par la forêt. L'amalyse s'était rabattue sur son visage lorsque les soldats lui tombèrent dessus : elle eut juste le temps de récupérer son arme. De quelques coups de pied dans le ventre et dans la poitrine, elle envoya par terre les hommes lui barrant le chemin et courut vers la forêt.

Axel n'avait rien perdu de l'événement et restait encore sidéré du sang-froid de la jeune fille. Il s'était laissé tromper. Alors que le glas sonnait sa fin, maintenant il clamait sa victoire ! Elle courait dans sa direction : la forêt était son refuge et lui se trouvait en son milieu. Il décrocha la bride-licol de sa monture et frappa sa cuisse.

— Galope, Nis, tu me retrouveras plus tard !

La jument démarra en trombe. Elle était habituée à cet ordre quand elle gênait son maître ou qu'il craignait pour elle. Elle s'élança sur le sentier dans cette soudaine liberté. Axel monta dans un arbre noueux et parasité de lierres feuillus, bien décidé à voir la tête des hommes d'armes lorsque la jeune fille disparaîtrait à son tour.

Korta revenait à lui. Il bouillonnait et hurlait de l'arrêter. Deux gardes rampèrent sur le sol et armèrent leurs arbalètes en tirant sur l'étrier de leurs pieds. Au moment où la Fille-aux-yeux-bleus franchit le seuil de la forêt, deux carreaux la frappèrent de plein fouet. Elle s'écroula sous le choc.

Encore plié en deux, le grand seigneur clama sa gloire tandis que la stupeur et l'anéantissement se lisaient sur la figure des villageois immobiles. Leur espoir semblait mourir en même temps que les dernières braises.

La douleur et la surprise avaient projeté la jeune fille sur le sol, mais elle n'avait pas encore perdu connaissance. L'une des flèches avait traversé de part en part son bras droit, l'autre était fichée au-dessus de sa hanche droite, assez profondément pour l'empêcher de courir. Le visage tendu, elle réussit à se mettre à genoux. Le bruit des pas des soldats lui donnait la force d'oublier la douleur, l'instinct de survie la relevait. Elle rampa dans les buissons en haletant.

Dans sa tête, ses pensées défilaient pour trouver une solution : elle perdait beaucoup de sang et de force, elle ne pourrait jamais se sauver ! Elle porta sa main à son cou, se rendant de nouveau compte que son pendentif était resté dans l'herbe. Elle poussa un cri de désespoir.

Des larmes coulaient sur son visage. Elle se sentait perdue. Une dernière énergie la rappela à l'ordre : elle ne se donnait pas le droit d'abandonner, elle ne pouvait pas ! La douleur devenait de plus en plus forte, elle n'arrivait presque plus à respirer. Serrant les dents, elle s'adossa à un arbre. Après une seconde de réflexion, elle prit un grand bol d'air, cassa l'empenne de la flèche qui lui perçait le bras et tira d'un coup sec la pointe.

Ses traits se crispèrent en emprisonnant ses larmes. Elle glissa lentement sur le côté sans un cri, le visage soudain détendu : elle s'était évanouie.

Korta et ses hommes se ruaient vers la forêt. Le duc avait la certitude que son ennemie était morte ou se mourait. Il oubliait la cicatrice sur sa joue, il ne ressentait plus tous les coups qu'elle lui avait portés aujourd'hui : il avait gagné et allait rapporter sa tête au roi !

Un seul détail le gênait : c'était une femme ou, plutôt, une gamine ! Muht l'avait senti derrière le masque et l'avait bien vu dans tous les esprits des villageois. Cependant elle n'était pas l'amante, la fille ou la sorcière du Masque, mais le Masque lui-même ! Korta pensa que toute la cour allait lui rire au nez quand il montrerait le corps de celle qui faisait trembler le pays depuis deux ans, et que l'armée royale ne pouvait arrêter. Dire que tout ce temps une simple donzelle lui avait tenu tête, à lui ! Avec ses propres armes !

Où et par qui avait-elle appris à se battre de la sorte ? Autant d'un homme cela ne l'étonnait qu'à moitié, mais d'une femme ! Il ne pouvait le concevoir. Et l'homme mûr que Muht et les siens avaient senti aussi dans son esprit ?! *Qui était-il ? Où se cachait-il ?* Korta espérait trouver la solution dans le fin collier d'or qu'il avait ramassé. Serrant dans le creux de sa main un petit bijou en forme de corne d'abondance, il pénétra dans la forêt.

Mais à sa grande surprise, le corps avait disparu ! Il ne restait plus que deux morceaux de flèche couverts de sang.

Korta n'arrivait pas à croire qu'elle ait réussi à fuir.

— C'est impossible ! se répétait-il, entre incompréhension et folie.

Maintenant, il serrait le pendentif dans sa paume avec la volonté de le broyer. Il était rouge de rage.

— Comment ?! Comment a-t-elle fait ?!

Il se mit à frapper les hommes qui avaient tiré, les traitant d'incapables. Il devint fou et arracha les buissons à coups d'épée pour la retrouver. Aucune trace. *Où était-elle ?*

Quelques pieds au-dessus de sa tête, caché par les lierres feuillus, Axel tenait la Fille-aux-yeux-bleus dans ses bras. Il n'avait pas pu la laisser là. Son cœur avait crié trop fort en voyant les flèches transpercer son corps.

Il étendit la jeune fille sur une large branche. Il tremblait encore d'émotion. Il fallait la soigner ! Rapidement ! Il retira son gilet rouge et sa belle chemise blanche. Korta criait tellement qu'Axel n'hésita pas à déchirer sa manche d'un coup sec pour panser le bras transpercé. Ceci fait, il fallait s'occuper de la seconde blessure.

Il ouvrit précautionneusement la veste et la chemise noire pour voir l'étendue de la plaie. Tout baignait dans le sang.

Le corset qui oppressait la poitrine de la Fille-aux-yeux-bleus avait une forme bizarre. Il s'éclaircit au toucher d'Axel : c'était encore une amalyse ! Le jeune homme eut un mouvement de recul. Malgré ce que la Fille-aux-yeux-bleus lui avait dit la veille, il redoutait la plante. L'amalyse s'assombrit immédiatement. Les cris des soldats secouèrent Axel ; il ne devait pas se laisser impressionner. Il devait faire vite pour sauver la jeune fille !

Il repensa à son chant dans les Bois Obscurs, à ses paroles et à ses gestes pour satisfaire la nature étrange des plantes tueuses. Il oublia sa crainte et se rappela son sourire en passant la main sur l'être de gélatine. Il ne voulait pas que sa belle inconnue meure ; l'amalyse reprit sa couleur initiale : elle n'était plus hostile. Lentement, sous ses ordres et ses doigts, elle dégagea la plaie au niveau du rein et la plante qui se trouvait sur le visage évanoui se releva. Axel eut un soupir d'admiration, mais la vue du sang le ramena à la réalité.

À l'aide de sa dague, il entailla la plaie et retira la flèche. Le corps frémit mais le vacarme de Korta et de ses hommes couvrit la plainte. Replaçant son arme dans sa botte, il se servit du reste de sa chemise pour tenter d'arrêter l'hémorragie. Ses yeux avaient du mal à s'arracher à ce corps que les amalyses translucides dévoilaient. Il parvint à ôter complètement la veste et la chemise noire, et attrapa sa cape dans son sac pour rouler la jeune fille dedans.

Le plus important était fait, mais cela suffirait-il? Il regretta d'avoir fait fuir Nis.

Doucement, il porta sa main au visage de la blessée. La peau était douce et fine. Sa beauté avait figé Korta, elle s'en était servie pour gagner. Axel restait fasciné à son tour. *Comment un corps aussi fragile pouvait-il se battre avec autant d'ardeur ?*

Il sentait qu'elle revenait doucement à elle. Il posa légèrement la main sur les lèvres qui frémissaient. La jeune fille ouvrit lentement les yeux, papillonnant à cause de la lumière qui rayonnait entre les feuilles. Le cœur d'Axel battait de nouveau. Il eut même la certitude qu'elle le reconnaissait au bout d'un moment.

Voyant les branches autour d'elle, la jeune fille comprit qu'Axel l'avait hissée dans un arbre pour la soustraire aux griffes de Korta. Les cris du duc confirmèrent son hypothèse. Elle esquissa un sourire à l'adresse de son sauveur et essaya de se pencher pour voir les soldats. Mais la douleur se montrait trop intense. Elle était peut-être en sécurité par rapport à Korta mais elle avait perdu beaucoup de sang.

Axel avait enlevé sa main, mais la jeune fille continuait à s'agiter malgré sa souffrance. Il la rallongea. Elle résista au début puis, épuisée, se laissa faire. Elle resta seulement agrippée à son cou, le visage près du sien. Sa pâleur effrayait Axel tout autant que ses grands yeux et la proximité de ses lèvres pouvaient le troubler. Avec beaucoup d'efforts, elle lui chuchota :

— Il me faut la corne… Le bijou que Korta tient dans sa main… Il faut que je récupère la corne…

Sa tête tournait, elle avait des vertiges, mais ne cessait de répéter ces mêmes mots. Ses doigts se décrispèrent du cou d'Axel. Elle perdait connaissance.

Le jeune homme regrettait de s'être occupé de cette affaire. Korta était un noble, il ne fallait pas l'oublier ! Des Scylès parcouraient le pays et pourraient deviner ses actions ! Mais il suffisait qu'il regarde la blessée pour savoir qu'il n'avait plus le choix. Une idée lui vint à l'esprit pour limiter certains risques.

Il prit la chemise noire. Elle était déchirée et trop étriquée pour la fermer complètement mais c'était suffisant pour brouiller son identité aux yeux de Korta. Il s'enroula la tête dans sa large ceinture pour cacher ses cheveux, à la manière d'un pirate, et mit ses propres gants. Il ne manquait plus que le masque.

Dans ses retours de conscience, la jeune fille comprenait ses agissements. Le voyant hésiter à prendre l'amalyse, elle la fit glisser sur sa main et l'appliqua sur le visage d'Axel.

Elle n'enleva ses doigts que lorsque le masque verdâtre devint aussi noir que les habits. Le jeune homme ne put comprendre comment elle l'avait fait changer de couleur sans la rendre agressive.

La jeune fille n'expliqua rien. Elle semblait juste angoissée. Avait-elle des craintes pour lui ? Pensait-elle qu'il ne serait pas à la hauteur pour combattre Korta ? Elle se forçait visiblement à rester éveillée.

Axel n'avait pas peur de Korta, il l'avait vu se battre : l'attaquer par surprise serait le plus facile et le plus rapide. Il craignait surtout les réactions de l'amalyse lors du combat. Il regarda une dernière fois le visage pâle de la jeune fille et entama sa descente.

Les soldats étaient éparpillés dans le secteur, seul Korta trépignait non loin de l'arbre. Il avait éliminé la fuite du Masque par les branches, elle était trop blessée. Mais malgré ses recherches, il ne trouvait de traces ni au sol, ni aux alentours.

Soudain, le Masque apparut devant ses yeux. Il était sidéré de le voir debout ! Mais, quelque chose le gênait, il ne reconnaissait pas cette morphologie. C'était un homme, cette fois-ci ! L'imposteur avait une bonne largeur d'épaules en plus et dépassait les six pieds de plusieurs pouces !

Dans sa première surprise, il oublia qu'il avait une épée pointée sur lui. En un éclair, il fut désarmé et sa main, sous la douleur de la coupure, lâcha le bijou à terre. Aucun des hommes du Masque ne montrait autant de rapidité. Pour Korta, l'identité de ce nouveau Masque était une énigme supplémentaire. Décidément, il allait de surprise en surprise, aujourd'hui ! *Pourquoi les Scylès avaient-ils fui dès le début du combat ?!*

Axel récupéra la petite corne du bout de sa lame et s'apprêta à partir lorsque Korta, ayant repris ses esprits, se jeta sur lui. Mais le combat cessa aussitôt : sous le choc d'un projectile reçu à la nuque, le seigneur s'effondra. Du haut de l'arbre, la Fille-aux-yeux-bleus avait pris un fruit dur et l'avait lancé à l'aide de la lanière du sac d'Axel. Maintenant, elle vacillait, la souffrance s'intensifiait : dans son effort, la plaie s'était rouverte et l'hémorragie reprenait.

L'amalyse d'Axel se releva sur son front. Il grimpa le plus vite qu'il put pour rattraper la jeune fille avant qu'elle ne tombe dans le vide. Elle glissa dans ses bras. Il la serra fortement contre lui, et le souffle dans son cou le rassura. Il lui reprocha intérieurement de ne pas être restée tranquille ; il aurait très bien su se débrouiller tout seul ! Il l'enroula une seconde fois dans sa cape et la coucha sur la branche.

Quand la jeune fille ouvrit les yeux, il lui tendit le bijou. Avec un sourire de réconfort et de reconnaissance, elle prit l'objet brillant dans ses mains et l'approcha de sa poitrine. Elle ferma les yeux en prononçant d'une voix faible :

—Jerry... Jerry... Entends-moi, je t'en supplie... J'ai besoin de toi.

Axel resta étonné. Il croyait qu'elle voulait simplement récupérer son pendentif par crainte qu'il ne puisse révéler son identité. *Qui était Jerry ? Comment pouvait-elle l'appeler avec ce simple bout de métal ?*

Un cri d'oiseau retentit dans la forêt. Quelques instants plus tard, une bête énorme passa au-dessus des arbres. On aurait dit qu'il cherchait un coin pour entrer dans le feuillage. Quand il réussit enfin à se poser sur une branche au-dessus d'Axel, celui-ci remarqua combien l'animal était gigantesque et impressionnant. Il n'avait jamais vu un oiseau de cette taille !

L'animal posa son bec sur la joue de la Fille-aux-yeux-bleus, qui lui répondit par une caresse. Il se retourna vers Axel et le dévisagea de ses yeux jaunes. Le jeune homme se sentit mal à l'aise devant ce regard, rempli de méfiance. L'oiseau semblait doué d'une intelligence suspecte.

La créature démesurée était assez grande pour emporter la jeune fille sur son dos. Axel allait la perdre ; elle avait besoin de véritables soins, il ne lui était plus nécessaire. Il accepta à contrecœur. Sans attendre qu'on le lui demande, il aida l'oiseau à la hisser sur son dos et l'attacha avec les harnais déjà présents.

La belle enfant ne paraissait plus autant souffrir de ses blessures. Mais une fatigue immense s'emparait d'elle, comme si l'arrivée de son oiseau la privait du reste de son énergie. Ses yeux ne semblaient plus capables de voir correctement, sa main trembla vers le visage d'Axel pour récupérer son amalyse. Le jeune homme la recouvrit aussitôt de ses doigts pour l'aider à atteindre sa joue. Son départ lui faisait mal, elle avait l'air si faible. Un oiseau l'emportait comme dans les Bois Obscurs, et il y avait aussi peu d'espoir de la revoir facilement.

La plante glissa sur les deux poignets et remonta sur le bras de sa maîtresse qui s'évanouissait encore. Lentement, les doigts de la jeune fille se retirèrent de ceux d'Axel et lui laissèrent un grand anneau d'or plat monté en médaillon.

À ce moment-là, l'oiseau se retourna vers le jeune homme et inclina la tête.

— Je prendrai soin d'elle. Merci, émit-il d'une voix grave et très froide.

Sur ce, il prit son essor et s'éloigna dans les airs sans attendre les questions. Axel resta médusé. En écrivant au prince Cédric que Leïlan était un pays magique, le jeune homme n'avait pas cru si bien dire ! *Voilà que les animaux se mettaient à parler !*

Il était obligé de le croire ! Il n'était pas victime d'hallucinations ! Et pourtant, il restait encore incrédule devant ses découvertes : la jeune fille qu'il cherchait se battait, se déguisait en homme et pouvait avec un simple bijou communiquer avec un oiseau immense doué de parole !

Qui était-elle ? Comment faisait-elle ? Où pourrait-il la revoir ?

Des dizaines de questions sans réponse se bousculaient dans sa tête. Le visage mystérieux se recomposait sur toutes les feuilles de lierres et sur toutes les branches. Cette image l'obsédait de nouveau. Il l'aimait comme un fou.

Le cadeau des Trois Fées

Korta s'éveilla en se tenant la nuque. Il était en furie. Le Masque lui avait encore échappé ! Encore et une fois de trop ! Il n'admettait pas son échec face à une gamine, et la seule pensée que la nouvelle soit propagée le mettait hors de lui. Il ne supportait pas qu'on puisse le ridiculiser à ce point. L'avouer à Ibbak serait déjà une épreuve insoutenable ! Une idée machiavélique germa dans son esprit et il se précipita sur ses hommes pour la mettre à exécution.

L'amour d'Axel avait disparu, et ce dernier n'avait pas attendu pour en faire autant. Il avait ramassé ses affaires et s'était enfui par les arbres pour éviter les soldats. L'anneau d'or, qu'il avait passé à son cou, tapait contre son cœur à chacun de ses mouvements et le faisait accélérer. Les rameaux de feuilles lui giflaient le visage mais, peu importait, il ne s'arrêtait pas. Il devait mettre le plus de distance possible entre Korta et lui, fuyant aussi la peine d'une séparation. Il sautait de branche en branche, bondissait d'arbre en arbre. Il n'entendait plus que son cœur battre, de plus en plus fort, de plus en plus vite.

Il ne pourrait plus quitter le pays. Avec une foi d'enfant, il se persuadait que l'envoûtement qui l'avait guidé après la frontière était dû à ses Divinités, et qu'elles avaient voulu qu'il rencontre cette jeune fille. Il s'élançait dans le vide.

Elle défilait devant lui : ses yeux, sa peau, son corps. Il avait peur en songeant à tout le sang qu'elle avait perdu.

Un cri brutal et démentiel résonna dans les bois. Une voix de femme qui hurlait de douleur. Axel s'arrêta net, glacé. Perdu dans sa course, il ne savait ni d'où venait ce cri, ni de qui il provenait. *Peut-être était-ce* elle *qui se mourait ?* Cette idée le terrassa.

Il s'assit pour se calmer. Il s'aperçut alors qu'un fossé énorme s'étendait devant lui : s'il ne s'était raccroché à temps à une branche, la mort lui aurait tendu les bras. Il restait interdit. Le silence régnait maintenant, mais il entendait toujours le cri dans sa tête.

Sous ses pieds, à sa droite, s'étalait une petite clairière sauvage qui s'arrêtait abruptement sur une falaise. De l'autre côté, la Forêt Interdite prenait naissance. Quatre pierres blanches s'enfonçaient dans le sol et semblaient former les coins d'un rectangle invisible au-dessus du vide. On aurait dit les canines d'une mâchoire grande ouverte.

Axel se laissa glisser de sa branche. Ce cri l'avait secoué, réduisant à néant toute sa vitalité. Il ne se sentait plus capable de continuer son chemin. Il rechercherait sa jument demain : Nis était suffisamment intelligente pour se débrouiller et passer la nuit toute seule. De toute façon, Axel gardait toujours sa besace sur lui en cas de séparation ou de capture de sa monture. Il savait par ailleurs qu'elle ne se laissait pas facilement maintenir par des inconnus.

Il était loin de Korta-le-fourbe, la clairière lui conviendrait pour passer la nuit.

Deux rus se rejoignaient à cet endroit en une petite mare allongée. Axel s'assit sur un rocher couvert de lichen et surveilla l'autre côté de la falaise. Les grandes pierres blanches avaient quelque chose de fascinant et d'angoissant. Le cri venait peut-être de la Forêt Interdite. C'était le hurlement du Monstre ou alors celui d'une personne tombant dans ses griffes. Ou alors c'était un avertissement. Peut-être aussi que… *Non, ce ne pouvait pas être elle !* L'oiseau lui avait dit qu'il prendrait soin de la jeune fille et non pas qu'il la torturerait !

Axel serra les mains de part et d'autre de ses tempes. Il fallait qu'il arrête de penser ou il allait devenir fou avec toutes ces histoires !

Il enleva la chemise noire déchirée. Elle l'avait recouverte de sang. En la posant près de son sac, il remarqua que celui-ci était énorme. Il ne s'en était pas aperçu dans sa course effrénée. La cape en moins, le sac aurait dû être très plat et non gonflé comme il l'était.

Avait-elle mis quelque chose à l'intérieur ? Ce fut tout juste s'il ne déchira pas sa besace pour le savoir.

En plus de son petit attirail de survie et de sa bourse, il y trouva une chemise blanche en flanelle de Blaud, une belle cape très épaisse et de la nourriture pour le soir. *Comment et à quel moment avait-elle pu mettre tout ceci à l'intérieur ?! Décidément, c'était une personne surprenante et troublante !*

Tout semblait de bonne qualité et le repas, bien emballé, promettait du délice à son palais. La jeune fille avait des goûts raffinés et le souvenir de la douceur de ses mains lui donnait à penser qu'elle n'avait pas passé sa vie dans la forêt. Elle était bien trop naturelle pour être une comtesse en mal d'activité, mais l'idée saugrenue le fit sourire.

Plus sérieusement, elle n'avait pu apprendre à se battre de cette manière que dans les Pays d'Oye. Le résultat montrait que le travail avait dû être acharné. Il était même surprenant qu'une femme soit arrivée à ce niveau. Enfin, si c'était vrai, rien ne pouvait expliquer les pouvoirs qu'elle possédait.

En plongeant la main dans son sac, il toucha un bout de papier. *Qu'est-ce que c'était?* Le message du roi de Pandème se trouvait dans la poche avant, dans une bourse de cuir. Le nouveau pli était scellé par le même signe qui maintenant ornait son cou : un anneau plat.

Axel comprenait de moins en moins. *Comment avait-elle pu écrire?!* Il décacheta le pli. L'écriture était claire et féminine, résultat probable d'une éducation qui collait mal avec une vie sauvage.

« Je te remercie du fond du cœur parce que tu n'as pas seulement sauvé ma vie. Je ne l'oublierai jamais. Pour l'heure, je ne puis te prouver ma reconnaissance que par ce pendentif. Porte-le et mets-le toujours en valeur. Tu pourras ainsi parcourir le pays comme bon te semblera : mes amis te reconnaîtront et, dans tous les villages que tu traverseras, tu seras accueilli avec l'honneur qui t'est dû.

Leïlan n'est pas un pays serein, Korta-le-fourbe et trois guerriers scylès veulent lui imposer sa loi. Ne t'attarde pas. Ton pays est heureux, retournes-y vite. C'est le seul conseil que je te donnerai. La forêt est à toi, il ne pleuvra pas ce soir. Bon appétit et bonne nuit.

Que les Fées veillent sur toi,
E. »

E... E... ?!!! Il se rappelait avoir entendu les Oréens l'appeler *Vic!* Ce n'était qu'un surnom ?! Alors quel était son prénom ? Axel ne cessait de se le demander !

— Il y en a tellement qui commencent par un *E!* Éloïse, Énora, Endie, Élena, Éline…

Peu de chance de le deviner. Déçu autant qu'intrigué, il finit de se déshabiller et écarta les nénuphars du bord de l'eau.

Le jour touchait à sa fin, il était passé tellement vite ! De gros nuages envahissaient le ciel, gris ou noirs, prometteurs de pluie. Axel avait confiance, la jeune fille lui avait assuré qu'il ne pleuvrait pas.

Tout en nageant dans le faible courant d'eau claire, il admira les nuances obscures que les nuages du soir donnaient à la forêt. Les ombres ténébreuses se mélangeaient aux formes fantaisistes des arbres, créant un monde de rêves ou de cauchemars. Son imagination vagabondait comme dans les Brumes Infernales.

Il avait tellement observé la jeune fille que son esprit la matérialisait à son gré. Les longs cheveux flottaient avec souplesse, s'entrelaçant dans les branches, le sang avait disparu et elle posait ses yeux bleu nuit sur lui. Il entendait même sa douce voix résonner dans sa tête, lui répétant la lettre. *E…, la Fille-aux-yeux-bleus…, Vic…* Elle était si belle, trop pour mourir. Il adressa une profonde prière à ses Divinités pour qu'elle se rétablisse.

Les grognements d'un loup le firent sortir de ses songes. La bête apparut, majestueuse. Elle s'était faufilée dans la clairière, certainement pour se désaltérer, et constater une présence dans son eau claire ne devait pas lui plaire !

Tant qu'il restait dans la mare, Axel ne craignait rien, mais si les nuits étaient aussi fraîches qu'à Pandème en cette saison, son corps ne résisterait pas longtemps. Il se mit à espérer que la bête allait partir et qu'il suffisait d'un peu de patience.

Le loup s'était arrêté de gronder. Il avait rangé ses crocs sous ses babines et avait même redressé ses oreilles rondes. Humant fortement, il s'approcha des affaires du jeune homme : il avait certainement senti la nourriture !

Voyant déjà son repas partir en fumée, Axel se redressa et se mit à frapper l'eau violemment. Sur le moment, le loup s'enfuit à toutes pattes, mais une odeur plus forte que la peur le poussa à revenir. Axel craignait l'animal et celui-ci dut le ressentir : il reprit de l'assurance et revint à la charge.

La truffe ne s'intéressait pas à la nourriture. Subrepticement, le loup se saisit du reste de la chemise noire et s'enfuit plus loin. Il ne disparut pas derrière les lianes de clématites. Axel comprit son attitude lorsqu'il l'entendit gémir, et le vit se coucher en boule sur l'étoffe en lambeaux.

Axel était dans de beaux draps ! Que devait-il faire ? Ce loup semblait connaître la Fille-aux-yeux-bleus, mais pouvait-il s'approcher ? De toute évidence, il était apprivoisé, mais peut-être n'acceptait-il qu'un seul maître ? Bon. De toute manière, l'animal devait certainement avoir plus peur que lui.

Doucement, sans déranger le loup, Axel sortit de l'eau. Par petits pas, il s'approcha. Le loup ne bougeait pas, il restait recroquevillé sur le bout de tissu au milieu des graminées. De temps à autre, il lançait des yeux inquiets vers Axel, mais ne montrait aucune agressivité. Le jeune homme fit bonne contenance. Toujours avec des gestes lents et posés, il prit son sac et ses vêtements pour s'éloigner. L'animal ne réagit pas.

Axel se rhabilla sans précipitation. Les gros nuages avaient disparu comme par enchantement mais le froid mordait sa peau, annonçant la nuit. Avec précaution, Axel ramassa du bois et alluma un feu. Maintenant, si le loup avançait, il pourrait l'empêcher d'attaquer sans lui faire de mal.

Le jeune homme sortit le gibier qui lui avait été offert. Le petit païeux bleu fut embroché et mis à rôtir au-dessus du feu. Les narines du loup se dilatèrent, mais il ne manifesta rien de plus pendant tout le temps de la cuisson. Ce ne fut que lorsque la viande fut cuite qu'il pointa sa truffe ; il s'approcha en rampant sur le sol, la chemise dans la gueule, fouettant les herbes folles de sa queue fournie.

La position était si comique pour un animal sauvage qu'Axel ne put s'empêcher de rire. Surpris et vexé, le loup se leva d'un bond pour s'éloigner. Ses yeux fendus, aussi brillants que des flammes, imposèrent le silence. Axel se tut et contempla le susceptible animal. Il était d'un gris-roux brillant. Son épaisse livrée virait au blanc éclatant au niveau de ses pattes et sur son front, où se détachait un rond extraordinairement parfait. C'était une belle bête d'environ cent livres de muscles, au poil soyeux. Un loup superbe.

Axel arracha un morceau de viande et lui tendit. Les articulations des genoux touchant presque le sol, la queue entre les jambes et les oreilles complètement aplaties en arrière, le loup étira le cou et le museau au maximum. Mais il n'osait faire un pas de plus. Axel lui lança la viande. Surpris par le geste, l'animal s'écarta puis revint saisir le morceau pour s'éloigner de nouveau. Tout frétillant, il se mit à le manger goulûment, vraisemblablement plus par gourmandise que par faim.

Le jeune homme en fit de même tant la chair était bonne. En fermant les yeux, il se revoyait à la table royale, et le délice des beignets de fleur de sureau lui rappela ses joyeuses escapades dans les cuisines du château de Pandème.

Pour un repas pareil et des souvenirs aussi doux, Axel était prêt à sauver son inconnue aussi souvent qu'elle le désirait !

La nuit était tombée. Repu, Axel se réchauffa dans sa cape neuve et s'allongea contre un rocher près du feu. Il se surprit à avoir envie de parler. Nis lui manquait. Elle ne le quittait que très rarement.

Endurante et rapide, elle se montrait toujours meilleure que les chevaux qu'il avait pu monter avant elle. Sous sa couleur commune, elle cachait aux envieux ses extraordinaires qualités ; son corps était une perfection de muscles et de souplesse pour un connaisseur, et Axel était encore plus fier de son intelligence. Son père lui reprochait d'avoir choisi ce qu'il nommait une simple *haquenée*. Mais, pour rien en ces Mondes, Axel n'aurait voulu un autre cheval de couleur unie, noir ou blanc, pour satisfaire une quelconque vanité. Il aimait trop les doux naseaux clairs de sa jument et la balzane de sa jambe arrière !

Le loup s'assit au sommet d'une grosse souche. Les deux fentes de ses yeux brillaient dans l'obscurité. Le jeune homme appréciait cette sauvage compagnie.

— Quelle journée ! s'exclama-t-il en regardant le ciel.

Finalement, il avait été gâté par les événements ! Le loup baissa posément les paupières comme pour appuyer, à son propre compte, la remarque de l'homme.

— Un peu de musique ?

Au milieu d'un rouleau de ficelle, d'une pierre d'amadou et d'une lame d'acier, Axel saisit dans sa besace son corsouflet, petit instrument de musique, fin mélange de lyre et de flûte, qu'il détenait d'un vieux petit homme du pays Akal. Malgré sa complexité d'utilisation, il avait réussi à en maîtriser tous les sons au fil des années.

Aux premières notes, le loup vint doucement s'allonger

plus près de lui. Comme s'il connaissait cette mélodie. La petite aubade aiguë et fluide s'éleva dans la nuit, mise en lumière par une seule lune aux reflets mauves. Donnant toute son âme à la musique, Axel jouait pour celle qu'il aimait. La forêt était à lui, tels avaient été les mots de la jeune fille. Dans le calme du soir, accompagné de quelques ululements de chouettes et de hiboux, Axel avait l'impression qu'elle lui avait fait une place et qu'elle se trouvait à ses côtés. Il ressentait sa présence, là, tout près. *Est-ce que son sixième sens devenait aussi fou que lui ?*

L'instinct d'Axel ne le trompait pas. Au-delà du précipice et des pierres blanches, dans la Forêt Interdite, au bord d'une des falaises plongeant dans la Mer Intérieure, un arbre géant aux racines adventives aériennes s'élevait au milieu d'une prairie. Entre ses branches et à ses pieds, de grandes maisons de bois avaient été construites. Dans l'une d'elles, la Fille-aux-yeux-bleus s'éveillait enfin, au son de la petite musique lointaine.

Elle avait dormi toute la soirée : la douleur de la guérison avait été trop forte. Elle ne s'était pas attendue à avoir aussi mal. Elle devait pourtant rendre grâces à sa petite corne pour son rétablissement. Le simple bijou était une véritable corne d'abondance. Seulement, en plus de son pouvoir de concrétiser tout souhait matériel, il possédait celui de guérir une plaie. Mais chaque vœu avait un prix : une fatigue en rapport avec celle qu'aurait engendrée la fabrication des objets demandés, et la souffrance totale qu'aurait apportée une guérison normale.

Vic était la seule à pouvoir se servir de ce cadeau des Trois Fées. Elle l'avait utilisé pour guérir deux heures plus tôt et en transpirait encore. Sa peau était totalement cicatrisée, toutefois, elle ne pourrait pas courir avant deux jours et son bras ne serait rétabli pour un combat que dans trois. Temps de guérison exceptionnel pour de telles blessures ! Mais la jeune fille le trouvait à peine suffisant pour profiter, dans quatre jours, de l'occasion de pénétrer le château.

Estelle entra dans la pièce calme. Enceinte de huit mois, la jeune femme prenait des formes de jour en jour. Elle commençait à avoir du mal à accrocher les nœuds des rubans latéraux de son chemisier fendu. À vingt-cinq ans, c'était sa troisième grossesse, et elle se portait comme un charme ; Vic lui avait appris en secret qu'elle avait entendu les cœurs asynchrones de jumeaux.

Vic adorait cette agréable brune aux cheveux mi-longs et à l'instinct maternel très développé. Une sœur qui l'avait choyée pendant les six premières années de sa vie, avec son frère Ceban. Une véritable famille.

Estelle essuya le front de Vic avec tendresse. Elle était une des trois personnes tenues au secret de son prénom et ne pourrait jamais trahir cet Interdit. Son cœur et son âme étaient voués à la jeune fille. Elle lui devait tant : son bonheur conjugal, sa vie dans cet endroit paradisiaque, la naissance de ses deux fils, et surtout la joie quotidienne que Vic apportait à la petite troupe de la Forêt Interdite.

Même si ces quinze derniers jours avaient été difficiles et démoralisants, sa sœur ramènerait la paix à Leïlan, elle en était persuadée. Elle l'admirait du plus profond de son être.

Une petite souris se faufila hors de la manche de sa brasserole et vint se poser sur le ventre de la malade. Elle se dressa sur ses pattes arrière, courbant ainsi sa fine queue, et allongea son museau pointu. Avec de petits gestes habiles et consciencieux, elle ne put s'empêcher de se frotter le bout de la truffe.

—Alors, comment te sens-tu ? La douleur est passée ? demanda le petit rongeur inquiet, en agitant ses longues moustaches propres.

—Oui. Je ne sens plus rien, j'ai l'impression d'être vidée, complètement vidée.

—Après un pareil cri, cela n'a rien d'étonnant ! répliqua-t-il avec une dureté surprenante pour un être aussi charmant et minuscule. Heureusement que tu t'es évanouie juste après, tu allais ameuter tous les environs et jusqu'au palais !

—Oh ! Jerry ! Elle ne l'a pas fait exprès ! s'écria Estelle. La douleur a dû être atroce ! As-tu vu ses blessures ?!

—Quel besoin avais-tu de donner autant d'affaires à cet homme avant de partir ?! répliqua Jerry sans se soucier d'Estelle. Tu n'aurais pas eu autant de mal à supporter la douleur !

Vic ne répondit pas et regarda le plafond. Jerry ne saurait jamais ce que signifiait le mot *reconnaissance*. Estelle repassa sa main sur son front en tournant le dos à la petite souris si sévère.

—Veux-tu que je reste auprès de toi ? Sten n'y voit aucun inconvénient. Nous sommes tous très inquiets pour toi.

—Non, répondit la jeune fille avec un léger sourire. Retourne auprès de ton mari et de tes enfants. Je vais dormir. Ne vous tourmentez plus à mon sujet. Rassure tout le monde. Le Masque ne se meurt pas mais prend quelques jours de repos.

Estelle savait parfaitement lire dans les yeux bleu nuit. Vic voulait se montrer forte et rassurante mais ces *jours de repos* étaient un nouvel échec.

— Vous avez dû abandonner trop de combats, ces derniers temps. Les Yeux-d'Utahn sont le meilleur avantage que Korta ait jamais eu. Mais ils craignent Erwan. Je suis certaine qu'il trouvera un moyen de les faire fuir définitivement.

Elle attarda son baiser sur le front de sa sœur silencieuse et sortit sans un bruit.

Jerry avait pris la forme d'un superbe chat angora blanc et, malgré ses reproches, il s'était niché en boule dans la couette de plumes, contre la malade. Il représentait beaucoup pour Vic. La petite famille de la Forêt Interdite s'était agrandie depuis la naissance de la jeune fille, mais, même s'il restait plus un maître et un tuteur qu'un père, Jerry avait une place bien à lui dans son cœur.

À travers les nombreux carreaux de la vitre, Vic vit Estelle parler à tous ses compagnons ; elle les tranquillisait. Il ne fallait surtout pas qu'ils perdent espoir. La mort de Gyl était encore trop présente dans tous les esprits.

La nuit et les étoiles se reflétaient dans le lac, la cascade étincelait, tout était calme. Sur une chaise, à côté de Vic, se trouvait la cape d'Axel. Ce jeune homme s'était trouvé au bon endroit, au bon moment... Pourquoi l'avait-il sauvée ? Parce qu'elle l'avait soustrait à la colère des amalyses ou parce qu'il avait compris son importance dans le pays en tant que Masque ? Il avait joué avec la mort une seconde fois. Pourquoi s'était-il autant exposé ? Peu importait, il ne devait pas regretter son geste à présent. Avec l'anneau, il serait pris en charge par les villageois. Mais... s'il rencontrait Muht Dabashir comme Gyl ? Pendant un instant, le sentiment d'avoir abandonné un ami remonta dans le cœur de la jeune fille. Les cris de Jerry lui hurlant de fuir firent écho dans sa tête. Elle ferma les yeux. Elle n'avait rien pu faire.

Elle ne voulait pas qu'il arrive la même chose à Axel. Elle avait eu un sentiment de confiance inné à l'égard de ce jeune homme. Elle s'en était elle-même effrayée mais n'avait pas pu s'empêcher de lui expliquer la particularité des amalyses dans les Bois Obscurs. Ce n'était pas grave si Korta apprenait qu'elle utilisait les plantes tueuses, bien au contraire même, cela lui apprendrait qu'elle pouvait être plus dangereuse qu'il ne le croyait ! Mais cela donnait une raison supplémentaire aux Scylès de prendre Axel pour l'un de ses complices.

Où était-il en ce moment ? Elle s'étonnait d'avoir envie de le revoir. Pour calmer ses inquiétudes, elle préféra l'imaginer, à la belle étoile, ses yeux émeraude dirigés vers le ciel, un creux de sourire dans la joue. Elle le voyait même auteur de la petite musique dont quelques notes diffuses lui parvenaient. Elle ressentait une douce paix au fond de son corps.

— Je n'ai pas le temps de l'aimer, je le sais, murmura-t-elle comme si on lui faisait la morale. Mais, protégez-le, Divinités de la Vie. Je vous en prie.

Elle serra Jerry ronronnant contre elle et se rendormit. L'expression tranquille de son visage reflétait l'effet des notes étranges dans le silence de la nuit. Dans son esprit, la mort d'un de ses compagnons cédait doucement la place au visage d'un étranger.

Le chat avait gardé les yeux ouverts, la fente de ses iris jaunes totalement dilatée. Jerry attendit un moment avant de se relever ; il regardait Vic. Malgré la baisse de son moral, il était fier d'elle. Elle était trop sensible, mais elle n'avait pas hésité à souffrir pour guérir plus rapidement.

Il cligna des paupières dans une attitude de suffisance purement féline.

Il était son Maître et se devait de lui reprocher chacune de ses faiblesses, comme il l'avait fait. Son intransigeance avait transformé cette simple enfant en un être d'exception. Il la trouvait handicapée par sa nature féminine et par ses larmes, mais elle s'était toujours montrée à la hauteur de ses espoirs et le lui prouvait encore aujourd'hui. Il avait fallu qu'elle trouve au fond d'elle un courage immense pour utiliser le pouvoir de la corne sur des blessures aussi graves.

Néanmoins, un nouveau problème se présentait à Jerry. Il connaissait très bien la belle enfant et avait peur de comprendre ses dernières phrases. Le jeune homme de l'arbre était du genre à lui faire tourner la tête. Le vert de ses yeux avait déjà dû l'envoûter plus que de raison.

Il ressentait, pour Vic, un sentiment plus paternel qu'amoureux, mais la jalousie et l'orgueil avaient toujours été les sources de ses malheurs. Il s'était pris d'une profonde haine pour cet étranger au premier regard, et ne supportait pas l'idée qu'il puisse encore s'approcher de sa protégée.

Il sortit furtivement. Il voulait des explications. *Qui était cet étranger ?* Vic semblait le connaître. *D'où ? Comment avait-il appris qu'elle était le Masque ? Pourquoi avait-il fait le choix de la sauver ?*

Il fonça sur Estelle, elle seule pouvait tout savoir !

Celle-ci racontait justement aux sept autres adultes de la Forêt Interdite comment Axel avait sauvé leur amie. Elle allait leur expliquer leur première rencontre dans les Bois Obscurs, lorsque surgit Jerry.

Il avait pris sa forme la plus terrifiante, celle des êtres mi-hommes mi-bêtes perchés sur les bordures des châteaux. Étant condamné à vivre uniquement dans des corps animaux ou semi-animaux, il ne pouvait reprendre son apparence humaine. Aussi l'aspect d'un être chimérique demeurait-il sa forme préférée dans la Forêt Interdite, surtout lorsqu'il avait besoin de liberté gestuelle ou qu'il se mettait en colère. Tel était à présent le cas. Ses traits primates, son corps crochu et sa peau glauque impressionnaient toujours Estelle malgré les années. Elle se tut devant les sombres yeux jaunes.

— Continue, j'aimerais être au courant, lâcha-t-il froidement. D'où sort-il ?

Dominant sa crainte, elle lui expliqua tout ce que lui avait raconté Vic, omettant volontairement les sentiments de la jeune fille et le changement de couleur des amalyses.

Jerry n'en croyait pas ses oreilles. Pourquoi avait-elle sauvé un étranger ? *Un Pandémois, en plus !* Que s'était-il donc passé dans sa tête ? Et pourquoi ne lui avait-elle rien confié ? Ces cachotteries ne lui disaient rien de bon. La jalousie commençait à l'aveugler. Il enrageait et pestait contre le jeune homme. Estelle ne comprenait pas :

— Mais que lui reproches-tu ? Elle lui a sauvé la vie et lui, la sienne. N'est-ce pas suffisant pour nous ? Tous les hommes la croyaient derrière eux, elle serait morte, terrée dans un coin ou torturée par Korta, s'il n'était pas intervenu. Lui souhaites-tu la même mort que Gyl ?! Si Vic n'a pas voulu te parler d'Axel avant, c'est par peur que tu lui refuses ses escapades dans les Bois Obscurs. Tu devrais remercier ce garçon plutôt que de lui reprocher sa présence !

Elle avait repris son assurance et la sévérité de Jerry envers Vic l'exaspérait.

— Je n'aime pas cet homme... Il a les yeux verts ! vociféra-t-il en découvrant à moitié ses crocs.

Abasourdie un instant par la réponse, Estelle reprit de plus belle :

— Et alors, Ceban les a violets, peut-être ? Tu n'as jamais critiqué son existence, que je sache !

— Non, parce que son faible pour lui s'est borné à le considérer uniquement comme son frère ! Cet étranger, par contre, peut lui faire oublier les raisons de son combat ! Je l'ai bien vu quand elle était gamine : elle a avoué son véritable prénom à un jeune garçon, totalement inconnu, simplement parce qu'il avait les yeux verts ! Ils ont sur elle une emprise démentielle ! Qui me dit qu'elle ne l'a pas de nouveau fait ?

— Tu es ridicule ! Vic est suffisamment mûre pour ne pas refaire la même bêtise ! Tu l'as punie plus que de mesure pour cette faute ! Tu n'as plus à le lui reprocher, cela fait neuf ans maintenant ! Tu voudrais en faire un véritable automate sans failles et sans faiblesses, mais c'est un être humain ! L'aurais-tu oublié ?! On ne compte plus les sacrifices qu'elle a faits pour le peuple de Leïlan ! Elle donnerait sa vie pour nous et tu crois encore que ce n'est qu'une enfant !

Il allait la couper dans son accès d'insolence lorsqu'elle conclut brutalement :

— Oh ! Mais ne t'inquiète pas ! Elle ne pourra jamais aimer ce garçon : tu t'es bien arrangé pour qu'elle n'apprenne dans la vie qu'à soigner un homme ou à le battre !

Rouge écrevisse, elle tourna les talons pour se diriger vers sa maison. C'était la première fois qu'elle tenait tête à Jerry. Elle en était toute retournée !

Personne n'avait osé s'immiscer dans la dispute. Le caractère de Jerry était trop instable, et il y avait trop à perdre à se le mettre à dos. Chacun s'éloigna lentement, le laissant seul. Il n'avait pas bougé. Il se rendait bien compte qu'Estelle avait raison, mais il ne pouvait pas se l'avouer. Il avait fait une erreur en quittant Vic lors du combat pour s'assurer de la fuite des Scylès. Il devait beaucoup à ce dénommé Axel, mais il le craignait tout de même, comme s'il appartenait à un vieux et mauvais souvenir. Et puis, s'il n'avait jamais enseigné à Vic les sentiments d'amour, c'était parce qu'elle en débordait naturellement ! Ne lui avait-elle pas appris le respect de la vie à l'aide d'une simple amalyse ?

Estelle l'avait calmé. Il revenait de sa jalousie, même s'il ne l'oubliait pas. Il y avait d'autres inquiétudes à avoir, conséquentes aussi au combat, et bien plus importantes. La principale : *Korta*.

Dans sa folie de ne vouloir prendre une vie qu'en dernier recours – ou tout simplement par esprit de contradiction – Vic ne tuait jamais et ordonnait à ses amalyses d'éviter tous les coups pour empêcher le massacre, si l'une d'elles était touchée. Jerry demeurait persuadé que c'était une erreur vis-à-vis de Korta. Pourquoi attendait-elle ? Pourquoi ne pouvait-elle comprendre que l'avenir du Monde de l'Est était déjà entre ses mains ? Korta n'hésiterait pas à l'exécuter. N'avait-il pas failli le faire aujourd'hui ? La chance tournait et elle n'avait plus tous les atouts en mains. La présence des Scylès compliquait déjà bien les choses. Aujourd'hui, elle avait montré son visage à Korta. La seule personne pour laquelle il lui faisait porter un masque. Quelles en seraient les répercussions ?

Jerry regarda furtivement autour de lui. Personne. Il se transforma en hirondelle et vola vers le château.

✧

Assis tranquillement dans un fauteuil de velours incarnat, Muht Dabashir regardait avec amusement Korta marcher de long en large dans ses appartements. Le pâle guerrier scylès aux cheveux platine avait du mal à lire l'esprit du duc – celui-ci connaissait le secret pour fermer ses pensées – mais, dans l'état actuel des événements, aucun don n'était nécessaire pour comprendre la hargne de Korta.

Le duc n'avait retrouvé que du sang sur les feuilles de l'arbre sous lequel il avait été assommé, rien d'autre ! Il ne savait pas par quel chemin son adversaire s'était enfui ; l'imposteur s'était certainement sauvé par les arbres, mais le véritable Masque ?! Elle semblait trop blessée pour l'avoir suivi ou être transportée ! Un oiseau gigantesque était passé au-dessus de la forêt, voilà tout ce que Korta avait réussi à apprendre de ses hommes : il n'en voyait pas l'intérêt pour ses recherches !

Il fit brutalement face à Muht qui tripotait négligemment les quelques tresses de son manteau de scalps :

— Un double esprit !!! ragea-t-il.

Le guerrier scylès ne bougea pas. Il se retenait plutôt de sourire, tant l'humiliation de Korta lui faisait plaisir. *Une femelle, l'ennemi était une femelle !*

— L'homme mûr est son amant, son père ou un sorcier. Il a une énorme importance à ses yeux. Les hypothèses sont justes dans ce sens-là aussi. Je pencherais pour la solution du sorcier puisqu'un nouveau Masque est apparu alors que tu avais blessé le premier.

Korta manqua de renverser la table pour exprimer sa rage.

— Comment avez-vous pu vous tromper ?!

— Nous ne nous sommes pas trompés, répondit Muht avec acidité. Le Grand Ibbak t'a fait l'inestimable honneur de t'expliquer mon pouvoir et celui de mes hommes. À toi d'admettre qu'un esprit fuyant apporte rarement de l'information !

Korta devait être le seul dans l'ensemble des quatre Mondes à connaître les limites du pouvoir des hommes des Pays Insolites et la manière de le contrer. Pourquoi n'arrivait-il pas à comprendre les tâtonnements de ses recherches ? Les guerriers ne percevaient que la pensée du moment dans un esprit, et sous forme d'images, *exclusivement*. Elles étaient réelles ou symboliques selon que le cerveau se souvenait ou raisonnait. Tout au plus pouvaient-ils ressentir l'innocence d'une âme à la condition d'étudier l'esprit plusieurs minutes, pour déceler sa présence ensuite. Mais tout passait par une interprétation des visions : l'erreur était possible.

— C'est comme si la personne avait bloqué son esprit sur son désir de fuir, rajouta Muht. C'est mieux que de fixer ses pensées sur l'image de ma personne empalée, comme tu le fais.

— Ainsi, tu sais à quoi t'attendre, répliqua Korta en mordant les mots. Je n'ai pas choisi notre alliance.

Un silence passa, lourd de sous-entendus. *Alliance… Alliance dans un seul sens pour l'instant, et sans confiance.* Muht Dabashir avait plutôt l'impression de s'être vendu à cet homme. Il comprenait la déception de ses acolytes.

Ce besoin de venir… Il se demandait toujours si c'était bien lui qui l'avait décidé. Il voulait attaquer Akal en passant par la frontière leïlannaise. Avec des soldats non scylès, l'effet de surprise serait total ! C'était une idée brillante, qui avait plu à Utahn Qashiltar et qui lui promettait mille honneurs. Mais en retour, il devait, par tous les moyens possibles, aider le duc dans sa lutte contre le Masque : savoir qui elle était, où elle se cachait et quels étaient ses prochains plans d'attaque. Ce n'était pas si facile, et comme le duc fermait, obstinément et sans explication, son esprit, le guerrier ne pouvait même pas utiliser ses souvenirs. Cela risquait d'être long et difficilement supportable.

Depuis son arrivée, depuis que le guerrier scylès avait vu le Grand Ibbak, il se sentait entraîné dans une histoire plus effrayante que fascinante. Dans laquelle il n'arrivait pas à trouver sa place. Il avait hâte de repartir quelques jours dans son pays pour annoncer à Utahn Qashiltar la réalisation prochaine de l'attaque d'Akal. Il préférait oublier un temps ce qu'il avait vu ici. Deux nuits et il prenait le bateau...

Trois tours plus tard, Korta finit par s'asseoir. Il repensait à la jeune fille au masque. Ses traits marquaient son esprit ; surtout les yeux, et de plus en plus. Il avait du mal à se concentrer pour ne rien laisser paraître devant Muht.

— Le Masque et ses hommes n'habitent pas la Grande Plaine, annonça le guerrier scylès pour améliorer le compte rendu de ses maigres trouvailles. Certains villageois imaginent même qu'ils se réfugient dans la Forêt Interdite. Cela expliquerait qu'aucun camp n'ait été trouvé dans les bois.

— Ridicule.

— Pour quelle raison ?!

— Le Monstre : un Bas-Esprit. Il faut être non leïlannais pour imaginer qu'il n'existe pas. Mais je t'en prie, si tu veux franchir le Pont Sans Retour pour vérifier, je ne t'en empêcherai pas. Laisse-moi seulement un de tes hommes et son pouvoir malsain, cela me suffira.

Les yeux bleu nuit réapparurent dans son esprit. Il se leva pour chasser l'image que Muht risquait de voir. Il ne tiendrait pas longtemps cette conversation.

— Que comptes-tu faire des enfants d'Éade ? demanda Muht pour changer de sujet.

Il n'avait pas pour habitude de tout ignorer de ses interlocuteurs, et se montrait péniblement curieux des agissements de son *partenaire*. Il ne supportait pas d'être exclu de certains de ses secrets. *Que cachait-il?*

—Je pense les brûler la semaine prochaine, répondit hargneusement Korta pour galvaniser son esprit. Ou, mieux, je vais les faire pendre pour que les villageois voient bien la souffrance inscrite sur leurs visages quand j'irai leur rendre les corps. Le courage et le charisme de cette fille au masque devraient perdre un peu plus de crédit.

Muht tiqua comme l'espérait le duc. Dans les Pays Insolites, les femmes étaient cachées et subissaient mille et un mauvais traitements, mais les enfants étaient trop difficiles à obtenir pour être sacrifiés à un désir de vengeance. Korta ne résistait pas à l'envie de choquer son allié.

—Ce n'est pas ce qui entravera la liberté de ton ennemie, répondit le guerrier avec mépris. Tu utilises trop d'hommes pour garder tes frontières. Elle peut faire ce qu'elle veut dans le pays.

—J'en mets surtout trop à ton service dans la Plaine Salée, ne me le fais pas regretter !

Korta maîtrisait de plus en plus mal les va-et-vient du visage du Masque dans son esprit. *Pourquoi ces yeux le hantaient-ils ?*

—Je ne peux pas traquer cette gamine... mais je saurai la faire plier ! Si tu restais chaque fois à mes côtés, les batailles seraient plus vite gagnées ! Mais pour cela, il ne faudrait pas que tu craignes les petites potions de l'Akalien qui est avec elle !

Muht ne répondit pas. Comment un Leïlannais pouvait-il comprendre que l'alchimie d'Akal était particulièrement étudiée pour mettre à mal les guerriers des Pays Insolites ? Muht espérait que le compagnon du Masque n'ait emporté que quelques potions de son pays natal.

— Cela ne répond pas à la question de savoir ce qui te pousse à surveiller tes frontières et à isoler ton pays. Akal a trop à faire avec sa guerre contre nous pour venir t'en déclarer une…

Muht ne chercha pas à aller plus avant dans cette discussion. Il venait de se rendre compte que l'image sanguinaire constante dans l'esprit de Korta faisait place de temps à autre à des yeux bleu nuit.

— Elle… t'obsède ?!

— Non !!!

— Ne serait-il pas utile d'aller le dire…

— Je dirai ce que je voudrai à Ibbak, et quand je le voudrai ! Je n'ai que faire de tes conseils ! De tes questions ! Et de ta présence dans mes appartements !!! Je m'allie avec toi pour que tu espionnes l'esprit des autres, et non le mien ! Retourne auprès de tes hommes ! Faites le tour du château demain ! Et après-demain s'il le faut ! Traquez les esprits subversifs puisque vous êtes incapables de revenir avec des informations utiles et logiques sur le Masque ! Il serait temps que vous trouviez le traître qui informe mon ennemie de tous mes plans, avant votre départ !

Le guerrier se leva avec fierté et se dirigea vers la sortie.

— Et empêche tes hommes de violer toutes les servantes qui leur passent sous la main ! Qu'ils se contentent des femmes que je leur donne !

Korta eut l'impression que son cerveau explosait lorsque le Scylès claqua la porte. Bloquer ses pensées un long moment alors qu'une image le hantait était particulièrement difficile à faire. Il respira un grand coup et releva la tête, laissant enfin le regard étrange du Masque lui envahir l'esprit.

Il avait tué les douze hommes qui l'avaient accompagné à Ize. Une perte d'hommes importante, vu ses besoins, mais il voulait être le seul noble à savoir la féminité du Masque. Il ne voulait pas que l'information fasse le tour du palais. Il savait que les guerriers scylès ne diraient rien.

Ce massacre ne l'avait même pas calmé mais son honneur restait sauf. Devant le roi, il avait plaidé l'embuscade et le surnombre de l'ennemi. Bien sûr, ce n'était pas ainsi qu'il parviendrait à épouser la princesse Éline et à devenir roi du pays. Mais ce n'était qu'un sursis pour le Masque. Il comptait bien se venger.

Il marcha jusqu'à une de ses fenêtres. Il se sentait entouré d'espions invisibles, méprisé et rabaissé par cette alliance obligatoire avec Muht Dabashir, bafoué par un ennemi qui le narguait sans cesse et qui se trouvait être une simple jeune fille. En voyant la forêt dans la nuit, ses doigts se crispèrent sur le rebord de pierre. Cette fille était là, quelque part. Ses yeux réapparaissaient.

Il fallait qu'il la tue, elle le bouleversait trop. Ce regard lui mangeait l'esprit, il en oubliait même le beau visage d'Éline. Il fallait qu'il la tue ! Il avait un contrat à tenir avec Ibbak et il devait mettre en place ses plans de bataille contre Akal avec les Pays Insolites. *Il fallait qu'il la tue !*

Il frappa de son poing le bord de la fenêtre avec désespoir. Une hirondelle s'envola.

Souvenirs

Les rayons du soleil commençaient à poindre. Axel avait l'impression d'être observé et encerclé. Sortant des brumes de son sommeil, il posa sa main derrière lui pour se redresser. Ses yeux s'ouvrirent sur une quinzaine de loups qui l'entouraient et le fixaient. Sur des pelages blancs, gris, noirs et fauves, les regards de feu et les crocs d'acier étincelèrent dans la lumière timide. Axel eut un sursaut de peur et recula brusquement contre le rocher. Tous les yeux sauvages s'enfuirent. Seul un loup resta : celui qui trônait au-dessus des autres sur la souche, celui à la tache frontale blanche. La gueule de l'animal se fendit un peu plus, à l'instar d'un sourire.

Axel crut encore rêver à cette expression. Il devait trop humaniser le loup. Pourtant, les yeux obliques luisaient de malice. Sans y croire vraiment, le jeune homme lui lança en reproche :

— Et tu trouves ça drôle, de bon matin ?!

L'animal cligna des paupières sans bouger. Il avait l'air satisfait. Axel se rassit en passant la main dans ses cheveux. Pour une fois, il n'avait pas eu de mal à ouvrir son esprit à la journée ! *Mais resterait-il longtemps rationnel en Leïlan ?*

Il se leva, encore mal à l'aise, et essaya de remettre ses idées en place. La veille, il était parti vers l'ouest dans sa course et avait traversé presque toute la forêt en largeur. Un peu plus à l'ouest encore, à guère plus d'un quart de lieue, devait se trouver la Mer Intérieure. Emportant avec lui quelques beignets pour le petit déjeuner, le jeune homme partit voir le lever de soleil sur la grande étendue bleue, pour se réveiller plus calmement.

Les longues falaises de calcaire s'élevaient en puissants remparts inébranlables, d'où quelques cours d'eau perdus se jetaient en fines cascades. Préférant pour l'heure ronronner à leur pied, la mer s'allongeait à l'infini et scintillait dans les premiers rayons du matin. Parfumée d'iode et de sel, elle appelait voluptueusement les âmes vagabondes à tous les désirs de liberté et de voyages. Ses promesses de voiles s'étiraient déjà dans les nuages s'éloignant aussi mollement que de grands navires vers l'horizon.

Devant la beauté et la grandeur de la vue, Axel plongea de nouveau dans ses rêves. La chaleur du soleil lui chauffait lentement les épaules. Il ne pensait pas à son amour, mais au songe de sa nuit qui lui revenait. Tout était vague; néanmoins il se souvenait de la présence d'une petite fille. Malgré le calme que provoquait le va-et-vient des lames de vagues grises et rosées sur les hauts rochers teintés d'orange, il n'arrivait pas à retenir ce rêve qui s'échappait peu à peu de son esprit.

Il n'eut pas le temps de se concentrer plus longtemps, le loup vint le chercher en déposant le bout de chemise noire près de lui. Il s'éloigna de trois pas.

— Oh non! Je ne l'oublie pas, soupira Axel.

Mais sa mission devait passer en premier. Il ramassa la chemise et prit le chemin de la clairière. Il devait aller le plus vite possible au château pour se débarrasser de la lettre de son roi. Le mieux serait de suivre le bord de la forêt pour retrouver sa jument. Nis ne devait pas être bien loin.

Brutalement, le loup lui fonça dessus par-derrière et lui happa la cheville. Déséquilibré, Axel s'écroula de tout son long et fit voler le morceau de chemise.

Un instant surpris, il observa l'animal : la gueule se fendit encore dans un rictus de satisfaction. Décidément, ce loup intelligent avait un tempérament joueur qu'il manifestait à ses dépens ! Poussant un cri offensif et levant les bras au ciel, Axel se redressa pour lui faire peur. Le loup s'éloigna en gambadant, la chemise dans la gueule. Son attitude fit sourire le jeune homme. Il se prit au jeu et un chassé-croisé endiablé s'engagea pour l'appropriation de la chemise. Le loup le craignait, il craignait le loup, mais l'amusement, en cet instant, effaça la peur viscérale et les mauvaises légendes. Nis en aurait été malade !

De retour à la clairière, Axel plongea la tête dans l'eau pour supporter la chaleur de la journée. Puis, ramassant ses affaires, il s'éloigna des pierres blanches en longeant la falaise de la Forêt Interdite vers la Grande Plaine. À sa grande surprise, le loup le suivait toujours, ondulant silencieusement avec la chemise dans la gueule. Axel aurait préféré que l'animal le mène à la jeune fille, mais celui-ci ne comprenait pas… ou faisait semblant. Du coin de l'œil, il le surveillait.

Plus tard dans la matinée, ils regagnèrent un étroit sentier qui traversait la forêt en direction du palais. Le précipice s'était resserré et, à cet endroit, on pouvait s'introduire dans la Forêt Interdite par un simple bond. Le chemin s'élargit et le jeune homme distingua à travers le feuillage un petit pont au-dessus de la crevasse. *Le Pont Sans Retour.* Derrière lui, une brume matinale marquait la zone défendue.

L'envie d'aller y voir de plus près démangeait Axel. Si n'importe quelle autre personne en ces Mondes lui en avait proscrit l'accès, il aurait désobéi. Mais l'interdiction venait de la Fille-aux-yeux-bleus. Il revoyait son visage penché pour le lui dire. Il ne pouvait pas franchir le pont.

— Et si c'était là qu'elle habitait ? demanda-t-il, habitué à parler à haute voix à Nis.

Après tout, vu l'étendue de ses pouvoirs, le Monstre n'était peut-être qu'une de ses créations avec laquelle elle avait voulu lui faire peur ! Le loup s'était assis. Il regardait avec patience l'être humain sans comprendre son problème. Il ne renâclait pas, ni ne secouait la tête. Sa queue balayait l'herbe doucement quand sa truffe se mit soudain à frétiller.

Non, elle non plus n'a pas quatre cents ans d'existence, rajouta Axel dans ses pensées.

Alors comment expliquer cette légende ? ! Et pourquoi avait-il la sensation que la jeune fille n'était pas loin ? Il était tiraillé. Ce fut le loup qui lui fit prendre la décision. Celui-ci partit comme un fou, non en direction du pont, mais vers le nord, vers le château.

— Il l'a sentie ! cria Axel envahi d'espoir en partant à sa suite.

Quand il l'eut rejoint, il eut la déception de le trouver les quatre pattes sur un homme, aplati au sol par son poids. Le loup restait immobile au-dessus de son visage, comme pour tester l'autorité de sa victime.

— Mais oui, je t'aime, San, mais oui, t'es beau. Ceban ! braillait-il à un autre homme d'une voix faussement apeurée. Enlève-le-moi ou je n'arriverai jamais à me dégager de c'pot de colle !

Ceban se contentait de rire à gorge déployée. Il cessa immédiatement à l'arrivée d'Axel. L'homme qui criait se dégagea finalement du loup avec aisance. Le voir se déplier et sortir son arme était même terriblement impressionnant !

C'était une véritable montagne, il devait faire plus de sept pieds de haut ! Et ses muscles allaient de pair avec sa taille ! Son regard noir donna la chair de poule à Axel qui ne comprenait pas une telle agressivité, si soudaine.

— Sten, arrête ! Regarde le collier qu'il porte ! C'est *lui*, prévint Ceban.

Axel venait de rencontrer les amis de sa jeune aventurière et la nouvelle de son existence s'était propagée assez rapidement.

Ceban, très jeune d'apparence, avait des yeux vert-de-gris brillant d'une intelligence qui, au jugé d'Axel, devait manquer à la grande brute. Mais celle-ci rangea son épée dans sa ceinture de cuir et ses traits se radoucirent, révélant un visage moins féroce qu'on n'aurait pu le croire, voire même sympathique. Il remit son béret tombé à terre. Sa peau tannée par le soleil accusait la trentaine.

Trois chevaux se tenaient derrière eux. L'un d'eux portait une balzane à la jambe arrière. Axel reconnut avec joie sa jument. Le regard de billes noires de Nis était brillant ; elle tira si brusquement sa longe que Ceban la lâcha de surprise. Elle se précipita sur son maître et engouffra bruyamment ses naseaux dans son cou. Pour une fois, la présence d'un loup ne l'avait même pas empêchée d'avancer ! Axel attrapa rapidement sa longe avant qu'elle n'en prenne conscience.

Les deux hommes ne discutèrent pas la propriété de la jument, dont l'action avait prouvé son appartenance à l'étranger. Seul Ceban fit une légère moue en regardant le bel arc accroché à la selle lui échapper.

Le loup ramena curieusement la chemise à Sten : il cherchait une réponse. Le géant s'agenouilla pour l'inviter à s'approcher plus près et examina la chemise dilacérée.

—Alors, tu r'viens enfin nous voir après trois mois d'absence pour nous rapporter c'te loque ? Qu'est-ce que c'est, San, hein ? Qu'est-ce que c'est ? Mais c'est plein de... sang. C'est sec, mais c'est bien du sang ?! répéta-t-il en se retournant vers Axel.

—C'est sa chemise, je veux dire au Masque, enfin à elle... Je... Je ne...

—Tu sais pas son nom ? Moi non plus, répondit malicieusement Sten. C'est pas plus mal. Ça t'évitera de dire n'importe quoi devant n'importe qui. T'inquiète pas, San. Elle va bien. C'est rien.

Il frotta le cou de l'animal. Sa main se perdit dans les poils sombres. Le loup sembla avoir compris et accepta la caresse.

—Elle va bien, elle va bien, marmonna Axel.

Si San pouvait se contenter de si peu de renseignements, lui en désirait plus !

Sten sourit, comme s'il comprenait sa frustration.

—Elle est encore un peu faible et ne peut se battre, mais...

Ses yeux noirs s'attardèrent, comme ses pensées, sur Axel.

—Tu pourras la voir ce matin en Aces, le village de la Colline Creuse. Dans cette direction, à quinze lieues à peu près, indiqua-t-il finalement de son bras.

—Elle y sera dans trois heures, tout au plus, ajouta Ceban heureux lui aussi de faire de tels aveux.

C'était leur manière de le remercier d'avoir sauvé leur amie.

—Mais s'il y a des soldats, ou... les guerriers scylès ?! s'inquiéta Axel.

—Ils ne viendront pas, aujourd'hui. Et s'il leur prenait l'envie de changer d'avis, on trouverait un moyen de s'en charger. Il est évident que ma sœur ne peut le faire entièrement seule, mais elle ramènera la paix dans son pays. Aucun de nous n'en doutera jamais.

L'assurance et le ton de Ceban portaient l'orgueil, la vanité de l'adolescence. Axel l'observa. Il ne lui trouvait aucune ressemblance avec elle, à part l'âge. Il était peut-être joli garçon, imberbe, brun et ténébreux comme pouvaient l'aimer certaines filles de village, mais ses traits n'avaient pas la finesse de ceux qui hantaient son esprit. Bottes et pantalon, sans chemise, juste un gilet à même la peau et un lacet de cuir autour du cou, Ceban avait tout de la forte tête et du frondeur.

Les deux hommes étaient remontés sur leurs chevaux et s'apprêtaient à partir. Axel ne disait rien. Le village ne se trouvait pas sur sa route ; au contraire, il lui fallait rebrousser chemin dans la plaine pour l'atteindre. Quelques heures auparavant, il s'était persuadé d'aller au château le plus vite possible ! *Était-ce raisonnable ?* Il fit ses comptes : il lui restait encore cinq jours pour porter le message. S'il n'était pas passé par les Brumes Infernales, il n'aurait pas encore atteint Leïlan.

— À dans trois heures, jeune étranger, lança Sten en s'en allant.

Ceban fit de même et San partit à leur suite à toutes pattes. La poussière soulevée par les chevaux s'éloignait de plus en plus. Axel se retrouva isolé, un peu malheureux tout de même de perdre la compagnie étrange du loup. Mais il avait retrouvé Nis !

Trois heures. C'était largement suffisant pour arriver au village et ne pas manquer la Fille-aux-yeux-bleus. Axel reprit son sac en bandoulière, raccrocha la bride-licol de sa jument et monta sur son dos. Tout en la flattant et en la complimentant, il pressa son trot dans la direction donnée.

✧

Dans la Grande Plaine, le soleil inondait un ciel bleu d'une insolente pureté. Axel avait gardé des séquelles de ses récentes traversées de glaciers : il devait porter sa main au-dessus de ses yeux pour voir dans quelle direction aller. Curieusement, une bribe de phrase de Ceban résonnait dans sa tête : *Elle ramènera la paix dans son pays.*

Il ne la sortait plus de son esprit.

Soudain, il arrêta sa monture. Il venait de faire le rapprochement avec la petite fille de son rêve. Son cœur se brisa. Il avait tellement voulu oublier cette histoire ! *Pourquoi lui était-elle revenue ?* Une mélancolie l'envahit en repensant à une image de sa vie : une enfant au bord d'une falaise, face au vent, les yeux perdus loin dans la mer. Tout lui revenait.

Il venait d'avoir onze ans à l'époque. C'était le temps où il ignorait encore la prophétie des Trois Fées, le temps où il vivait à la cour de Pandème, le temps où il acceptait son rôle insignifiant de Troisième Prince. C'était avant qu'il ne manque de mourir des Fièvres Folles dans les Pays Noirs, et qu'il n'ait l'idée de laisser diffuser l'annonce de sa mort.

Il se trouvait avec son père dans les Pays d'Oye pour perfectionner sa connaissance des armes. Le plus grand des Maîtres y habitait et formait l'élite des Mondes. Veyk enseignait force et sagesse.

Toutefois, Axel se souvenait que lors de leur première rencontre, le Maître d'armes était agité. Perché sur une caisse en bois, il regardait avec la fébrilité d'un enfant la grande place de la ville par son soupirail. Oubliant même de saluer le robuste roi Frédérik de Pandème, il avait pris le jeune prince près de lui pour lui montrer l'objet de tant de passion : une petite fille de neuf ans chantait et dansait avec légèreté sur un rond de pavés de mosaïques mauves et grises. On aurait dit un petit animal sauvage, provocant et indomptable. Ses cheveux d'un doré plus foncé que sa peau s'écoulaient sur son corsage de dentelle. Flamboyante dans une jupe de cretonne rouge, elle envoûtait les badauds de ses paroles et de ses pas, une souris blanche sur la main.

— *Regarde-la,* lui avait dit le Grand Veyk. *Elle est fantastique. C'est ma meilleure élève, je n'en ai jamais eu de plus avide de connaissance. Jour et nuit, en seulement un an, je lui ai appris plus qu'en trois ans pour d'autres élèves. Et moi, j'ignore presque tout d'elle, même son prénom. Depuis qu'elle a eu six ans, elle parcourt les Mondes et apprend une maîtrise du corps ou de l'esprit dans chaque pays qu'elle traverse. C'est tout ce que j'ai réussi à savoir. Je n'ai vu son père qu'une seule fois ; il s'est montré encore plus mystérieux, en dissimulant son visage. Il m'a affirmé avec suffisance qu'elle allait ramener la paix dans son pays ! Face aux prouesses de cette enfant, je n'en puis plus douter.*

Les souvenirs d'Axel revenaient à flots au fur et à mesure que Nis reprenait son pas. Il avait été subjugué par la fillette.

— *Elle me quitte demain,* avait repris le Maître avec amertume. *Son père a exigé d'elle une dernière épreuve pour savoir si mon enseignement a été à la hauteur de son attente. Elle est parvenue à se faire recevoir par l'empereur d'Oye. Elle a fait le pari avec celui-ci de lui dérober son émeraude et de participer au bal, ce soir, en son palais. Elle a réussi avec brio la première partie. Les gardes sont comme fous et elle danse déjà en toute impunité sur la place principale ! Je suis fier d'elle… Te sens-tu à la hauteur pour lui succéder dans cette petite salle, mon garçon ? Tu as deux atouts de plus qu'elle : tu es plus âgé et tu auras toujours plus de force, puisque tu deviendras un homme. Maintenant, auras-tu autant de détermination et de discipline ?*

Non. Axel n'avait pas eu cette même constance et cette même rigueur, mais la maîtrise des armes était un pouvoir de famille : le Grand Veyk avait été tout aussi fier de lui transmettre son art avec passion et succès. Sauf peut-être en ce qui concernait la sagesse.

Était-il possible que cette enfant soit la jeune fille qu'il venait de sauver ? Axel en doutait : il ne souvenait pas d'avoir vu de pareils yeux avant. Il essaya de revoir le visage enfantin avec plus de précision.

Peu de temps après sa discussion avec le Maître Veyk, des soldats étaient arrivés sur la place, armés de hallebardes et de piques. Il revoyait cette petite fille pleine d'agilité leur glisser entre les doigts. Elle riait tellement. De quelques bonds, elle était montée sur les toits et avait continué à les narguer en courant sur les tuiles mauves imbriquées, au risque de tomber. Ce ne fut que depuis le carrosse se dirigeant vers le palais qu'il l'avait revue. Elle avait distancé bon nombre de soldats et bondissait de toit en toit. Un grand bruit s'était soudain fait entendre au-dessus du carrosse et quelques secondes avaient suffi à l'enfant pour se retrouver à l'intérieur.

— *Veuillez pardonner mon intrusion, je...*

Elle n'avait pas eu le temps d'en dire plus, Frédérik de Pandème lui avait coupé la parole :

— *Tais-toi et cache-toi. Nous connaissons ton histoire et nous serons très heureux de te faire entrer au palais impérial. J'estime l'audace et le courage. Axel, donnez-lui votre manteau avant que les soldats n'arrivent.*

Il avait obéi, tout enchanté de la réaction de son père. Les gardes avaient laissé entrer dans le palais aux tours argentées le roi de Pandème, le prince Axel et sa *cousine*. Personne n'avait décelé la supercherie et tous les trois avaient été installés dans de grandes chambres luxueuses pour se préparer au bal du soir.

Axel se souvenait encore de l'entrée de la fillette. La petite vagabonde aux pieds nus était devenue une princesse comme par magie. Elle s'était vêtue à la mode d'Oye d'une robe toute faite de soie blanche de Filg, brochée, fendue devant pour laisser voir ses jupons composés de mousseline et de fils d'or. Ses cheveux, relevés, retombaient en boucles soyeuses dans sa nuque et sur ses épaules nues. La résille qui les retenait était chamarrée de perles et de fins diamants qui s'harmonisaient avec ses autres bijoux. Tout était délicat et raffiné, il n'y avait pas d'excès de dorure : un joli diadème dentelé, de petites boucles d'oreilles pendantes, un fin collier qui se perdait dans sa robe et juste un jonc pour souligner la finesse de ses poignets. Elle s'était révélée plus belle que toutes les femmes du palais malgré son jeune âge. *Qui l'avait aidée à s'habiller avec autant de grâce ?*

Elle avait les yeux sombres, oui, anthracite, il s'en souvenait ! Il ne pourrait jamais oublier le regard émerveillé qu'elle avait eu lorsqu'il lui avait tendu le bras pour aller danser. Lui, avait été fier comme un paon qu'elle accepte. Tout le monde les avait regardés, séduit par cette fillette. Même son père était resté un moment surpris de la beauté de l'enfant.

Ce soir-là avait été féerique pour Axel. Son cœur avait eu l'impression de s'envoler à chaque pas de danse. Maintenant encore, neuf ans plus tard, il ressentait les mêmes sentiments au gré de ses souvenirs. La forte lumière du soleil lui rappelait celle de l'éclairage de cette salle fantastique. La musique lui revenait, le transportant dans le passé, dans la plus belle histoire de sa vie.

Il revoyait l'enfant, une main délicatement posée sur la sienne. Elle dansait avec souplesse, connaissant tous les pas, comme une dame. Le frou-frou de ses jupons se faisait légèrement entendre. Il avait eu l'impression qu'elle flottait dans les airs. Intimidée, elle ne l'avait pourtant jamais quitté des yeux. Avait-elle éprouvé la même tendresse que lui ? Il ne le saurait jamais. L'empereur d'Oye avait rompu le charme. Il s'était brusquement redressé dans sa grande houppelande bordée de vair. Il l'avait reconnue.

Avec le sourire et de toute sa splendeur, elle s'était retournée vers lui. Elle avait gagné ! D'un repli de sa robe, elle avait sorti l'émeraude et l'avait tendue au souverain. Sa souris, issue du même endroit, était montée sur son épaule.

— *Sire, je prouve que la sécurité de ce palais est insuffisante en gagnant notre gageure ! J'espère que Sa Majesté tiendra la part de notre marché !*

— *Nous ne traitons pas avec les voleurs et les individus de ta basse espèce !* avait-il froidement répondu en arrachant le joyau de la main de l'enfant.

— *Mais ce n'était qu'un jeu, Majesté ! Je suis venue la rendre !*

— *De toute manière, nous te l'aurions reprise ! Gardes !!!* avait-il hurlé. *Emmenez cette vilaine aux cachots !*

Axel se rappelait le désespoir qu'il avait ressenti à ces mots. Leurs échanges s'étaient limités à des regards, et pourtant un lien l'unissait déjà à la fillette. Il aurait voulu foncer au milieu des soldats mais son père l'avait retenu et, comprenant son geste, la petite fille emportée par les gardes lui avait crié :

— *Je m'en sortirai toujours!*

Il repensait à cette nuit. C'était affolant à quel point il se remémorait tout! Même l'odeur des cachots, même le froid des dalles, même les cris des prisonniers.

Il avait réussi à se sauver de sa chambre pour parvenir dans les couloirs aux cellules. Il avait pris beaucoup de risques, pour lui, mais surtout pour le peuple de Pandème si l'on découvrait sa trahison. Son père avait déjà dû mentir en niant être à l'origine de l'intrusion de la fillette. Mais Axel était décidé à tout faire pour la sauver!

Quelle n'avait pas été sa surprise en la rencontrant dans un couloir! Elle avait failli l'assommer, croyant à l'arrivée d'un garde. Elle portait de nouveau ses vêtements de sauvageonne, cheveux libres avec sa souris sur l'épaule.

Elle avait pris la main du jeune prince et l'avait entraîné dans les dédales des cachots. Tout s'était montré noir et humide, le silence oppressant et angoissant pour les deux fuyards. Combien de fois s'étaient-ils plaqués contre un mur suintant ou enfoncés dans un coin sombre et nauséabond pour éviter les soldats? Et combien de fois leurs cœurs s'étaient-ils arrêtés alors qu'ils croyaient être pris? Axel s'en moquait. Il avait aimé cette escapade, il avait eu des frissons chaque fois qu'elle s'était blottie contre lui: il s'était senti important, fort, invincible même! Malgré l'endroit lugubre, les gémissements des torturés agonisants qui se faisaient entendre, et l'insécurité de leur situation, il n'avait pu s'empêcher de l'admirer. Elle avait été son rayon de soleil. Leurs mains ne s'étaient jamais lâchées et bon nombre de ses sourires ou des regards de ses yeux gris lui avaient prouvé qu'elle était heureuse qu'il soit venu.

Passant par un soupirail descellé, ils étaient parvenus à sortir du palais. Toujours unis, ils avaient couru à en perdre haleine dans la forêt jusqu'à une falaise surplombant la mer. Le sentiment qu'Axel avait éprouvé à ce moment-là lui faisait encore fermer les yeux à présent. Il aurait pu s'envoler, sûr de pouvoir y arriver.

Les deux enfants s'étaient allongés dans les hautes herbes et avaient ri, heureux de vivre ce moment de liberté ensemble. Mais, la curiosité d'Axel avait tout gâché.

La fillette n'avait pas voulu répondre à la plupart de ses questions. Et plus il avait essayé d'en savoir, plus il l'avait réduite au silence et l'avait rendue triste. Elle avait fini par se lever pour regarder la mer, laissant le vent soulever délicatement ses cheveux.

—*Je ne peux pas te suivre à Pandème. Mon pays m'attend au-delà de cette mer. J'ai été choisie par les Trois Fées de l'Est pour lui redonner la paix... Je dois tout faire pour y arriver. Cela fait trois ans que je n'ai pas vu ma famille, et je ne la reverrai pas avant d'avoir treize ans... Mon Maître m'a dit qu'il fallait d'abord parfaire mon éducation. Mais je ne sais pas si un jour je pourrai combattre des hommes entraînés. C'est si lourd, une épée. Tu penses que c'est de la folie d'y croire ?*

Ce n'étaient pas les paroles d'une enfant, mais elles sortaient bien de la bouche d'une fillette de neuf ans.

—*J'aurais aimé rester avec toi,* continua-t-elle avec regret, *mais je dois partir pour les Pays Noirs. Je n'ai plus de bateau puisque l'empereur d'Oye m'a trahie, mais on a d'autres moyens... Je dois obéir.*

Les Mondes s'étaient écroulés sur ses épaules en même temps qu'elle s'était agenouillée. Des larmes étaient nées au bord de ses yeux. C'était une fillette qui n'avait jamais eu le luxe de pouvoir faire un caprice. Effondré, Axel lui avait cueilli une jolie syllis blanche, une fleur sauvage qu'il avait reconnue dans l'herbe. Il lui avait caressé le visage avec les doux et tendres pétales, comme sa mère l'avait fait plus d'une fois pour le consoler. En tant que prince, il connaissait ses devoirs et ses obligations, son père les lui rappelait tous les jours !

Juchée sur l'épaule de la petite fille, la souris avait sauté dans l'herbe et s'était enfuie.

Axel se remémora l'expression du visage de l'enfant au départ de son rongeur. Elle savait qu'ils allaient être séparés, des milliers de décisions s'étaient bousculées derrière cette figure de marbre. Elle avait précipitamment regardé autour d'elle et avait dit tout bas :

— *Je garderai toujours cette fleur en souvenir de toi. Ne m'oublie pas, je t'en prie.*

Puis, d'un air décidé, elle avait rajouté, ses grands yeux foncés levés vers lui :

— *Je m'appelle Éléa.*

La suite avait été tellement rapide ! Un homme était apparu à son prénom. Un véritable colosse en habits sombres ! Un immense chapeau de feutre et un voile cachaient son visage. Enveloppé dans une immense cape, il avait semblé jaillir des ténèbres !

Axel n'avait pas osé bouger. La petite Éléa, en revanche, s'était dirigée vers l'individu d'un pas docile, la tête baissée. On aurait dit une jolie poupée de chiffon prenant la position souhaitée par son propriétaire. Elle n'avait relevé la tête qu'au moment de partir. Avec un visage dénué d'expression, elle avait plongé une dernière fois ses yeux dans les siens. Une larme avait coulé sur sa joue.

Axel ressentait encore le choc qu'il avait reçu face à ce regard. La seconde suivante, elle disparaissait sous la cape de son Maître, et père, et s'en allait avec lui. Axel aurait voulu s'élancer pour la rejoindre, l'arracher des mains de cet homme, mais une voix s'était élevée derrière lui.

— *Non, Axel, ne faites pas cette bêtise.*

C'était son père, le roi de Pandème. Il avait vu les deux enfants s'échapper et les avait suivis.

— *Vous n'avez pas à vous en mêler. Elle a accepté la volonté des Fées.*

— *Mais je peux la suivre, rien ne me l'interdit,* s'était défendu Axel. *Et... et il n'y a aucune loi m'obligeant à épouser quelqu'un de ma condition.*

— *Certes, mais vous êtes bien jeune pour prendre femme et je sais que cette enfant n'est pas faite pour vous.*

La réponse assurée et grave avait étonné Axel. Il avait eu beau argumenter et parler de tous les sentiments qu'il avait éprouvés pour la fillette, son père était resté convaincu qu'elle n'était pas faite pour lui. Devant un tel entêtement, il avait presque hurlé : pourquoi ?! Comment son père pouvait-il le savoir ?! Les Fées ne dévoilaient pas les destinées amoureuses ! Comment pouvait-il en être aussi sûr alors que le cœur d'Axel criait le contraire ?!

Maintenant, il se demandait pourquoi il avait exigé la réponse. Il aurait préféré ne jamais l'entendre. Il se souvint de toutes les larmes qu'il avait versées devant cette prophétie, devant cette fatalité que son père lui révélait.

Frédérik de Pandème s'était assis sur un rocher et avait lentement commencé son récit, choisissant les mots, cachant peut-être même des informations, pour adoucir l'avenir. À la naissance d'Axel, les Fées lui étaient apparues dans toute leur transparence. Elles lui avaient annoncé qu'elles n'avaient pas réussi à reprendre entièrement leurs pouvoirs dans la joute qui les avait opposées à l'Esprit Sorcier Ibbak. Elles n'étaient pas parvenues à arrêter la folie guerrière qu'il avait provoquée chez les habitants des Pays Insolites. Le dernier espoir des Fées pour consolider leur force était la réunion de Pandème et de Leïlan en un seul royaume.

Elles avaient destiné chacun des fils de Frédérik et de Céliane de Pandème à chacune des princesses de Leïlan. Les mariages devraient être célébrés impérativement dans le château royal de Leïlan, au solstice d'été, dans vingt ans. Contrairement aux unions dont les Fées aimaient s'occuper, ces trois-là seraient exclusives : *les princes et princesses ne pourraient aimer et être aimés en retour par aucune autre personne.* Les Trois Fées n'avaient pas pensé mal agir. Il ne leur était seulement pas venu à l'idée que deux années plus tard, la dernière Princesse de Leïlan, la promise d'Axel, allait naître morte juste après qu'elles aient scellé leur sort.

Axel avait mal. Pourquoi avait-il fallu qu'il repense à cette histoire ?! Le sentiment de révolte de ses onze ans remontait en lui. Il ne pouvait toujours pas y croire ! Les Fées n'étaient censées qu'influencer des choix de vie. Jamais, au grand jamais, Axel n'avait pensé qu'elles pouvaient imposer un avenir ! Et encore moins, qu'elles puissent rester impuissantes à la mort de celle qu'elles lui avaient destinée ! Pourquoi avaient-elles révélé tout ceci à son père à sa naissance ? Les paroles de celui-ci revenaient encore :

—*Axel, auriez-vous oublié ce que votre ancêtre Enkil a fait pour le peuple de Pandème ? La bataille qu'il a menée contre le sous-fifre de l'Esprit Sorcier pour que les Fées reprennent une partie de leur pouvoir ? Pourquoi croyez-vous que nous sommes privilégiés d'un tel bonheur à Pandème, si ce n'est en récompense de son acte de bravoure ? D'où croyez-vous détenir votre statut de prince ? Avez-vous déjà oublié votre histoire ? Il serait peut-être temps que vous lisiez ses Mémoires… En rentrant, je… Axel… Les Fées nous ont toujours été reconnaissantes et nous font confiance. Elles nous ont choisis pour les aider. Leïlan est le pays le plus stable dans cette partie du Monde de l'Est, et bien avant la Guerre des Siècles, bien avant qu'on instaure la langue commune, nos peuples ne formaient qu'un.*

Il avait radouci sa voix et enveloppé le petit pourpoint de velours vert dans son grand manteau pourpre. Le jeune prince n'avait pu avoir foi en tout ceci. Un pan de son univers s'écroulait. Les Fées avaient fait une erreur ! Elles avaient décidé de sa solitude ! Il était donc le seul à aimer ?! Éléa n'avait rien ressenti pour lui ?! La promesse de garder sa fleur, c'était du vent ?! Pourtant, elle lui avait révélé son prénom ! Ses pensées s'étaient bousculées dans sa tête.

— *Mais, je peux tout de même la suivre, un peu. Peut-être que les Fées sont revenues sur leur décision. Il y a quelqu'un d'autre pour moi. Et c'est elle !*

— *Elle est partie pour les Pays Noirs ! Ce continent contient quinze royaumes immenses ! Vous n'avez pas la moindre idée de ce qu'elle va y faire. Vous voulez passer votre vie à la chercher, alors qu'il n'y aura plus aucune place pour vous dans son esprit depuis longtemps... Nous voulons, votre mère et moi, que vous deveniez un grand combattant. Vous... ressemblez tellement à votre ancêtre Enkil que vous y parviendrez. Nous voulons aussi que vous parcouriez les Mondes pour apprendre la guerre et la paix, mais nous ne voulons en aucun cas que vous perdiez la tête pour une jolie demoiselle mystérieuse... Mon enfant, je suis consterné par le destin. Croyez-moi, j'aurais fait n'importe quoi pour que cela ne vous arrive pas ! Mais il est trop tard.*

Serrant le visage de son fils contre sa puissante épaule, il avait ajouté :

— *Vous pouvez aimer, je le sais. À la folie même, et ce sera votre plus grande faiblesse. J'espère du fond du cœur que vous finirez par aimer une femme qui, elle aussi, aura un peu de sentiment à votre égard. Mais je crains qu'elle n'ait au plus pour vous qu'une grande amitié. Je souhaite que cela suffise à votre bonheur.*

Axel n'avait pas trouvé ce maigre contentement. Il avait même peur de le chercher. C'était la raison inconsciente qui l'empêchait de rester en place et qui le poussait à fuir toute compagnie.

Nis marchait tout doucement, presque à pas lourds : elle ressentait la mélancolie de son maître. Il ne lui parlait pas.

Axel repensait à cette petite Éléa. Il avait gardé d'elle une si belle image : une enfant sauvage et fragile, au bord d'une falaise, le vent s'engouffrant dans ses jupes et ses cheveux. Un petit visage délicat aux yeux sombres qui regardaient la mer comme si elle pouvait répondre à tous ses espoirs.

Était-il possible qu'Éléa et la Fille-aux-yeux-bleus ne soient qu'une seule et même personne ? Physiquement, il n'avait pas assez de souvenirs pour faire le rapprochement, la seule chose dont il se rappelait était ses yeux. Or, l'enfant les avait gris foncé et la jeune fille bleu nuit. Mais, s'il pensait à leur manière de se battre, elles pouvaient correspondre. Ne s'était-il pas fait la réflexion que le Masque avait dû être instruite dans les Pays d'Oye ?! Une fillette qui prend les armes, cela ne se voit pas souvent !

Il l'imaginait encore sur la falaise. Géographiquement, où regardait-elle ? Un moment de réflexion permit à Axel de se situer de nouveau. En face de cette partie des Pays d'Oye se disposaient quatre pays en bordure de la Mer Intérieure : Scyl, l'état le plus au sud des Pays Insolites, Akal, Pandème... et Leïlan !

Une preuve de plus, pensa-t-il.

Oui, mais neuf ans plus tôt, Akal et les Pays Insolites étaient déjà en guerre, pas Leïlan !

— On ne ramène pas la paix dans un pays qui l'a déjà !

Nis secoua les oreilles et souffla en remuant la tête. Son maître n'y prêta aucune attention. Il oscillait entre les deux partis à prendre : les différences qu'il trouvait entre la jeune fille et l'enfant n'étaient peut-être dues qu'à un défaut de mémoire. Il était tellement heureux de penser qu'il avait retrouvé Éléa après tant d'années ! Pourtant, il était sûr de n'avoir jamais vu des yeux bleu nuit auparavant.

Après son année de perfectionnement au maniement des armes auprès du Grand Veyk, Axel avait cherché Éléa durant trois années malgré la désapprobation de son père. Son jeune âge ne l'avait pas empêché de partir à l'aventure. Il avait appris beaucoup de choses durant ses voyages, ne serait-ce qu'à aimer ceux-ci et à oublier le palais. Il avait fini par rejeter toute présence pouvant lui servir d'escorte et avait laissé ses cheveux recouvrir sa nuque, pour cacher sa marque de naissance. Il n'était plus prince, ce statut était inutile et stupide. Il avait même fini par négliger son titre de bravoure. Frédérik de Pandème n'était plus son père, mais un homme ordinaire qui n'avait eu aucun pouvoir pour le protéger et qui ne savait que le juger ! Sa foi et le bonheur de son peuple empêchaient le jeune homme de reprocher quoi que ce soit aux Fées mais, comme son frère Philip, il ne supportait pas que son père refuse le moindre espoir de les voir modifier leur décision.

Axel n'avait jamais retrouvé la trace d'Éléa. Beaucoup trop de régions étaient en guerre dans le Monde de l'Est. Et si c'était en Leïlan qu'il aurait dû tenter de la retrouver, il n'y aurait jamais pensé ! Cela ne faisait que six ans que tout allait au plus mal dans ce pays, et il n'y avait jamais eu de conflit proprement dit depuis la terrible Guerre des Siècles !

Il avait relégué la petite fille de la falaise au fond de sa mémoire. Il n'y pensait plus, il n'en souffrait plus, mais il ne l'avait jamais oubliée comme il l'avait promis.

Et si c'était elle ? C'était bien trop irréel !

— Pourtant… pourtant ! Éléa commence par un *E!* cria-t-il.

Lui qui finissait par se résigner ! C'était une coïncidence de trop ! Peu importaient maintenant la couleur de ces yeux et l'état politique de Leïlan. La certitude prenait place dans sa tête… Et puis, il était toujours temps de trouver une autre preuve, si elle existait. En tout cas, il chercherait. Pour une fois, il voulait savoir s'il pouvait être aimé, même un peu. Tant pis si cela devenait une faiblesse…

Il était radieux, cette décision le transportait. La revoir après l'avoir tant cherchée, sentir en lui de nouveau ce même amour le remplissait de vitalité.

Il flatta Nis qui avait encore donné son avis à son exclamation, et bien plus bruyamment pour se faire entendre ! Il avait envie d'être déjà en Aces. Sans s'en apercevoir, il avait fait accélérer le pas à sa jument qui galopait avec allégresse, le cœur d'un enfant de onze ans dans la poitrine.

Deuxième partie

Dans la Colline Creuse

Le petit garçon s'appuya contre le mur, ramassé sur lui-même, isolé, encore. Il dégagea son visage de sa frange brune, trop grande. Chaque pierre lui rentrait dans le dos, mais c'était le seul endroit où il pouvait bénéficier de la lumière d'une torche. Sa mère ne lui avait jamais expliqué les pouvoirs des Divinités de son Monde, aussi se cachait-il pour lire un passage du petit livre qu'il lui avait emprunté.

« J'ai fait mille et une recherches pour trouver l'origine de l'affrontement entre les Divinités. Mais je n'ai rien trouvé qui remonte au début de la Guerre des Siècles, encore moins avant. Toutes les archives qui auraient pu m'être utiles ont été brûlées dans les attaques ou les invasions. De quelle manière l'Esprit Sorcier Ibbak avait-il gagné la dernière fois ? Je n'en sais rien. Mais Il avait bien toute puissance sur le Monde de l'Est pour réduire le passé à néant de la sorte.

J'ai été témoin que, malgré Leur faiblesse, les Fées avaient tout de même quelques pouvoirs sur de petits territoires : la vallée de Morency, la butte du Mont-Allois ou le lac d'Efedor. Mais Elles devaient partager Leur règne avec le Mal, car aucun lieu n'échappait à Sa loi d'horreur : aucun Bas-Esprit n'avait pu Lui en voler une part.

Je pense que les Divinités Contraires ont une idée de l'avenir – ses grandes lignes en tout cas – et qu'Elles choisissent ou créent des lieux stratégiques pour Leur affrontement futur. Je ne peux pas croire que les Fées ignoraient que la butte de Mont-Allois serait mon lieu de refuge, je ne peux pas imaginer qu'Elles ne savaient pas que, poussé par la faim, j'oserais entrer dans la vallée de Morency pour tuer l'Oiseau de Feu, et que je passerais de voleur à guerrier en buvant son sang.

Du jour où Elles me sont apparues, du jour où Elles m'ont donné un médaillon en forme de corne d'abondance, Elles ne m'ont plus quitté. Ni dans mes besoins, ni dans mes faiblesses. Elles avaient prédit que je me battrais pour le Bien, Elles l'avaient deviné, j'en suis certain.

Les Divinités influencent nos choix, nos vies. Qui n'a jamais ressenti une peur immense ou une irrésistible attirance devant l'inconnu ? On peut faire abstraction de Leur présence et passer outre Leur suggestion mais bien peu d'hommes en sont capables. Aller contre la volonté des Fées serait l'œuvre d'un sot qui fuit le meilleur, affronter l'Esprit Sorcier Ibbak serait l'œuvre d'un fou qui cherche le pire. Ou qui n'a plus rien à perdre. »

Un bruit de pas mit l'enfant en alerte. Il referma précipitamment son livre en l'entourant grossièrement de son lien tressé avant de le fourrer dans la poche arrière de son pantalon. Il avait repéré le nom de Leïlan dans les lignes suivantes et se sentait frustré de ne pas savoir ce qu'Enkil allait dire sur son pays, mais il était préférable pour l'heure que personne ne découvre qu'il avait ce livre sur lui.

Renaissance

Les sabots de Nis foulèrent la terre sèche. Emporté par son voyage dans le passé, Axel en avait oublié le présent. Le paysage tout autour de lui avait changé. Les vertes prairies, les champs foisonnants, les ombrages des chênes et les claires rivières avaient laissé place à une terre sableuse, à des troncs décharnés et à des lits de ruisseaux asséchés. La belle terre fertile n'était plus qu'un désert. Plus un bruit ne se faisait entendre, tous les animaux avaient fui cette contrée.

Le jeune homme s'approchait d'Aces. Sa joie des instants précédents se changeait en inquiétude. Le village se trouvait juste à l'intérieur de la grande colline qu'il grimpait. Cette dernière était presque réduite à l'état d'un immense monticule de terre noire. Le peu d'herbe paraissait flétri, desséché ou d'un vert étrange, comme si une maladie subite avait dévasté l'endroit.

Dans quel état se trouvait le village ? La réponse ne tarda pas ; Axel était arrivé au sommet de la colline.

En dessous, à moins de deux cents pas, se développait la misère. Tassées dans un coin du vaste creux de colline, les maisons ne tenaient presque plus debout. La terre craquelée des rues se soulevait, et vieillards, enfants, hommes et femmes erraient en silence au milieu de cette poussière de ruine. De vieilles fripes sur le dos, le visage noir, ils devaient être à moitié morts de faim. Les enfants ne jouaient plus et restaient prostrés dans les coins, résignés comme des animaux attendant une fin inéluctable.

La vue de ce village était éprouvante. Axel se rendait compte une fois encore à quel point son peuple était privilégié.

Il posa pied à terre et descendit dans la Colline Creuse lentement. Il y avait une trentaine de maisons délabrées de couleur indéfinissable. La moitié des chaumes manquait, démasquant des soupentes instables. Par endroits, les murs en torchis étaient tombés ou menaçaient de le faire. Une étable n'existait plus d'ailleurs que par ses vestiges : le toit s'était effondré.

Il n'y avait pas un seul animal. Pas une vache, un cheval, un chien ou ne serait-ce qu'une poule ! *Comment survivaient-ils ?*

Il arriva au centre du village. Là, devant lui, se trouvait une fontaine. Cassée de toutes parts, elle ne remplissait plus sa fonction. Elle semblait bouchée et les villageois restaient dans la crasse et la soif. Axel se souvenait d'avoir croisé le dernier point d'eau à une bonne lieue de là. Ils devaient faire le trajet plusieurs fois par jour. *Pourquoi ne pas plutôt la réparer ?* Mais plus il cherchait du regard, et moins il trouvait les outils nécessaires à ce genre d'entreprise : les Acéens manquaient de tout !

Il se sentit faible et impuissant devant cette pauvreté, un sentiment de culpabilité lui serra la poitrine quand il repensa aux belles et riches prairies de Pandème où l'on n'entendait que des rires joyeux. C'était peut-être la crainte de voir tout ceci qui l'avait empêché de traverser la frontière auparavant, et non les Fées. Il en avait trop souvent vu.

Pire ! Il n'avait rien sur lui pour faire... *Faire quoi ?* Que pouvait-il tenter face à un tel dénuement ? Il fallait un matériel énorme pour remettre en état ce village et l'argent nécessaire était introuvable, cela se voyait !

Les gens le regardaient avec étonnement ou avec un sourire. Derrière leurs visages noircis se cachait un espoir. Axel avait remarqué que son arrivée suscitait l'intérêt de tout le village. Le blanc de sa chemise brillait, tant il ressortait au milieu de ce gris, noir et terre ! Un petit garçon l'avait suivi, intimidé mais attiré tout de même par sa curiosité et par la belle jument.

Vêtu d'un court sarrau usé, un homme trapu s'approcha lui aussi d'Axel. Il était assez vieux, de grands sourcils drus barraient son visage et une épaisse barbe poivre et sel cachait le reste. Il tendit sa main épaisse et prit le médaillon que le jeune homme portait à son cou. Tous les yeux étaient rivés sur eux. Le vieil homme lança un regard brillant de larmes à Axel.

— Ils arrivent aujourd'hui ?

Axel ne savait pas grand-chose mais il comprenait de qui il parlait.

— Je sais que le Masque devrait être là... d'ici une heure.

La vie revint brusquement. Les Acéens avaient résisté au malheur et avaient combattu celui de ces deux dernières semaines grâce à la promesse d'un retour du Masque. Enfin, *elle* arrivait !

Axel se sentit heureux de leur procurer autant de bonheur par cette simple réponse, mais il n'était pas au bout de ses surprises.

— Bonjour ! Je suis bien contente de savoir que la relève arrive : je suis épuisée de faire la navette entre Orée et ici.

Il se retourna brusquement, il avait reconnu la voix : c'était Ophélie ! Dans une jolie robe beige, toujours protégée d'un grand tablier blanc, l'Oréenne détonait autant que lui dans le village. Que faisait la jeune fille ici, aussi loin de l'auberge de sa tante Askia ?!

— C'est si étonnant de me voir ? demanda-t-elle malicieusement en fronçant son nez légèrement piqué de taches de rousseur. Il fallait bien que quelqu'un s'occupe de ces pauvres gens pendant ces quinze derniers jours. Le Masque ne peut être partout à la fois, même si c'est son souhait. Viens !

Intrigué, Axel se laissa conduire. Derrière le premier pâté de maisons, une plus large rue s'ouvrait. Le chariot, qu'il l'avait vu préparer en cachette avec quelques Oréens, se tenait sur le côté, rempli de tonneaux d'eau et de nourriture de première nécessité. Voilà comment ces gens avaient pu survivre tout ce temps ! Ophélie avait fait plusieurs allers-retours pour les aider. Il était vrai qu'en les regardant un peu mieux, Axel s'apercevait que les habitants d'Aces n'étaient pas *aussi* faméliques qu'il l'avait cru. C'était la noirceur de leur visage et de leurs vêtements, due à la sécheresse, qui l'avait trompé.

Les Acéens sortaient de partout calmement, et venaient récupérer quelques vivres. Axel lâcha Nis et monta sur le chariot pour aider Ophélie à distribuer chaque part. Personne ne bousculait, personne ne râlait. Ce partage avait fini par être organisé. Chacun attendait son tour, sachant pertinemment, soit qu'il y en aurait assez pour tout le monde, soit que le Masque ne tarderait pas à amener la suite. Les seuls cris que l'on entendait étaient d'ailleurs de joyeuses manifestations d'impatience à l'égard de sa venue !

Tout en servant et en serrant les mains reconnaissantes, Axel et Ophélie s'échangèrent quelques mots :

— Où as-tu trouvé toute cette nourriture ? demanda-t-il.

— Orée est l'un des villages les plus prospères de la Grande Plaine, il peut en nourrir un autre pendant un petit laps de temps. Chaque village qui a réussi à sortir de cette misère et qui sait se défendre en aide un autre à son tour. Comme un parrainage en attendant les renforts.

— Tu veux dire qu'Orée a ressemblé un jour à ce village ?!

— Oh oui ! s'écria-t-elle en souriant à un remerciement. Et il n'y a pas si longtemps que ça ! Treize mois : ma petite sœur Maï fêtait ses deux ans. On a été dans les premiers aidés. Plus les villages sont dans le sud de Leïlan, plus ils sont à l'abri des colères de Korta-le-fourbe. Tiens... en parlant de secours, je crois qu'au nom de tous, je peux te remercier pour le Masque.

Ses malicieux yeux noisette chatoyaient de reconnaissance.

— Comment le sais-tu ? répliqua-t-il, étonné.

— J'ai rencontré deux amis à elle, ce matin. Mais ils n'ont pas voulu me dire quand elle arrivait. Tu as eu plus de chance que moi. Ceban voulait certainement encore me taquiner.

Elle avait dit cette dernière phrase d'un ton songeur et boudeur à la fois, comme si elle était un peu contrariée du garçon. Ils avaient terminé leur partage et s'étaient assis au fond du chariot pour se restaurer à leur tour de galettes de seigle et d'un peu de pâté d'anguilles d'Askia. Ophélie avait le menton sur ses genoux, les bras croisés sur ses jambes. Elle n'avait pas faim.

— Qu'y a-t-il ? demanda Axel en comprenant déjà.

— J'aurais tellement espéré qu'un jour ils m'acceptent parmi eux. Mais Ceban ne m'aime pas. Il se moque perpétuellement de moi et me traite comme une gamine. Je n'ai que huit mois de moins que lui ! protesta-t-elle.

Axel releva le menton de la jeune fille vers lui. Elle ne pouvait pas renoncer, elle avait la chance de pouvoir tout espérer.

— Peut-être parce que c'est lui le gamin, fier et vaniteux, et qu'il n'a pas encore trouvé les mots pour te dire que tu es très jolie.

Elle devint rouge pivoine et balbutia un « merci ».

— Attends un peu. Il finira bien par comprendre qu'il est un crétin aveugle. Sers-toi de tes atouts féminins. Montre-lui que tu es une femme, rajouta-t-il avec un sourire des plus charmeurs.

Ses fossettes firent craquer Ophélie ; elle rit de sa propre bêtise et, bousculant galettes et pâté, elle se laissa prendre dans les bras du jeune homme en promettant d'essayer. Elle trouvait Axel vraiment plaisant et ne comprenait pas comment il pouvait être encore célibataire.

La quiétude du village cessa. Un vol d'oiseaux passa au-dessus et fit des cercles tout autour. Pour Axel, cela ne signifiait rien, mais pour les villageois, c'étaient les éclaireurs du Masque !

Un loup se posta sur l'un des flancs de colline. Axel reconnut San grâce à sa tache frontale ronde. Puis, plus loin, apparurent soudain une trentaine de chariots, une centaine d'hommes et du bétail de toute sorte.

Comment pouvaient-ils déplacer un tel convoi en pleine journée ?! N'y avait-il vraiment aucune inquiétude à avoir sur une venue de Korta ?! Ne risquait-il pas de surgir avec un corps d'armée pour les écraser ?! Axel oublia son étonnement en découvrant la présence du Masque sur son cheval noir. Le visage de la jeune fille était dissimulé, mais il le devinait.

Les villageois couraient vers leurs sauveurs en les acclamant, dans une véritable euphorie collective. Les chariots avaient du mal à avancer. Quand ils parvinrent enfin au centre d'Aces, près de la fontaine, les hommes posèrent pied à terre. Seul le Masque resta juché sur sa monture et regarda au-dessus de lui. La jeune fille s'assurait, grâce aux oiseaux et à San, de la tranquillité de son opération. Elle enleva le foulard qui dissimulait son cou et ses cheveux, et releva son masque d'amalyse comme un bandeau. Elle descendit doucement de son cheval ; elle portait son bras en écharpe et ne s'appuyait que légèrement sur sa jambe droite.

Axel la regardait avec passion, la trouvant chaque fois plus belle. Les villageois ne paraissaient pas étonnés de voir son visage. Si tout le monde le connaissait, pourquoi portait-elle un masque ? Il perdit la jeune fille dans la foule agglutinée autour d'elle.

Il s'était rendu sur la place en courant avec Ophélie, abandonnant son repas avant de l'avoir vraiment commencé. Il regardait maintenant autour de lui. Il reconnaissait plusieurs personnes en dehors du Masque : Othal, Askia et d'autres Oréens avaient rejoint Ophélie. Sten et Ceban parlaient avec une femme enceinte et trois autres hommes, dont l'Akalien.

Mais soudain chacun s'activa comme si une tâche lui était attribuée. Certains déchargèrent du mortier, du plâtre, des poutres, du chaume ou des ardoises, d'autres des outils de toute sorte et de toute utilité. D'autres hommes encore, par groupes de cinq ou de dix, se répartirent les maisons à réparer et une douzaine se mirent à ratisser les rues pour poser des pavés. Ils avaient tous l'air de connaître le métier ou se montraient du moins décidés à l'apprendre au plus vite pour se rendre utiles. Remontant leurs robes à troussoir, les femmes vidaient les intérieurs pour les travaux. Et les enfants jusqu'aux plus petits arrivaient à se rendre indispensables en charriant le matériel léger avec résolution. Une véritable fourmilière géante !

Axel ne savait pas où donner de la tête, il n'avait pas encore bougé que le paysage changeait. L'étable en ruines avait disparu et on entreposait sur des tréteaux des vêtements de différentes qualités de cotonnades – chemises, sarraus, pourpoints, jaquettes, robes, culottes, bas et bonnets –, des voiles de dentelle et de flanelle, des draps et des matelas de laine, des couvertures de lin, des toiles de chanvre et de jute, des chaises, du bois, et un amas de denrées non périssables : viandes séchées, farines, céréales, huiles, sel... La liste était trop longue, la profusion trop impressionnante et sa soudaineté si fantastique ! Même la diversité des armes apportées était spectaculaire !

Les bêtes étaient cantonnées dans un parc de fortune où eau et nourriture leur étaient distribuées avec abondance en attendant la fin des réparations. Nis se dirigea d'ailleurs toute seule vers l'enclos bruyant. Il y avait vraiment tout ce qui manquait et tout ce qu'Axel cherchait quelques minutes plus tôt. Il était émerveillé.

Il sentit une présence près de lui, *elle* s'était approchée.

— Ils auront fini demain soir, confia la Fille-aux-yeux-bleus. Mais le plus gros du travail sera terminé avant la tombée de la nuit. Avec un peu de chance, avant la tombée de la pluie.

Sa voix marquait l'assurance et le respect qu'elle avait envers tous ces villageois. Ses prévisions sur le temps firent sourire Axel. La pluie était bien la dernière chose dont il se serait inquiété à sa place ! Il la regarda. Elle ne disait plus rien. Les grands yeux bleus semblèrent intimidés de leur propre silence et se détournèrent. Axel porta lui aussi son attention sur l'effervescence du village.

— Pourquoi n'as-tu pas voulu me dire que tu t'appelais Vic dans les Bois Obscurs ? demanda-t-il doucement sans se retourner.

— Il n'était pas dans mes intentions de me découvrir à un étranger, répondit-elle de la même manière. La Fille-aux-yeux-bleus et le Masque ne sont pas censés ne faire qu'un à la cour.

— Mais pourquoi as-tu signé ta lettre par un *E*, si ton prénom commence par un *V*?

Il épia du coin de l'œil sa réaction. Elle n'était pas surprise, ennuyée plutôt. Il avait touché un point sensible. Mais elle n'avait pas envie de répondre à la question :

— Tu connais l'identité du Masque parce que j'ai échoué. Je te suis sincèrement reconnaissante de m'avoir sauvé la vie mais arrête de poser des questions qui pourraient compliquer les choses.

Elle le regarda sans plus aucune timidité.

— Tu as eu raison de passer par les Brumes Infernales. Avec une telle curiosité, tu serais mort à la frontière akalienne. Tu es la première personne extérieure à connaître les véritables agissements du Masque. Comprends l'importance de mon rôle et de mon silence… Reste un observateur, s'il te plaît. Je ne te laisserai me suivre qu'à cette unique condition. C'est déjà très dangereux pour toi.

Elle n'avait rien dit méchamment, elle avait seulement tenu à éclaircir la situation. Axel s'y attendait et n'ajouta rien de plus. La jolie nymphe des bois était avant tout homme d'armes.

Elle tourna les talons et marcha vers l'un des chariots. Il y avait une certaine raideur dans sa démarche, due à sa blessure, mais elle ne voulait pas montrer sa faiblesse : elle était un symbole ! Elle s'était bien remise, Axel n'en revenait pas. Il avait vu ses plaies, leur profondeur, leur gravité. Comment pouvait-elle être debout ? Comment pouvait-elle marcher et faire du cheval ? L'entaille de sa hanche ne pouvait pas être refermée ! Il ne réalisait tout cela que maintenant, la joie de la revoir lui ayant tout fait oublier... Mais ce n'était plus le moment de la questionner.

Vic sortit deux grands sacs du chariot. Au bruit, ils contenaient des bouteilles de verre. Axel les prit pendant qu'elle en armait un troisième rempli d'herbes sèches sur son dos. Elle lui indiqua la première maison à droite. C'était la plus grande, peut-être aussi celle qui se trouvait en meilleur état. Plusieurs femmes et enfants étaient regroupés à l'intérieur.

La pièce était unique avec seulement quelques renfoncements sommaires pour des lits de fortune. Les murs étaient nus, le plafond bas et le sol en terre battue recouvert de paille noircie. La première chose que fit Vic en entrant fut d'ouvrir les derniers volets intérieurs : une odeur âcre de moisissure et de cuisine flottait dans l'atmosphère confinée. Les rares meubles étaient grossiers, usés par le temps et la vie ; la table se résumait à une vieille porte posée sur des tréteaux.

Testant la solidité d'une chaise, Vic s'assit et sortit d'un des sacs un bric-à-brac d'instruments de toutes formes.

— Si tu as beaucoup voyagé, tu dois savoir à quoi servent toutes ces fioles, souffla-t-elle à Axel avec un sourire.

— Je ne les connais pas toutes, mais c'est avec celle-ci que le Guérisseur Oudal m'a soigné des Fièvres Folles dans les Pays Noirs.

Il avait indiqué sur la table rustique une sorte de cornue tricol contenant un produit verdâtre. Mais Vic ne le regardait pas.

— Un grand homme ! laissa-t-elle échapper, légèrement troublée par ce nom.

Axel acquiesça. Il était fasciné par tous ces flacons et ébloui que la jeune fille sache s'en servir.

Les enfants et les mères s'étaient aussi approchés de ce médecin original. Ils avaient entendu parler du grand savoir de la Fille-aux-yeux-bleus. Les bruits couraient depuis cinq ans qu'elle ramenait des gens à la vie par de simples tisanes.

Axel l'aida de son mieux. Durant sa longue convalescence, il avait appris beaucoup de choses. Mais, il admirait surtout la jeune fille comme il s'était extasié devant le Grand Guérisseur. Elle auscultait chaque enfant, agréable s'il avait peur, caressante s'il avait besoin d'être rassuré. Les petits lui faisaient une confiance aveugle et même les plus grands ne rechignaient pas devant un breuvage turquoise à absorber. Sa tendresse envoûtait tout le monde.

— T'es malade, Vic ? demanda un enfant.

Il avait remarqué son bras et son innocence lui autorisait la question que tout le monde se posait.

— Non, je suis juste blessée mais ce n'est pas grave, expliqua-t-elle. Dans deux jours, mon bras sera guéri et je pourrai me battre de nouveau contre Korta-le-fourbe.

Deux jours ! Axel n'en croyait pas ses oreilles ! La blessure lui avait pourtant semblé terrible. Vic devait certainement mentir pour rassurer parents et enfants ! Pourtant… pourtant elle était debout et ne semblait pas énormément souffrir…

Encore un de ces petits prodiges dont elle avait le secret, pensa-t-il.

Lancés, les bambins posèrent des questions en tous sens et Vic répondit à chacune le plus simplement possible.

Ils se pressaient autour d'elle et n'hésitaient pas à monter sur ses genoux accueillants. Elle rit de leur frénésie et eut beaucoup de mal à les calmer malgré leurs mères.

Vint alors le tour d'une petite fille. Celle-ci avait peur, semblait fiévreuse et cachait un de ses bras derrière son dos. Son comportement attira l'attention de Vic. Elle avait beau la rassurer, l'enfant se sentait en faute. À la fin, elle éclata même en sanglots :

— J'ai pas obéi à maman et j'ai l'bras tout mangé !

— Montre-le-moi, s'il te plaît.

Le ton s'était fait ordre, une petite inquiétude se devinait. La fillette remonta sa manche avec peine : son bras n'était plus qu'une plaie, la peau à vif par endroits, sanguinolente à d'autres et des croûtes infectées s'arrachaient avec le tissu. L'image n'était pas belle et Axel en plissa les yeux sur le moment. La mère de l'enfant hurla : elle n'était pas au courant, elle avait amené sa fille parce que celle-ci avait de la fièvre, et elle ne se doutait de rien.

La tête baissée, la fillette avoua sa faute en reniflant :

— C'est d'puis… que j'suis allée voir Imma. J'voulais lui porter à manger… mais elle hurlait. La porte était fermée et elle m'criait de partir… C'est la première fois qu'elle m'parlait comme ça ! J'ai rien dit à maman parce que… elle veut pas que j'la voie… mais c'est mon amie.

Elle avait dit ces derniers mots pour elle, plus que pour se justifier.

— Qui est Imma ? demanda immédiatement Vic.

— Une sorcière aveugle, répondit la mère. Elle jette des mauvais sorts sur l'village. La fontaine, c'est elle, nous, on en est tous persuadés.

Des larmes coulaient des yeux de la fillette qui secouait

lentement la tête, essayant vainement de défendre son amie. Elle porta son regard sur le Masque, cherchant dans son héroïne quelqu'un qui pourrait enfin la croire. Mais Vic ne connaissait pas assez l'histoire pour pouvoir prendre parti. Le plus important était de savoir si elle pouvait guérir l'enfant. Elle préféra la décevoir en ne se préoccupant que de son bras sans donner son avis sur la discussion. Elle se retourna vers Axel.

— Peux-tu demander à Estelle de venir, s'il te plaît ? C'est une jeune femme de vingt-cinq ans, enceinte. Elle porte des cheveux bruns coupés au-dessus des épaules, et, si elle m'a écoutée, elle doit être sur un chariot.

Le jeune homme partit sur-le-champ et se retrouva dans un village qu'il ne reconnaissait pas. La moitié des pavés de la rue principale étaient posés et certains hommes s'attaquaient à la fontaine. Les soupentes et les façades avaient été renforcées et l'on commençait à mettre des ardoises ou du chaume neuf. On entendait le bruit des marteaux, des poulies et des brosses à récurer dans tous les coins, ponctués de chants volontaires. Étonnant !

Estelle se trouvait bien sur un chariot. Elle donnait des directives, son état ne lui permettant pas de faire beaucoup d'efforts. Elle ne se sentait pas très utile et voulait en faire plus mais Vic n'avait accepté sa venue qu'à la condition de ne pas la voir debout.

Elle vit un jeune homme venir vers elle. Aux pointes couleur de blé de ses cheveux et à son visage engageant, elle devina qu'il s'agissait du beau Pandémois dont sa sœur lui avait parlé.

— Es-tu Estelle ? demanda-t-il. Vic m'a demandé de t'appeler, elle se trouve dans cette maison.

— Vic ?! J'arrive. Tu m'aides à descendre ?

Axel la souleva et la posa délicatement à terre. Devant lui se dressa une masse lui masquant même le soleil. C'était Sten.

— Où vas-tu avec ma femme, jeune étranger ? questionna-t-il sur un ton qui ne se voulait agressif que par jeu.

— Laisse-le tranquille, petit père. Vic a besoin de moi, il est seulement venu me chercher.

Le géant baissa sa tête vers elle, elle se mit sur la pointe des pieds et lui donna un léger baiser. Ce qu'elle semblait fragile dans ses bras ! Elle était aussi grande que Vic mais entre les mains d'un homme pareil, on aurait dit une fleur dans les pattes d'un ours ! *Petit père ?!* En voilà un surnom ! Pourtant, ce fut avec une infinie tendresse, dans les yeux et dans les gestes, qu'il laissa sa femme partir avec l'étranger.

Alors qu'ils se dirigeaient vers la maison, Axel osa la question qui lui brûlait les lèvres :

— Vic. Ce n'est pas son vrai prénom, n'est-ce pas ?

— Pourquoi ? Tu trouves qu'il ne lui va pas ?

Axel fit une moue peu convaincue.

— Eh bien, c'est moi qui l'ai appelée ainsi. C'est pour *Victoire*. Beaucoup de gens l'ont adopté, c'est tout. Et toi ? Tu es Axel, je ne me trompe pas ? Alors, je dois te remercier de l'avoir sauvée de ce monstre de Korta. Sans toi, tous nos espoirs étaient perdus.

Il n'écoutait qu'à moitié, une passion renaissait en lui. Elle ne s'appelait pas Vic, le *E.* en guise de signature devait donc bien correspondre à son prénom.

Éléa, Éléa, se répétait-il dans sa tête avec allégresse.

Quand ils rentrèrent dans la maison, Victoire était en train de mettre une poudre sur le bras de l'enfant pour sécher la plaie. Elle avait aussi donné à la mère une série d'herbes à faire infuser. Le seul problème maintenant était de trouver la source de l'infection. Très contagieuse, cette maladie aurait pu se répandre et dévaster le village très rapidement. C'était à peine croyable que seule la fillette soit atteinte. Victoire interrogea l'enfant : cela faisait deux jours qu'elle avait approché Imma. Elle avait ramassé l'écharpe de la sorcière sur le seuil de la porte et son bras n'était ainsi que depuis une journée.

Victoire donna à Estelle et Axel une potion à boire, et commença son exposé d'une voix soucieuse :

— Estelle, tu vas me montrer tes talents. Donne ce produit à toutes les personnes ici présentes. Tu connais les petites maladies et les remèdes, je te fais confiance. Si quoi que ce soit te paraît louche – une plaie qui ne cicatrise pas ou des plaques de rougeurs qui se craquellent – tu mets cette poudre et tu m'appelles. C'est une création d'Erwan et je pense que c'est le meilleur produit que l'on pouvait avoir en pareil cas. Quand tu auras fini, et si tu n'es pas trop fatiguée, continue avec les Acéens et les autres villageois.

Elle s'était déjà levée pour laisser la place à Estelle qui se montrait ravie. La jeune femme allait enfin être utile ! Victoire continua gravement :

— Je dois absolument voir cette sorcière. Pourvu qu'elle soit encore en vie ! Il faut savoir d'où vient l'infection !

Elle allait pour sortir précipitamment quand sa hanche lui rappela qu'elle pouvait à peine marcher. Elle siffla cavalièrement son cheval, Zarkinn, et appela Jerry. Axel l'avait suivie sur le pas de la porte et resta étonné de voir arriver un faucon à ce nom. Il n'avait pas rêvé, Jerry était un oiseau, certes, mais énorme, pas un petit rapace ! Montée sur Zarkinn, la jeune fille expliqua toute la situation à l'animal perché sur sa main, comme si elle parlait à un être humain. Axel eut la désagréable impression que les yeux jaunes le regardaient avec hostilité.

Sur l'invitation de Victoire, Axel put les accompagner vers la maison d'Imma. Celle-ci se trouvait tout au bout du village, assez isolée sur un des flancs de la Colline Creuse, à moitié écrasée par deux tilleuls décharnés.

Certains villageois les avaient vus partir vers cette petite baraque de bois et de pierres. *Le Masque allait chez la sorcière !* Le travail fut suspendu par les Acéens et ils allèrent tous vers le taudis. Qu'allait donc faire le Masque ? Imma avait disparu derrière sa porte depuis plus d'une semaine. Le même jour, l'eau de la fontaine s'était arrêtée de couler. Cette femme aveugle voyait les choses avec les mains : elle était le Mal pour eux. Elle avait jeté un sort sur le village. La belle Vic allait les débarrasser de cette ignominie, ils savaient que les Fées étaient avec elle. Elle pouvait le faire. *Pour eux, elle le ferait.*

Pleins de peurs et de superstitions, ils avançaient vers ce qu'ils croyaient être la source de leur malheur.

Les sacrifices d'Imma

Victoire appela Imma en s'approchant du vieux logis. Le silence lui répondit et une odeur de pourriture la prit à la gorge. La maison donnait l'impression de vouloir s'écrouler au premier toucher mais la porte était bloquée. Au travers, Victoire entendit enfin une plainte à peine perceptible. *Elle était vivante!*

N'écoutant que son cœur, elle lança la jambe pour enfoncer la porte de son pied: une violente douleur au rein l'empêcha de frapper.

— Tu ne dois pas faire bouger ta plaie, écervelée! hurla le faucon en se transformant en loup noir.

Axel resta un moment pétrifié devant cette métamorphose. Puis, il prit la jeune fille par la taille et pulvérisa la porte d'un coup de talon pour l'entraîner à l'intérieur. Il avait fait ces gestes sans réfléchir, comme pour l'emmener loin de cet être démoniaque. Il ne pouvait croire ce qu'il avait vu! Il devait rêver, ce n'était pas possible autrement!

Victoire ne s'occupait pas de lui, elle n'avait pas remarqué sa stupeur: elle était habituée aux changements de Jerry et là, elle avait un autre problème en tête. La sensation des bras d'Axel autour d'elle fut tellement naturelle qu'elle ne s'en rendit même pas compte.

Tout était très sombre. L'odeur régnante avait une amertume qui rappelait étrangement celle des Brumes

Infernales à Axel. Un corps amaigri, à la limite de l'apparence humaine, gisait sur le sol. Les vêtements à moitié déchirés laissaient découvrir des plaies purulentes. Une partie du visage, le cou, les bras et surtout les jambes paraissaient très atteints.

Contre toute attente, ce corps frémissait encore.

— Ne… m'approchez pas… Ne…

— N'aie aucune crainte, Imma, nous sommes venus te soigner, laisse-nous faire, il n'y a plus de danger, chuchota la Fille-aux-yeux-bleus.

Axel sentit une vague présence le frôler. Il faisait trop sombre pour discerner ce que c'était avec précision : un être inhumain presque aussi grand que Sten. Le jeune homme recula d'un pas et plissa ses yeux pour s'assurer de ce qu'il voyait. Ce n'était pas un singe – bien qu'il se tînt debout – parce qu'il possédait des cornes et une barbiche brune ; ce n'était pas un bouc parce que ses pattes ressemblaient à des mains, fines et crochues comme celles d'un rongeur et ce n'était pas un rat gigantesque parce que son corps robuste, mais voûté, était bleuâtre ou verdâtre et seulement parsemé de quelques poils. *Qu'est-ce que c'était ?!*

Stupéfait, Axel vit l'être étrange parler avec la jeune fille qui ne paraissait pas effrayée pour un sou. Elle aida même cette bête à prendre Imma dans ses bras. La créature parla doucement à cette dernière d'une voix chaude et rassurante :

— Essayez de vous tourner et accrochez-vous à mon cou.

Lentement, le corps obéit et toucha la peau de l'animal. Les doigts parcoururent le bras à la recherche du cou, tâtonnant pour voir comment était l'homme qui lui portait secours. La bête se sentait mal à l'aise. Imma tourna la tête vers elle et, dans ce dernier effort, s'endormit en prononçant ces mots :

— J'aime beaucoup votre voix.

L'étrange animal s'était arrêté net et fixait Vic, immobile. Ils échangèrent leurs regards dans un profond silence, brouillés de frayeur et de certitude.

— Laisse-moi la soigner, trancha Victoire. Je ferai tout pour la sauver, Jerry. Axel va m'aider, toi, ne t'en occupe plus.

Pourquoi ce changement d'attitude ? Et comment cet être monstrueux pouvait-il être aussi Jerry ?! Axel ne comprenait plus ! Que se passait-il autour de lui ?! Devenait-il fou ? Ou était-il en proie à une hallucination par un maléfice quelconque ? Il était sûr que cette odeur était la même que dans les Brumes Infernales ! Leïlan était-il vraiment le pays des Illusions ? Avant qu'il ait pu faire quoique ce soit, il avait Imma dans les bras et Jerry, sous forme de loup, partait bouleversé.

— Qui est-ce ? Que se passe-t-il ? balbutia Axel, encore sous le choc.

— Une trop longue histoire que je ne te raconterai pas, répondit la jeune fille en l'entraînant. Garde ce que tu as vu pour toi et sortons d'ici avec elle.

Au-dehors, les rayons lumineux du soleil s'opposaient avec violence aux ténèbres de la pièce. Plusieurs personnes étaient regroupées sur le pas de la porte. Les villageois restèrent tous surpris de voir l'état de leur sorcière, mais ils ne comprenaient pas le comportement du Masque. Si la sorcière se mourait, pourquoi Vic l'aidait-elle ?! Pour eux, sa disparition ne pouvait être que bénéfique : la fontaine se remettrait certainement à couler !

— Éloignez-vous ! hurla Victoire. Que personne ne s'approche d'Imma, de Jerry, d'Axel ou de moi sans être allé voir Estelle d'abord !

Elle vit ses compagnons qui s'étaient rapprochés, intrigués par l'attroupement.

— Sten ! Mets le feu à cette maison ! Erwan, Ceban, Théon ! J'ai besoin de quelques affaires…

Les Acéens ne comprenaient pas et n'approuvaient pas sa position, mais la décision du Masque était aussi incontestable qu'aurait pu l'être celle d'une Divinité. Le bruit sourd des sabots dans la terre poudreuse se fit entendre. Tous s'éloignèrent docilement, avec seulement quelques regards curieux au-dessus de leurs épaules.

Pendant que Victoire parlait avec son frère, Axel regardait le corps inerte dans ses bras. Malgré les plaies, il devinait un visage. Imma ne devait pas avoir trente ans. Ce n'était pas une vieille sorcière et elle ne semblait pas aussi affreuse qu'on avait l'habitude de le raconter. Ses paupières étaient pâles et lisses comme une cicatrice de brûlure. Elle reprenait visage humain dans son esprit, quand soudain il vit de petites bêtes rondes jaune et rouge courir dans ses cheveux noirs et sur certaines plaies. Il dut se retenir pour ne pas lâcher de dégoût ce morceau de chair encore vivant.

Ceban avait fini d'installer avec Erwan, le nain akalien, une tente à une centaine de pas de la maison d'Imma qui brûlait. Les cymes fanées des tilleuls enflammés aromatisaient l'air d'une odeur plus saine. Le souvenir des Brumes Infernales s'effaçait de nouveau de l'esprit d'Axel. Il déposa avec soulagement la sorcière sur le matelas.

Devant son air écœuré, Victoire lui demanda ce qui n'allait pas. Elle faillit éclater de rire en regardant ce qu'il lui montrait. Se contenant, elle s'expliqua :

— Ce ne sont que des pestilles. Ils mangent les peaux mortes. La présence de pus et de plaies augmente leur prolifération. Ta peau ne peut en aucun cas les intéresser. Mais s'il n'y a que cela qui te dérange, je vais t'en débarrasser immédiatement.

Le sarcasme qu'elle avait mis dans ses paroles aurait dû blesser profondément le jeune homme, mais face à son beau visage, il se trouva encore plus bête d'avoir montré ce dégoût.

Elle avait sorti du sac que lui avait ramené Erwan un flacon dont elle fit flamber le contenu. Elle fit glisser la tête d'Imma au-dessus du vide et versa le produit dans les cheveux et sur les plaies touchées. Elle se servait lentement de son bras droit qu'elle avait retiré de son écharpe.

— Tu penses que c'est une vraie sorcière ? demanda Axel.

— Tu le crois, toi ?

— Hou là ! Je ne crois plus en rien. Tout ce qui se passe en Leïlan m'échappe, répondit-il boudeur.

Victoire sourit. Elle comprenait que bien des événements avaient dû le laisser perplexe.

Sous la fraîcheur de l'eau qu'elle rajouta ensuite, Imma se réveilla. Axel fut frappé par son regard blanc. À l'origine, l'iris devait être bleu pâle. Mais là, on en voyait à peine le contour. Le résultat était des plus saisissants.

— Alors, revenue parmi nous ? demanda Victoire en se penchant doucement sur elle. Que s'est-il passé ?

Il lui fallut beaucoup de temps pour sortir de sa léthargie, mais la jeune femme ne manquait pas de volonté. Tout en buvant péniblement la tisane qui lui était offerte, elle commença son histoire dans une lente respiration :

— Je marche souvent la nuit pour être tranquille… Vous devez savoir qu'on me considère comme une sorcière… Une nuit, des soldats sont venus à la source du village, à l'autre bout de la Colline Creuse. Je me suis approchée pour savoir ce qu'ils disaient. Ils riaient fort et jetaient des choses dans l'eau... C'étaient des cadavres d'animaux pourris et empoisonnés pour nous détruire. Korta voulait se venger du Masque en nous décimant avant son arrivée... Sur le moment, je n'ai pas su quoi faire. Quoi que je dise, on ne m'aurait pas crue, ou alors un enfant, par désobéissance, aurait bu de l'eau quand même. Alors, j'ai couru jusqu'au village et j'ai cassé la fontaine... Les Fées m'ont aidée. Un violent orage salutaire a éclaté et a couvert le bruit que je faisais. Personne n'a pu m'arrêter, heureusement... J'ai dû entrer dans l'eau pour boucher les tuyaux, et j'ai compris que j'étais perdue. Quand j'ai été sûre que plus une goutte d'eau ne coulait, je suis rentrée chez moi et je me suis barricadée... Je n'ai pas ma place sur cette terre, je n'ai pas peur de mourir, il faut seulement que je dise tout ça au Masque, lui me croira.

Puis, se tournant vers Victoire dont elle avait pris la main, elle finit par une esquisse de sourire :

— Tu vois, tu as cru en moi et tu es venue me chercher.

Axel était déjà sorti depuis longtemps et avait couru jusqu'à la fontaine pour arrêter les hommes qui essayaient de la réparer. La nouvelle de l'acte héroïque d'Imma fit le tour du village en quelques secondes, et un sentiment de honte se propagea avec elle. Imma ne leur avait pas jeté un sort, elle s'était sacrifiée pour eux. Ils regrettaient leurs gestes et leurs paroles, mais n'était-ce pas trop tard ?

Une demi-douzaine d'hommes partirent vers la source pour la nettoyer tandis qu'Axel revenait auprès de Victoire. Celle-ci était en train de déshabiller Imma pour désinfecter ses plaies. Elle se levait à son arrivée pour chercher quelqu'un.

— J'ai besoin de bras solides pour la soutenir pendant que je la lave.

Il se proposa.

— J'accepte, mais si jamais tu la regardes, nue, avec les yeux d'un homme, tu te prendras mon poing dans la figure, déclara-t-elle.

Il accepta la décision nette en souriant. Cela ne lui posait aucun problème, il n'allait pas lâcher le médecin des yeux ! La décence l'avait empêché de l'observer trop longtemps, il avait enfin une bonne excuse !

Rien ne lui échappa, chaque étoile dans ses yeux, chaque reflet doré dans ses cheveux châtains. Il retraça mille fois le contour de ses lèvres, imaginant leur douceur et leur fraîcheur, puis laissa courir son regard sur sa peau, agrémentée de quelques petits grains de beauté dus à une vie trop ensoleillée. Il lui trouvait une telle grâce, un tel souci de perfection à nettoyer chaque plaie d'Imma : elle semblait se donner corps et âme dans tout ce qu'elle entreprenait. Comme si sa vie en dépendait. Elle lui plaisait comme aucune autre femme en ces Mondes.

Concentrée et déterminée à faire de son mieux pour Imma, Victoire ne se souciait pas d'Axel.

Il était fasciné. Son esprit s'en allait loin, si loin. Une déesse aux yeux étrangement bleus l'emportait dans un univers parfait où tout était blanc et pur. Elle l'entourait de ses bras, le serrait contre elle…

— Pourquoi m'as-tu sauvée ? demanda soudain Victoire qui avait fini.

Axel resta un moment interdit : le retour à la réalité était trop brutal, trop inattendu. Et sans qu'il réfléchisse à sa réponse, encore dans son rêve, il répondit :

— Pour tes yeux.

Victoire resta déconcertée : elle s'attendait à tout, sauf à cette réponse ! Axel avait envie d'être une souris pour se cacher dans un trou tant il se sentait mal à l'aise. Qu'est-ce qui lui avait pris de dire une chose pareille ! Ce fut Imma qui cassa le silence par un petit rire.

— Il est vrai que le bleu de tes yeux doit être extraordinaire.

Comment Imma pouvait-elle le savoir ?! Et comment avait-elle reconnu qu'elle était le Masque ?! Finalement, ils commençaient tous les deux à croire qu'Imma était une véritable sorcière.

— Je n'aime pas mes yeux et je n'aime pas non plus que l'on m'en parle, lâcha brutalement Victoire.

Elle avait jeté un mur entre Axel et elle. Il était d'autant plus désespéré de lui avoir dit cette phrase maintenant. Il allongea Imma sur des draps propres, sans un mot. Victoire n'avait plus besoin de lui pour l'instant. Penaud, il allait sortir quand la sorcière le retint par la main :

— Tu trouveras ce que tu cherches. N'aie plus peur. Pour l'heure, tu ne dois pas oublier la mission qui t'a été confiée.

Victoire se retourna violemment vers Axel. Ses yeux paraissaient froids et hurlaient traîtrise. Elle lui avait parlé trop facilement, elle ne voulait pas regretter sa confiance. Il lui fallait une explication !

— Je dois porter un message au roi de Leïlan de la part de mon souverain.

Ainsi ce n'était qu'un simple messager. Victoire était un peu déçue, elle croyait avoir affaire à un grand aventurier. Son beau sauveur à la noble apparence n'était qu'un homme ordinaire : un certain voile de romantisme tomba. Elle posa un drap sur le corps d'Imma.

— Axel, tu peux rester, dit-elle en se reprochant son attitude. Excuse-moi d'avoir été aussi dure. Mes yeux signifient beaucoup trop pour moi.

Elle marqua une pause, puis continua :

— Les Fées ont envoyé quelqu'un pour m'arracher des bras de mon père, parce qu'il voulait me tuer. La couleur de mes yeux représente celle de cette nuit-là.

Elle avait relevé la tête et regardait Axel. Que pouvait-il répondre ?

— Excuse-moi pour le mauvais souvenir.

Mais, devant la pureté du visage et du regard illuminé par une constellation d'étoiles filantes, il ne put s'abstenir de rajouter :

— Il n'empêche que je les trouve fabuleux.

Sa sincérité la fit sourire ; la glace était rompue. Axel avait le cœur plus léger. La protection des Fées expliquait beaucoup des pouvoirs de la jeune fille. Victoire devait avoir hérité de quelques dons particuliers et Jerry – malgré son apparence hideuse – n'était plus un être d'origine maléfique mais féerique.

— Attends... attends demain soir avant de porter ton message au château, prévint-elle. Il vaut mieux que tu évites les Scylès ; ils retournent dans leur pays pour quelques jours.

— Comment le sais-tu ?!

Victoire posa un doigt sur ses lèvres souriantes. Axel accepta qu'elle garde le secret.

Ils s'attaquèrent ensemble à la guérison des plaies. Vic pouvait les soigner sans problème, mais les risques de cicatrices n'étaient pas négligeables. Elle avait prévenu Imma qui ne s'en souciait guère. Aveugle, elle ignorait la beauté extérieure.

Une pointe de curiosité poussa Victoire à demander d'où provenait son infirmité. Imma resta un moment silencieuse, comme pour chercher ses mots, semblant cacher un terrible secret.

— Tu n'es pas obligée de répondre, rappela la jeune fille.

— Si… Si… J'avais dix ans et je vivais au château royal avec ma mère. Elle était la nourrice des princesses de ce royaume. Cela s'est produit quelques jours après la naissance de la troisième. Comme vous le savez, elle est mort-née, mais… ce ne fut pas naturel. Ma mère connaissait le terrible secret et ils l'ont torturée pour qu'elle parle… Elle est morte dans mes bras. Ensuite, ils s'en sont pris à moi, une gamine, orpheline par leur faute. Je leur ai raconté mille mensonges, mais je n'ai jamais cédé… même lorsqu'ils m'ont brûlé les yeux.

Axel restait horrifié par ce qu'il venait d'apprendre. Qui étaient ces abominables *Ils* ? Quel était cet épouvantable secret ? C'était de sa promise dont elle parlait ! Alors, c'était un meurtre qui brisait sa vie ! Quelle horreur avait-on fait absorber à la reine ? Était-elle morte comme son enfant, à peine un an plus tard, à la suite d'un empoisonnement ? Pourquoi cet acharnement ?

De son côté, Victoire était bouleversée, le cœur déchiré par ce qu'elle venait d'entendre. Elle avait posé les doigts sur sa bouche et se mordait les lèvres pour retenir son émotion, mais des larmes coulaient lentement sur ses joues. Elle tourna la tête pour qu'Axel ne voie pas sa réaction.

Imma chercha sa main et celle du jeune homme. Quand elle les eut toutes deux, elle reprit son récit. Axel espérait que la sorcière révèle quelque chose de nouveau. Il était tellement absorbé par ce que disait Imma qu'il ne vit pas Victoire se sécher rapidement les yeux.

— Ils m'ont chassée du palais, croyant que ma mère avait été suffisamment prudente pour emporter le secret avec elle. Je n'étais pas un témoin gênant, j'étais une simple enfant de nourrice aux yeux brûlés. Bien qu'aveugle, j'ai pu voir une dernière image : c'était celle d'un être immatériel, tout transparent et fait de vapeur. Une apparition. C'était une femme aux cheveux infinis qui flottait dans les airs. Elle s'est approchée de moi et a posé sa main parfumée et chaude sur mon front. Elle a déclaré que ma loyauté méritait récompense. Depuis ce jour, j'ai le don de tout savoir des gens que je touche. Je sais leur passé, leur présent, leurs sentiments et leurs actions, au-delà de ce que des yeux devraient voir... Jusqu'à maintenant ce don ne m'a pas porté chance, plutôt malheur, mais... même si je ne connais rien de l'avenir, je suis persuadée par votre présence que tout va changer.

Encore une personne qui pouvait lire l'esprit! pensèrent-ils en même temps et avec la même frayeur. *Elle savait tout!*

Victoire avait retiré brusquement sa main vers sa poitrine. Elle se retint pour ne pas s'enfuir, mais se leva d'un bond.

Axel remarqua son mouvement. Il enviait cette voyante. Il aurait tout donné pour savoir ce qui se déroulait dans la tête de la jeune fille. Que cachait-elle de si terrible ? Pourquoi garder son prénom secret ? Puis, il découvrit ses yeux rouges, son visage défait. Il ne comprenait pas. *Qu'y avait-il de si important ?* Elle semblait soudain si loin.

Ne sachant que faire pour la ramener de son mutisme, il soigna et pansa lui-même la dernière blessure d'Imma. Puis, délicatement, il enveloppa celle-ci dans une grosse couverture pour qu'elle se repose. La sorcière s'endormait déjà.

Victoire reprenait ses esprits, elle se passait les mains sur la figure. *Quelle idiote!* Pourquoi avait-elle eu cette réaction ? Jerry l'aurait tuée s'il l'avait vue ! Que devait penser Axel ?!

Le jeune homme était découragé. Il n'arriverait pas à entrer dans le monde de celle qu'il aimait. Il savait depuis le début qu'il était stupide d'y croire. Il ne se sentait pas de force à la harceler de questions : elle ne lui répondrait jamais. Il se leva, la regarda une dernière fois et sortit.

Victoire resta désemparée. Elle s'en voulait d'avoir creusé un tel fossé entre eux. Le cœur brisé, elle le regarda disparaître dans les rues du village. Elle crispa ses doigts sur la toile de tente et baissa la tête devant l'Interdit.

— Éléa.

La jeune fille sursauta à son prénom. Imma n'était pas encore endormie.

— Désolée de te faire peur, dit-elle en souriant. Mais, puisque tu es seule, il serait dommage que je n'appelle pas la Troisième Princesse de ce royaume par son véritable prénom.

Éléa tomba à genoux, le front dans la main d'Imma, et éclata brutalement en sanglots ; son prénom appartenait aux Noms Interdits : Imma ne devait pas le prononcer ! Elle poursuivit ses pleurs en se déclarant monstrueuse, qu'elle ne pourrait jamais réparer le massacre de sa naissance. Tous ces nourrissons tués ! Combien de personnes comme Imma, sa mère ou la famille de Gyl avaient été torturées ou tuées pour elle ? Combien d'autres atrocités avaient été exécutées qu'elle ne connaissait pas encore ? Qu'allait-il arriver à Tanin et aux enfants d'Éade enlevés ? Elle n'osait même plus l'imaginer et pleurait toutes les larmes de son corps. Même si elle réussissait à réhabiliter son prénom en ramenant la paix, comment son peuple pourrait-il oublier ? Comment pourrait-elle oublier ?!

Elle sentit les bandages de la main d'Imma lui caresser la joue.

— Ne pleure pas pour moi. Maintenant que je sais qui est le Masque, je ne peux pas regretter mes yeux. Tu n'es pas coupable, lui répéta-t-elle doucement. Seuls les hommes qui m'ont rendue aveugle doivent payer. Jamais personne ne te reprochera ta naissance, le Mal était déjà là bien avant toi. On ne pourra que t'être reconnaissant, car tu es probablement la seule qui pourra nous en débarrasser… Éléa, tu n'es pas une criminelle, ton prénom et ton âme n'ont pas à être bannis de la sorte. Lève-toi, c'est moi qui te dois respect. Pense à l'avenir, plus au passé. L'enfant qui t'a remplacée dans le berceau est morte de façon naturelle. Alors oublie, sors tout ça de ton esprit, je t'en prie ! Le plus important, maintenant, est d'être forte et heureuse pour vaincre. Va rejoindre les autres, je vais dormir. Amuse-toi, je sais qu'il y a une fête ce soir, comme dans tous les villages à ta venue. Fais-toi belle pour Axel, c'est un jeune homme dont le cœur se brise facilement. Va, cours ! File ! Je suis persuadée qu'il t'attend !

Près de la fontaine, sur un tas de pierres, Axel regardait l'abri de toile en espérant voir sortir la jeune fille. Son esprit ne pouvait se détacher d'elle. Il devait être au moins sept heures du soir, le pâté du midi était loin, mais Axel n'arrivait pas à manger. Victoire devenait sa faiblesse, comme l'avait prédit son père. C'était mortifiant de lui donner une fois de plus raison.

L'odeur de tilleul avait déjà purifié l'atmosphère. Devant le jeune homme s'entassaient des vieilleries : habits usés, vieux meubles en tout genre et souvenirs d'un passé miséreux. Cela sentait le grand feu de joie. Le malheur perdait une fois de plus du terrain. Des flammes s'élevèrent soudain, embrasant le ciel, et des cris amusés d'enfants résonnèrent dans la Colline Creuse. La fontaine fonctionnait et l'eau coulait, pure. La terre empoisonnée allait bientôt retrouver sa belle verdure et effacer sa blessure.

Après le village, c'était au tour des gens de se laver. Une partie des maisons étaient habitables et l'on y devinait une certaine excitation à l'intérieur. Tout le monde organisait la veillée. Askia, notamment, mettait à profit ses talents de cuisinière en menant la préparation des rôtisseries dans l'effusion et la réjouissance générales.

Face à ce bonheur, Axel restait tout de même morose. *Comment ces villageois pouvaient-ils oublier la menace de Korta à ce point-là ?* Il se sentait décalé, déplacé. Pour une fois, trop loin de chez lui. Il pensait à Pandème, aux Fées et à sa vie…

La sensation d'une présence lui fit tourner la tête. Ophélie était là. Elle le regardait pleine d'espoirs, tout intimidée.

— Ai-je bien suivi tes conseils ? osa-t-elle demander en se pinçant les lèvres.

Axel était muet du changement. Elle portait une ample jupe châtaigne. Son chemisier de fin coton était rehaussé par un corselet rouge à lacets qui révélait sa taille et sa poitrine. Ses cheveux, lâchés, clairs comme un soleil au zénith, tombaient en une pluie de boucles d'or de toutes les tailles sur ses épaules. Elle était belle et naturelle, sans fards qui auraient pu gâcher la jeunesse de son visage.

— Tu es splendide ! s'exclama-t-il.

Il était émerveillé et Ophélie manqua de pleurer de joie à sa réponse.

— Ceban va tomber à genoux en te voyant, s'il ne meurt pas foudroyé !

Elle rit de bonheur en tournoyant. Sa joie candide emportait la tristesse d'Axel. Il oubliait ses noires pensées.

— Mais toi, tu ne te changes pas ? Ta chemise n'est plus très blanche, lui fit-elle remarquer en s'arrêtant de tourner.

Les fossettes s'évanouirent, les yeux brillants disparurent derrière les mèches ambrées, il n'avait pas envie de s'amuser. Il regarda en direction de la tente et fit une légère grimace des lèvres. Ophélie n'était pas naïve. Il était facile de comprendre qui le tourmentait. La jeune Oréenne fronça ses fins sourcils. Il fallait qu'elle le sorte de cette mélancolie !

— Tu ne m'as pas laissée me morfondre pour Ceban. Je ne te laisserai pas le faire pour elle, affirma-t-elle en l'empoignant par la main.

Imma avait réussi à remonter le moral d'Éléa. Celle-ci sortit de l'abri avec le cœur secoué mais prête à suivre le conseil d'oublier un peu, du moins pour ce soir. Elle ne vit pas Axel. Il devait se préparer. Devait-elle en faire autant ?

Elle se dirigea vers la première maison réparée. Sa féminité reprenait le dessus dans sa tête : et si elle mettait une robe ? Elle se trouvait à l'extérieur de la Forêt Interdite. *Et alors ?*

Elle était sur le seuil lorsqu'un bruit derrière un buisson desséché attira son attention. Revenant sur ses pas, elle découvrit Jerry recroquevillé sur lui-même. Il n'avait plus l'air de l'être chimérique intransigeant, mais celui d'une pauvre bête abandonnée. Il leva ses grands yeux jaunes, rougis, vers elle. Elle ne l'avait jamais vu dans cet état.

— Les Fées m'ont trahi, dit-il. Comment pourrai-je l'approcher ? Comment pourrai-je savoir si c'est *elle* ? ! Elles m'avaient dit : « *Tu seras le seul à pouvoir lui apprendre la vérité, sa vie dépendra de tes paroles. Elle aimera ta voix et ne pourra pas deviner tes erreurs passées!»* Je croyais que c'était en tant qu'homme que j'allais la rencontrer, pas en tant que monstruosité! Je n'aurais jamais imaginé qu'elle serait aveugle!

Il en tremblait. Sa souffrance était à l'image de son caractère, excessif en toutes choses. Mais voir un être aussi dur s'abattre comme un enfant était désarmant. Éléa en restait sans voix. Jerry brandit ses bras vers elle; ses mains décharnées possédaient de longues griffes noires à la place des ongles.

—Je ne pourrai même pas la toucher! cria-t-il, désespéré.

Il se cacha soudain le visage et se ratatina sur lui-même avec la volonté de disparaître.

—Jerry! Jerry! Tu l'as dit toi-même, tu ne sais même pas si c'est elle!

Elle voulut dégager avec tendresse les doigts crochus de l'odieuse figure. Il tenta de l'empêcher de le toucher, puis abandonna. Une attitude des plus inhabituelles, lui si désagréable au moindre contact!

—Combien de femmes ont déjà apprécié ta voix? Je l'aime moi aussi.

Il fit silence, elle continua:

—Imma est aveugle. Homme ou animal, elle ne te voit pas. Attends que tout se calme, que le sortilège cesse si tu crois qu'elle correspond... Aurais-tu déjà oublié toutes les jolies leçons que tu m'apprends? Être sûr de ses actes avant d'agir et réfléchir aux conséquences, n'est-ce pas?

Devant son petit sourire narquois, il finit par s'avouer vaincu. Il se faisait peut-être une montagne de rien. La crise s'arrêta net, avec une respiration à peine plus rapide. Il essaya de reprendre contenance et acquiesça à ses dernières paroles avec une petite observation sèche:

— Eh bien, je vais avoir encore plus de mal à me faire respecter.

Éléa sourit en l'aidant à se relever. Il était redevenu lui-même. Main dans la main, la belle enfant et son monstre de père adoptif firent quelques pas, puis la jeune fille et sa souris blanche sur l'épaule pénétrèrent dans la maison éclairée par un gigantesque feu.

De la fumée et des nuages

Penché à l'une de ses fenêtres, le duc d'Alekant distinguait à l'horizon un léger filet de fumée s'élevant dans le ciel. Toute la cour croyait à un pillage de village, lui savait que c'était sa renaissance que l'on fêtait.

Il n'avait pas dormi la nuit précédente et sa journée s'était mal passée. Les yeux de la jeune fille au masque le poursuivaient. Il n'arrivait pas à se concentrer. Muht et ses deux acolytes savaient pertinemment son malaise et cette situation accentuait son agressivité ; il avait gravement blessé un de ses hommes lors d'un entraînement par frustration de ne pas savoir où se trouvait le Masque.

Maintenant, il le savait, elle était en Aces.

Il trépignait de rage. Les habitants de ce village n'étaient pas morts comme prévu. Pourtant, Ibbak lui avait assuré que les plus costauds ne survivraient pas plus de dix jours au poison lancé dans l'eau. Que s'était-il encore passé ?! Rien n'allait ! Tout ce qu'il entreprenait depuis près de deux ans échouait ! *Tout, depuis l'arrivée du Masque !*

La haine l'étouffait lorsqu'il pensait au combattant mais maintenant un étrange sentiment d'envoûtement le prenait aussi lorsqu'il songeait au regard de la gamine. Il ne supportait pas cette nouvelle sensation. Il prit un tabouret et le brisa avec violence contre un mur. Avec ses yeux étranges, elle était une envoyée des Trois Fées, elle était *son* ennemie.

Soudain, il suspendit sa colère. *Quel sombre imbécile il faisait!* Elle était bien trop blessée pour parcourir le pays. Cette fumée ne devait être qu'un leurre. Le Masque essayait seulement de le démoraliser à son tour. Il la détestait, il allait s'en venger d'une manière ou d'une autre! Il le fallait pour stopper cette étrange fascination!

Il s'écrasa brutalement dans un fauteuil et lissa pensivement sa barbiche noire avec un regard cruel. Un de ses doigts traîna sur la cicatrice de sa joue. La révolte bouillonnait en lui. Il devait prendre une décision pour savoir ce qu'il allait déclarer à Ibbak. Cela faisait déjà un jour qu'il reculait l'échéance…

La porte de ses appartements s'ouvrit, Muht entra.

— Personne ne t'a jamais appris à frapper avant d'entrer! cracha Korta.

— Il est inconvenant de s'enfermer seul ou de se cacher, dans mon pays, répliqua le guerrier scylès en retirant sa cape de scalps.

Il se versa une coupe de vin et s'installa autoritairement dans un siège, son *Shat-Hunt* servant de coussin à son dos nu. Korta hésita entre l'étrangler ou l'étriper.

— Je croyais que tu préférais me voir empalé, dit tranquillement Muht en souriant.

— Ne me tente pas trop. Je pourrais opter pour plusieurs morts à la fois, répondit gravement le duc en essayant de bloquer sa conscience. J'espère que tu m'amènes de bonnes nouvelles avant de partir.

Muht ne répondit pas immédiatement. Il avait remarqué les débris du tabouret cassé. En prenant le prétexte de boire avant de parler, il étudia les images passant dans l'esprit de Korta et vit encore le regard bleu nuit s'intercaler avec la vision d'empalement si chère au duc. Le guerrier scylès ne comprenait pas comment un homme pouvait se laisser envoûter par une simple femelle. Il voulut poser la question, mais il se ravisa pour répondre à la demande :

— Il n'y a pas de traîtres dans ce château. Enfin, je parle de traîtres à ta cause. Beaucoup ignorent tes agissements, et ceux qui savent te craignent trop pour entraver tes projets. Il est impossible que quelqu'un d'autre que toi sache comment bloquer son esprit. Mon peuple a juré le silence. Pour moi, le Masque a un autre moyen de connaître tes plans à l'avance. Je maintiens que c'est une sorcière.

Korta ne se satisfaisait guère de cette réponse. Et pourtant il ne voyait pas d'autre solution ! Les yeux bleus réapparurent dans sa tête. Il tapa violemment du poing sur la table. Les sourcils platine de Muht eurent un sursaut de surprise, une goutte de vin s'échappa de son verre et glissa lentement entre les poils de son torse blanc.

— Je dois l'arrêter, je dois la tuer ! cria le duc. Je suis trop près du but !

Cela faisait dix-huit ans qu'il préparait toute cette prise de pouvoir ! Il avait fini par croire que rien ne lui barrerait le chemin ! Il en devenait fou !

— Nous sommes au moins d'accord sur ce point, murmura Muht en essuyant sommairement la goutte de vin avec une longue tresse akalienne de sa cape.

Korta ne l'écouta pas. Il se demandait comment il pourrait cacher à l'Esprit Sorcier sa sensibilité au charme de la jeune fille.

— Tu ne lui as toujours pas parlé, déclara d'un ton désapprobateur Muht, qui parvenait à interpréter quelques pensées.

Korta voulut se lever pour le faire taire mais un violent mal de crâne le surprit brutalement. Il en retomba dans son fauteuil. Ce n'était pas un avertissement destiné à contrôler son comportement, mais un appel : *celui d'Ibbak*.

Korta ne voulait pas le voir ! Il ne pouvait pas lui avouer son nouvel échec ! Il prit la décision de résister en refusant de se lever. Une virulente fièvre monta en lui. Derrière la colossale cheminée aux sombres fresques animales, un filet de fumée rouge s'infiltra dans la pièce. Le visage de Muht se décomposa ; le pouvoir et la présence de l'Esprit Sorcier le terrifiaient. Lui seul était capable de mesurer la volonté de la Divinité, et pas seulement à la vue de la douleur exprimée par le visage du duc.

Les dents serrées, les muscles tendus, Korta voulait toujours lutter. Il avait l'impression qu'on lui rongeait le crâne de l'intérieur. Son corps se levait sous la douleur, mais il gardait les mains crispées sur les accoudoirs, les ongles plantés dans le velours incarnat. Il croyait pouvoir résister et désobéir plus longtemps, quand il ressentit une souffrance encore plus forte. Sa violence le frappa, elle eut un effet paralysant : il en tomba à genoux, le souffle coupé, le visage aux pieds de Muht paralysé.

La douleur s'arrêta mais Korta savait qu'elle reprendrait s'il n'obéissait pas immédiatement. Tout tremblant sous le choc de la torture, il se releva pour obéir.

— Il faut lui dire, murmura Muht.

Korta fit volte-face et saisit si violemment le guerrier scylès à la gorge qu'il manqua de l'étrangler.

— Tu lui dis un mot et je te tue, prévint-il en chuchotant.

Il lâcha prise, de peur de perdre trop de temps, et tendit le bras pour abaisser le levier de la cheminée.

Le bloc de marbre monstrueusement décoré pivota. L'épaisse fumée rouge et froide emplit la noble pièce de même couleur. Muht se tassa un peu plus sur son siège.

À son grand désarroi, la fumée n'enveloppa pas seulement Korta ; elle vint aussi l'inviter à se lever. Comme hypnotisé ou drogué, le duc pénétra dans le passage. Muht le suivit.

Éclairées seulement par des torches, les marches semblaient plonger dans un gouffre. La danse macabre des flammes parsemait les murs d'ombres étranges et inquiétantes. Des statues olivâtres représentant des colosses gras et chauves paraissaient suivre les hommes du regard. La fumée était vivante et nauséabonde. De ses filets effilochés et déchirés, évoquant de longues mains anguleuses et squelettiques, elle traînait Korta par le cou dans une descente aux enfers. Les yeux révulsés, le pas mécanique, le duc s'enfonçait dans un véritable brouillard : il ne pouvait plus voir les murs ou le plafond. Muht qui marchait timidement derrière ne distinguait que trois ou quatre marches à la fois.

Quelques minutes leur suffirent pour atteindre la fin du voyage. Korta se retrouva sur une place, Muht resta en arrière, encore sur l'escalier, ramassé contre le mur. Seule une légère brume planait autour d'eux, révélant les bas-fonds noirs d'un château et ses nervures de pierre. La fumée rouge avait regagné son origine : un coffret ouvert, taillé dans la pierre. Une lumière incandescente brillait encore à l'intérieur.

Muht Dabashir était en présence de l'Esprit Supérieur pour la cinquième fois, mais il ne pourrait jamais s'habituer à cette vision. Il n'osait pas se tenir debout et droit comme Korta, il n'imaginait même pas prendre la parole. La seule attitude à avoir était de ramper et d'écouter. Le Grand Ibbak avait perdu beaucoup de puissance, il ressemblait à un énorme tcharas dont on aurait coupé les griffes, mais il pouvait encore mordre. Muht sentait ses pouvoirs monter ; entre deux rencontres, il sentait la différence. Il voyait les scènes d'invasions et de haines anciennes, les massacres, les viols, les pillages de la Guerre des Siècles, la frustration aliénante d'être réduit et enfermé, les désirs sanguinaires et les plans de vengeance à venir sur des peuples entiers. L'Esprit Sorcier était *sa* Divinité. Les Pays Insolites lui devaient le pouvoir de double vue et son art de vivre basé sur la convoitise et le besoin de se battre. Muht Dabashir finit par se mettre à genoux, comme chaque fois.

Le duc d'Alekant reprit ses esprits plus dignement. Il savait parfaitement où il se trouvait, mais il n'appréciait pas d'y être emmené de force. Il avait découvert ce passage alors qu'il n'avait que dix-sept ans. Il était déjà un jeune homme ambitieux en quête de pouvoir et de gloire. Tous les moyens étaient bons pour se faire bien voir du souverain et éliminer les concurrents éventuels. Après avoir atteint un haut grade dans la garde du roi, et étant issu d'une des plus grandes familles nobles du pays, il avait bénéficié de ces appartements. Par hasard, il avait actionné le levier et accédé au passage. Dans les torchères, les flammes éternelles éclairaient déjà le corridor funèbre et il s'était retrouvé, comme aujourd'hui, dans la grande salle. Il était descendu de lui-même et avait trouvé le petit coffret de pierre.

Le décor, sombre et ténébreux, ne lui avait pas fait peur ; au contraire, il avait été bien aise de sa découverte. La cupidité l'avait poussé à ouvrir le coffret, sans même lire les avertissements gravés dessus. Il avait eu du mal : la pierre s'était révélée dense et lourde, mais il était parvenu à la soulever un peu. Cela avait été suffisant. Le couvercle s'était levé de lui-même, libérant une épaisse fumée suivie d'un ricanement.

Korta entendait de nouveau ce même rire menaçant qui, dix-huit ans plus tôt, lui avait glacé les veines. L'odeur de mort qui régnait lui rappelait sa peur. Il n'était pas complètement inconscient de la nature de l'Esprit qui lui faisait face.

Une voix forte, d'outre-tombe, emplit la très haute salle pleine de voûtes sur croisées d'ogives. C'était Ibbak qui parlait :

— Alors, après tout ce temps, tu crois encore pouvoir me désobéir !

Le rire résonnant se montrait des plus macabres.

— Que me caches-tu ? Faut-il que je te torture pour le savoir ?

Ibbak n'avait plus le pouvoir de tout savoir sans rien demander, mais il pouvait encore *fouiller*. Deux langues de fumée, sorties du coffret, se dirigèrent vers les oreilles de Korta qui recula de frayeur. Le duc connaissait la souffrance de cet examen et ses éventuelles conséquences. Muht manqua de crier de terreur sous les images. La voix rit de sa supériorité. L'Esprit Sorcier aimait la peur des autres, il s'en délectait.

Presque chancelant, Korta entama son explication. Il détailla sa bagarre de la veille avec le Masque. Il insista sur le fait qu'il ne supportait plus l'attente et ses échecs pour omettre celui de la féminité du Masque. Muht l'écouta, incrédule de son audace.

Le Grand Ibbak ne releva que légèrement son défaitisme. Après tout, ce n'était qu'un homme et l'optimisme de sa jeunesse s'érodait. Il se laissa prendre au mensonge : il ne pensait pas que le duc puisse avoir le toupet de le tromper.

Korta respirait. Il cachait un fait important, mais il ne voulait pas que l'Esprit Sorcier devine que de piètres sentiments le rongeaient. Il se sentait douter et il n'avait pas besoin de ses railleries. Il avait déjà celles de Muht ! Le duc se sentait tout remettre en question. Le contrat qu'il avait passé avec Ibbak lui pesait mais il ne pouvait plus se débarrasser de l'Esprit Supérieur. Il lui était impossible de remettre le couvercle sur la boîte : retrouvant lentement sa force, la fumée rouge s'opposait à son approche.

Korta avait bien profité du lien qui le rattachait à Ibbak jusqu'à présent, mais il se sentait maintenant perdu, réalisant soudain son erreur plus douloureusement que jamais. Même s'il ne voulait pas encore l'admettre, son cœur basculait à la vue des yeux envoûtants : ils lui rongeaient l'esprit !

Dix-huit ans plus tôt, il avait accepté avec plaisir la proposition d'Ibbak. Être ses bras et ses mains dans le monde extérieur en échange d'une ascension royale : devenir le souverain de Leïlan et l'empereur du Monde de l'Est.

Korta avait tout organisé, tout manigancé. Il avait bien sûr trouvé le temps long, mais la réussite lui avait toujours paru inéluctable. Jusqu'à ces deux dernières années… jusqu'à l'apparition du Masque !

Depuis lors, la bataille était rude, quantité de ses plans connaissaient fatalement l'échec. Et maintenant, comble de malheur et d'impuissance, alors qu'il reprenait les rênes en main, son cœur se mettait à avoir des sentiments ! En avait-il exprimé un seul, alors qu'il versait l'Élixir de la Folie dans le verre du roi, le soir de la naissance de sa troisième fille ? Pourtant, à ce moment-là, il savait pertinemment que ce simple geste allait basculer le pays dans l'horreur.

Les images de son passé défilaient trop follement dans sa tête pour être maîtrisées. S'y inséraient les yeux bleus insaisissables, même plus associés à un visage. Muht était le témoin de la folie de son crâne. Il n'arrivait pas à tout saisir. De ces scènes anciennes, le plan des Trois Fées sur l'union de Pandème et de Leïlan lui restait obscur. Mais il suivait les longues heures de méditation du duc dans ses appartements pour échafauder une stratégie afin de déjouer les Fées. La volonté destructrice de cet homme n'était plus à prouver : il avait fait tuer l'une des princesses et contrôlait le comportement des deux autres.

Korta avait tout imaginé pour régner sur le pays en toute légalité et pour solidifier la puissance d'Ibbak avant la date fatidique de la remise en jeu du pouvoir des Esprits. Il avait tout prévu, malgré l'intervention des Trois Fées, le soir de la naissance de la troisième princesse.

Le roi de Leïlan aurait dû tuer sa fille sous l'effet de l'Élixir de la Folie, mais quelque chose s'était produit dans la chambre. Korta n'avait jamais su quoi, néanmoins il demeurait évident que les Fées en étaient les instigatrices. Il n'avait pas été dupe face à l'enfant mort dans le berceau : son visage n'était pas aussi gracieux et ni aussi fin que celui des deux autres princesses ; de plus son doute avait été renforcé par l'expression de la nourrice. Quelqu'un avait enlevé la véritable enfant !

La scène repassait dans sa tête. Revenant de l'effet du poison, le roi ne se souvenait de rien. La reine, terrassée par le chagrin et les larmes, s'était évanouie. Au vu des tortures infligées à la nourrice ayant assisté l'accouchement, Muht put constater que Korta était capable de traiter une femme aussi bien qu'un Scylès. Il avait même rendu aveugle la fille de la nourrice, sans résultat. Le duc n'avait rien appris.

Assoiffé de sang et de vengeance, Korta avait fait envoyer des hommes dans tout le pays, avec l'ordre de tuer toute enfant de moins de trois mois. Les colonnes de mercenaires envahissaient sa tête, ses pensées étaient baignées du sang versé. Les mercenaires à sa solde avaient fait du zèle et, par des méthodes ignobles, avaient exterminé les nouveau-nés sans distinction de sexe jusqu'à l'âge d'un an. Ils avaient même poussé le vice jusqu'à torturer et achever les femmes enceintes, et toute personne se mettant en travers de leur chemin. Un véritable massacre qui révoltait même Muht Dabashir. Le seul moment de leur vie où les Scylèses étaient intouchables, c'était bien durant leur grossesse !

Le guerrier scylès comprenait que Leïlan tout entier soit resté choqué de ce massacre et ne s'en soit jamais vraiment remis. Même lorsque les prétendus meurtriers, arrêtés par Korta lui-même, furent pendus, la peur domina encore le pays. Pendant près de dix ans, les naissances furent rares et cachées. Rien ne pouvait avoir plus d'importance et de valeur, maintenant, que la vie d'un enfant pour les Leïlannais. Cette situation plaisait à Korta et lui convenait : il pouvait s'en servir contre le peuple à son gré.

Korta en aurait crié de rage. Il n'avait rien ressenti à ces moments-là ! *Pourquoi maintenant ?!*

Le souverain ne voyait que par lui, les nobles en avaient déjà fait leur prince, mais le peuple était resté méfiant. La foi dans les jugements du roi paraissait ébranlée depuis la mort de la reine. Surtout en ce qui concernait les princesses !

Korta avait pensé à tout pendant ces dix-sept années, mais pas à ses propres sentiments ! Deux ans après le massacre, le doute sur la mort de la Troisième Princesse s'était évanoui : aucun enfant de Leïlan ne possédait de tache royale dans la nuque à la racine des cheveux. La fillette était donc bien morte avant que ce symbole des Fées n'apparaisse. Sans remords, il avait mis la suite de son plan à exécution. Il avait accablé le peuple d'impôts, de lois injustes et contribué à sa destruction progressive. Les frontières étaient gardées. Le moindre commerçant étranger était dévalisé deux lieues après être entré, le moindre noble venant en visite était assassiné. Sous le couvert de brigands infestant le pays, il agissait à sa guise et la Grande Plaine de Leïlan n'existait plus que par la misère et la famine.

Muht ne comprenait pas pourquoi Korta tenait absolument à dissuader le roi de Pandème de songer à unir son royaume de bonheur et d'abondance avec un pays d'apparence en ruine. Mais si l'utilité de cette partie du plan lui échappait, il en reconnaissait l'exécution simple et parfaite. Korta s'assurait l'exclusivité du mariage avec la princesse Éline en terrassant, ensuite, les brigands qu'il avait lui-même créés.

Mais le Masque était apparu.

L'isolement du pays du reste du Monde de l'Est coûtait beaucoup en hommes à Korta, il ne lui en restait pas assez pour une chasse à l'homme digne de ce nom. De défenses en insoumissions, d'attaques en affronts directs, ces deux dernières années avaient été marquées par une succession de défaites. En aidant le peuple, cette gamine contrecarrait ses projets et l'avait obligé à sortir de l'ombre : il s'était dévoilé au peuple. Heureusement, les nobles leïlannais avaient demandé protection au roi. Ils avaient fui leurs demeures et manoirs par peur d'être dévalisés ou tués sur les routes. Toute la noblesse se terrait avec son souverain dans le palais. Ainsi, les agissements de Korta y restaient secrets : il pouvait déformer la vérité à volonté.

Mais il avait cru que le combat serait rapide. Où pouvait-elle se cacher dans un pays aussi petit ? Korta avait fait piller chaque village, fouiller chaque bois. Le temps passait. Le roi trouvait n'importe quelles excuses pour reporter le mariage avec Éline. Il avait enfin cédé mais en échange de la tête du Masque. Le duc d'Alekant se trouvait pris dans un cercle vicieux. Humilié parce qu'Ibbak lui avait imposé une aide extérieure, il avait tout de même cru l'espace d'une demi-lune que le pouvoir de Muht et de ses hommes avait changé le cours des événements. Mais, sans savoir comment, il sentait qu'un nouvel élément bousculait encore ses espérances. Il risquait définitivement de tout perdre à cause d'une gamine, surgie de nulle part, qui se prenait pour un homme !

Les yeux lui mangeaient l'esprit, il perdait son contrôle. Muht le trouvait misérable et sans rapport avec l'homme d'armes qu'il pouvait être. *Était-ce vraiment de l'amour ?!*

L'Esprit Sorcier s'était de nouveau élevé et se modulait dans un visage démoniaque. Les vapeurs glaciales et sanguinaires s'étiraient et se déchiraient comme un cri de torture dans la nuit. Les expressions étaient instables et éphémères, se rapprochant plus de l'animal que de l'humain. Certaines statues avaient bougé. Leurs yeux de rats s'étaient illuminés aux bouillonnements de leur Maître. Elles se raclaient maintenant le fond de la gorge dans un ensemble macabre.

Korta avait oublié Ibbak. Celui-ci observait les expressions du duc. Il se disait qu'il avait peut-être eu tort de compter sur cet être humain pour mener à bien sa revanche contre les Fées. Korta commençait à perdre la fièvre de ses dix-sept ans.

— Je croyais que tu étais meilleur que mon dernier Disciple ! tonna-t-il d'une voix grave. Mais je vois que tu n'es pas plus capable de tenir ton épée qu'une fourche ! Comment comptes-tu mener à bien notre guerre contre Akal avec les Pays Insolites ? Tu mets ton inaptitude et ton imbécillité sur le compte de l'ignorance de l'identité de ton adversaire actuel. Foutaises ! La vérité est que tu es incapable de faire face à ses effets de surprise !

Sa voix emplissait la salle obscure et résonnait comme l'acier sur chaque arcade brisée. Pourtant, Korta ne bougeait pas, ne réagissait pas. Muht le regardait sans y croire. Le duc savait pourtant qu'il connaîtrait la signification du mot *douleur* s'il échouait, mais son esprit demeurait absent. Il cherchait seulement à savoir pourquoi la jeune fille le fascinait autant et pourquoi il ne pouvait lutter.

Défoulant sa méchanceté, la fumée rouge envahit la pièce dans un véritable tourbillon aux multiples formes et visages. Muht préféra détourner les yeux. L'air s'engouffra dans le manteau noir et les crevés orangés du pourpoint du duc. Korta devint un pantin de bois, propulsé par ce vent, assourdi par cette voix et par le raclement de gorge des statues vivantes. Pourtant, il restait désespérément subjugué par le souvenir d'un regard bleu, froid et intense.

✧

C'était avec ces mêmes yeux, pleins d'espoir, qu'Éléa scrutait la place du village. Elle cherchait Axel. Il y avait tant de monde, tant de danses et d'animations qu'elle ne le trouvait pas.

Le spectacle était apaisant malgré son vacarme. Ces cris de joie, ces chants pouvaient réchauffer les cœurs les plus froids. Tout le malheur semblait s'envoler avec la fumée. La prospérité n'était pas certaine, Korta pouvait tout faire basculer de nouveau – pas plus tard que le lendemain, elle en avait conscience – mais Éléa savait qu'elle avait donné à ce village le sentiment d'union et de motivation qui lui manquait. La raison qu'il lui fallait pour se défendre. Ce simple espoir permettrait aux plus fragiles de survivre si les événements venaient encore à se retourner contre eux.

Des enfants hurlèrent à son arrivée et des acclamations suivirent. En toute réponse, elle leur sourit et les applaudit aussi : elle n'acceptait pas d'être la seule à avoir des honneurs. Elle remarqua enfin Axel. Un pantalon noir surmonté de bottes éclatantes, une chemise laiteuse, barrée d'une ceinture de cuir, et un long gilet de daim. Il était superbe. Il avait même poussé l'élégance jusqu'à se raser de près, et sur sa poitrine rayonnait l'anneau d'or. Hissé sur un petit muret de lauze, ses yeux en disaient plus longs que ses applaudissements.

Éléa mit un temps à reconnaître la jeune fille à côté de lui. *Ophélie!* En tournant légèrement le regard, elle put remarquer plus loin que Ceban en restait bouche bée. Souriant de l'expression de son frère de lait, elle s'approcha des deux êtres blonds. Axel descendit immédiatement mais resta intimidé. Victoire avait un air sauvage et révolté avec ses cheveux lâchés. Elle avait changé de vêtements mais pas de tenue.

— Je n'ai pas désiré modifier mon apparence, fit-elle sur un petit ton décidé.

Elle mentait. Elle s'était querellée avec Jerry pendant près d'une demi-heure pour mettre une robe. Il n'avait pas cédé à ce caprice d'adolescente et avait tranché la dispute par une dernière réflexion :

— *Tu ne l'as jamais fait auparavant! Pourquoi le ferais-tu aujourd'hui?!*

Ses yeux inquisiteurs avaient fait taire la jeune fille. Elle n'avait pas eu envie de lui avouer ce qu'il attendait. Sans un mot, elle avait remis des habits noirs mais, par rébellion, son corset d'amalyses était desserré, sa veste déboutonnée et ses cheveux libres : le fait que le Masque était une femme ne faisait plus aucun doute. Axel admirait la flamme de provocation qui brillait encore dans ses yeux. Il ne put réprimer un compliment.

Ophélie avait lentement glissé du muret et laissé le couple seul. Elle était heureuse, la fête était parfaite. Du coin de l'œil, elle avait remarqué la tête de Ceban et faisait semblant de l'ignorer. Elle rit et se mit à danser autant que son souffle et ses pieds le lui permettaient avec Virgine. Cette dernière, de trois ans son aînée, avait la plus grande chance à ses yeux : elle vivait au sein du clan du Masque avec son mari et ses jumelles. Ophélie ne comprenait pas pourquoi, malgré tous ses efforts, elle n'en faisait toujours pas partie, mais ce soir elle oubliait tout, elle était radieuse. La danse était son évasion.

Les mouvements synchronisés des deux jeunes femmes, l'une brune et l'autre blonde, l'harmonie de leur attitude laissèrent Éléa songeuse. Axel soupira un peu de l'avoir encore perdue, mais il remarqua qu'elle observait Ophélie. Il approcha ses lèvres de son oreille.

— Pourquoi n'a-t-elle jamais pu faire partie de ta troupe ? Qu'a-t-elle de moins que l'autre danseuse ? demanda-t-il intrigué.

Sortie de ses pensées, Éléa le regarda étonnée de son intérêt :

— Virgine n'a pas de famille à l'extérieur. Ophélie n'a que sa sœur Maï et sa tante, mais je sais qu'Askia n'abandonnera jamais son auberge pour nous suivre. Cela peut lui faire commettre des imprudences ou mettre sa famille en danger... C'est... c'est déjà arrivé à un de mes compagnons... Mais ne t'en soucie plus. Je vais être obligée d'exaucer son vœu : elle vient de résoudre un grave problème. J'ai besoin d'elle.

Elle avançait déjà vers Ophélie. Axel entendit à peine les mots qu'elle s'adressa à elle-même :

— Pardonne-moi, Gyl, d'aller une nouvelle fois à l'encontre de ce principe.

Elle disparut dans l'attroupement encerclant les deux danseuses. Ophélie s'arrêta et regarda Axel. Par son clin d'œil, elle comprit ce qu'allait lui dire le Masque. Elle explosa de joie !

Son bonheur et la fête donnaient au jeune homme l'envie de danser. Après tout, puisqu'il semblait impensable que Korta vienne, autant en profiter ! Malheureusement, la partenaire qu'il avait choisie revenait vers lui en boitant encore. Il était tout près d'elle quand un sifflement très aigu la fit se retourner. Un jeune homme brun, d'à peine plus de vingt-cinq ans, lui faisait signe de venir danser.

Avant de répondre, Éléa chercha Jerry du regard. Elle vit un grand chat noir juché sur un toit. Dans la nuit tombante, ses yeux jaunes se détachaient ; ils se balancèrent au même rythme que sa queue, de gauche à droite, dans un signe de négation. Éléa indiqua donc sa hanche et leva ses bras impuissants à l'invitation. Mettant les mains de part et d'autre de sa bouche, un autre jeune homme se mit à hurler par-dessus les chants :

— Il te reste ta voix ! Non ?

Elle accepta avec joie. Au moment de partir, elle glissa quelques explications à l'oreille d'Axel, déconfit de se faire ravir aussi cavalièrement la jeune fille :

— Le premier s'appelle Théon. La fête est le seul moment où ses lèvres consentent à sourire. Tu ne le verras jamais sans le deuxième, Allan, le mari de Virgine. Si tu sais jouer d'un instrument ou chanter, c'est le moment. Erwan va certainement sortir son corsouflet ! C'est un instrument akalien fabuleux !

Axel sourit et la laissa traverser la foule. Il revint en arrière rapidement. Prenant sa besace dans la maison où il s'était changé, il en sortit son propre corsouflet et, pressé de ne pas faire attendre Victoire, il déposa le sac près d'un chariot en sortant.

Allan, Théon et le grand Sten aidèrent Vic à monter sur des caisses vides disposées en estrade. Quatre personnes vinrent les rejoindre avec des instruments divers.

— Où est mon *rase-mottes* ?! hurla le géant à la foule.

Erwan apparut en riant et attrapa la main de son ami. Le petit homme aux cheveux rouges était parfaitement proportionné et même fortement musclé. Les Akaliens étaient traités de nains parce que les plus grands n'atteignaient jamais les cinq pieds et demi de haut. La critique était facile : les hommes des autres peuples du Monde de l'Est dépassaient couramment les six pieds !

Récemment replongé dans la haine qui enclavait Akal dans une guerre éternelle contre les Pays Insolites, Erwan en avait tout de même oublié la susceptibilité et l'insociabilité associées aux gens de son royaume. Il était petit, certes, et ne pouvait pas espérer que sa croissance reprenne à quarante ans. Mais maintenant, il s'en amusait. Son duo avec le grand Sten lors des batailles était d'ailleurs un pied de nez à la nature. Erwan avait un bras fait pour l'épée, une bouche pour le rire. Ses yeux dorés étincelaient de malice, de rêves et de sagesse. Le nain savait être grand à son heure.

Axel et son corsouflet furent accueillis avec joie et étonnement. Erwan resta saisi d'avoir un concurrent :

— Seul un Akalien ou un homme au cœur pur peut jouer de cet instrument.

Axel eut un sourire intimidé et fut flatté par la déclaration du nain. Son vieil ami akalien ne lui avait pas donné les raisons de son initiation. Devant l'admiration du petit homme aux cheveux rouges, et même s'il doutait de ses dires, il lui chuchota :

— Je comprends maintenant pourquoi je n'arrive plus à m'en servir lorsque je fais des bêtises.

Erwan se mit à rire avec franchise. Les premières notes du duo s'élevèrent, les chants suivirent et la folie reprit le village. Tout le monde dansait et reprenait en chœur les refrains. Entrain, passion et vitalité transportaient Aces.

La voix de Victoire se détachait de celles des hommes : elle serrait la poitrine d'Axel. Il la voyait battre la cadence des pieds. Elle trépignait d'envie de rejoindre Virgine et Ophélie : rester assise ne devait décidément pas faire partie de ses habitudes !

Au bout d'un moment, n'étant pas plus capable de rester sages eux-mêmes, les trois chanteurs masculins se mirent à moduler leurs voix graves de manière fantaisiste, imitant sans peine des percussions. Victoire riait de tout son cœur et n'arrivait même plus à chanter. Un petit sentiment de jalousie pinça Axel. Leur complicité et leur jeu montraient une union parfaite du clan. Il pensait qu'il ne serait pas facile de s'en faire accepter.

Il se trompait. La seule personne à éprouver pour lui de l'antipathie était Jerry. Celui-ci, impassible sur son toit, ne perdait pas des yeux sa protégée et le sauveur de celle-ci. Il la voyait rire, regarder Axel jouer avec émerveillement, applaudir avec excès ses morceaux joués avec Erwan. Elle était épanouie. Il aurait dû s'en contenter, mais une animosité sans pareille l'envahissait en la voyant si près de ce jeune homme, si amoureuse. D'un prompt mouvement d'une patte avant, il bloqua sa queue qui s'emballait à force d'énervement.

Lançant son béret en l'air, Sten quitta l'estrade pour faire danser sa femme et sa future *progéniture*, comme il disait. Allan fut entraîné par Virgine et d'autres chanteurs prirent leur place. Théon resta seul pour les accompagner. Axel saisit l'occasion. Abandonnant Erwan, il invita Victoire. Gentiment et avec beaucoup de regrets, elle refusa.

— Mais qui te demande d'utiliser tes jambes ? s'écria-t-il en l'attrapant par-derrière et en la soulevant dans ses bras.

Avant qu'elle ait pu dire quoi que ce soit, il la faisait déjà tournoyer au milieu des autres. Quoiqu'un peu gêné par le ventre gonflé d'Estelle, Sten trouva l'idée excellente et fit de même. Les cris de surprise des deux jeunes femmes se changèrent en rire et leurs yeux pétillèrent.

Axel était fou, elle était si belle. À chaque tour, la jeune fille se serrait un peu plus contre lui. Son cœur battait à se rompre. Les grands yeux bleus n'existaient plus que pour lui.

Jerry fulminait. Cherchant un moyen de les arrêter sans créer de scandale, il était tout de même descendu, le poil du dos hérissé. Estelle, Sten, Allan et Virgine s'arrêtèrent de danser et se retournèrent ensemble, craignant sa colère. Face à leurs regards désapprobateurs, il hésita. Puis, il feula avec rage, leur tourna le dos de mécontentement et sa queue droite, doublée de volume, disparut derrière un mur.

Axel et Éléa ne s'étaient aperçus de rien. Le monde extérieur s'était envolé, leurs soucis, leurs problèmes, leurs raisons de se battre ou de fuir avaient disparu. Ils s'aimaient. Les quatre amis, comme beaucoup de villageois, s'étaient mis à l'écart pour les contempler. Erwan leur fit un clin d'œil de complicité et, de trois pincements de cordes suivis d'un souffle, il prolongea la musique.

— Il aurait été dommage que Jerry s'en mêle, vous n'trouvez pas ? dit Sten.

— Oh oui ! Ils sont vraiment magnifiques tous les deux, soupira Virgine.

— Je dirais qu'les Trois Fées ne doivent pas être en dehors de tout ça, commenta Allan en prenant sa femme par l'épaule. Connaissant Vic, un tel abandon de soi n'est pas naturel. Mais rien ne pouvait lui faire plus de bien !

Estelle ne disait rien.

— Eh bien, mon amour, t'es la seule à ne pas faire de remarques sur le jeune couple, constata Sten en encerclant le ventre de sa femme de ses mains prévenantes.

— Je pensais à des amalyses, murmura-t-elle, encore songeuse. Des amalyses qui deviennent blanches.

Elle ne comprenait pas. Comment la princesse Éléa pouvait-elle être destinée à quelqu'un si elle était supposée être morte depuis dix-huit ans ? Seul Jerry pouvait lui répondre, mais elle n'avait pas envie de lui poser la question. Elle garda secrètement la raison de sa réflexion pour elle.

La musique d'Erwan ralentissait, les chants faiblissaient. Délicatement, Axel souleva sa partenaire au-dessus de lui et la reposa droite sur le sol à la fin de la chanson. Éléa était sous le charme, sa tête tournait encore, elle n'osait bouger. Elle fut encore plus troublée lorsque, fort de son effet, il la salua pour la remercier. Un rouge écarlate monta à ses joues, mais ses yeux rayonnaient.

L'assistance les applaudit. Éléa se retourna. L'affolement la saisit soudain. Elle réalisait que son exhibition irréfléchie n'avait certainement pas dû plaire à Jerry. Où était-il ? *Pourquoi n'était-il pas intervenu ?*

La peur se devinait sur son visage. Elle balaya les villageois de regards fébriles. Il n'était pas parmi la foule. Il n'était plus sur le toit. Elle le chercha dans les arbres, dans les airs. *Rien.* Son comportement ne se montrait peut-être pas aussi inqualifiable qu'elle le supposait. Son Maître ne le lui reprochait pas. Ses traits se décrispèrent dans un profond soulagement.

Axel s'était retrouvé gêné par les applaudissements. Il ne s'y attendait pas non plus. Il fit un sourire emprunté et, prenant sa partenaire par la main, il la fit sortir de l'attroupement qu'avait créé leur couple. Essoufflés, retournés par leurs sentiments et confus, ils ne savaient plus comment se parler. La convenance aurait été de se séparer, mais aucun des deux ne pouvait s'y résoudre. Ils marchèrent l'un à côté de l'autre, sans but, sans prononcer un mot.

Passant près du chariot où il avait laissé son sac, Axel prit conscience de son insouciance. Sa besace contenait une missive royale et il se permettait de la laisser traîner ! Pour la première fois depuis longtemps, le jeune homme aurait accepté que son père lui fasse la morale tant il se sentait coupable ! Son amour lui faisait vraiment tout oublier, cela devenait sérieux. Il attrapa nerveusement son sac dans l'intention de le ranger. Il fallait vraiment qu'il aille au château !

Éléa était encore troublée et cherchait toujours Jerry du regard. Mal à l'aise du fait de son absence, elle entendait ses remontrances. Probablement par habitude.

Ils avaient dépassé l'entrée du village et un flanc de la colline s'élevait devant eux. Ils continuaient leur chemin, laissant derrière eux la dernière grange un peu isolée. Axel surveillait la démarche de la jeune fille. Il n'y avait quasiment plus aucune trace de ses lésions. Il brisa le silence :

— Je peux te porter jusqu'au sommet si tu crains pour ta blessure.

Elle le regarda dans un sourire.

— Merci, mais je dois commencer à marcher ce soir, si je veux courir demain.

Courir ! Elle pensait déjà à courir !

Devant son regard étonné et curieux, elle fit une grimace.

— Cette proposition était une question déguisée, n'est-ce pas ?

Il ouvrit de grands yeux innocents et lui sourit malicieusement.

Dans un premier mouvement, Éléa tourna la tête. Elle prit sa petite corne entre les doigts et resta pensive. Puis, elle s'arrêta brusquement face à lui.

— D'accord, fit-elle. Tu as vu mes blessures, il est normal que tu me poses cette question. Mais, si tu réfléchissais un peu, tu connaîtrais la réponse.

Axel ne comprenait pas.

— Tu n'as jamais vu ce bijou ? continua-t-elle en lui présentant sa corne d'or. Étonnant ! Ce n'est pas un exemplaire unique dans le Monde de l'Est. Le second est autour du cou de ton souverain.

Axel resta abasourdi. Jamais il n'avait vu son père porter ce collier !

— Oh ! Ce n'est probablement pas si surprenant, poursuivit-elle à son expression. Le roi Frédérik n'a pas dû juger nécessaire de le faire savoir à son peuple. Seuls ses deux fils doivent être au courant. Ce bijou lui a été transmis de génération en génération depuis son ancêtre Enkil. C'est une histoire de famille.

Axel ne se remettait pas de la nouvelle. Il ne comprenait pas un tel secret de la part de son père !

Éléa était étonnée de l'effet produit. Elle laissa Axel

en arrière et continua sa route vers l'arête de colline. Son départ réveilla le jeune homme. Il s'élança derrière elle.

— Et que fait ce collier ? Comment Enkil l'a-t-il obtenu ? En existe-t-il d'autres ? Et toi, pourquoi en possèdes-tu un ? Quel rapport avec tes blessures ?

Devant un tel empressement, elle resta muette et lui lança un regard froid.

— Je t'en prie, supplia-t-il. Ne me laisse pas dans le vague ! Tu en as trop dit !

— Exact, et je le regrette amèrement. Je ne fais que des idioties, ce soir.

Le coquillage s'était refermé en emportant son secret. Axel s'y était mal pris, mais il ne se décourageait pas pour autant. Il la dépassa et marcha à reculons face à elle.

— Et si je pose une seule question à la fois ?

Il s'était arrêté devant la jeune fille et lui barrait le chemin. Son regard alliait tendresse et persuasion. Coincée, Victoire leva les yeux sur lui. Elle voulait le repousser mais un pli se creusa dans la joue d'Axel. Il y mettait tout son charme. Elle ferma les yeux, se pinça les lèvres. Il avait perdu, elle faisait un pas de côté pour l'éviter.

— Une à la fois, et je ne promets pas de réponse pour chacune, dit-elle.

Il était fou de joie : il ferma ses poings pour ne pas la prendre dans ses bras. Maintenant, il gambadait plus qu'il ne marchait à côté d'elle !

— En premier lieu, quel est donc le pouvoir de cette corne ? demanda-t-il avec délices.

Éléa l'observa. Elle trouvait le jeune homme à la fois merveilleux et impossible !

— Elle en a deux. Un pouvoir de guérison et un pouvoir d'abondance.

Elle lui expliqua le prix de leur utilisation et il comprit ainsi l'apparition de la lettre, des habits et des victuailles.

— À chaque demande, je partage un temps la fatigue de ceux qui fabriquent habituellement ces objets : les troubles de la vue des tisserands, le mal aux doigts des couturières, la suée des cuisiniers, la difficulté à respirer des fabricants de papier... Quand je demande une arme, j'ai même droit aux courbatures des forgerons.

Axel ne put sourire de la plaisanterie, il fit plutôt une grimace en pensant à la souffrance qu'elle avait dû ressentir en utilisant la corne pour guérir. Il se rappela le cri entendu dans la forêt. Il eut un frisson en pensant que c'était bien elle.

— Combien de temps mets-tu pour faire apparaître tous ces outils et toutes ces fournitures pour un village ?

— Divinités ! Je n'ai pas à le faire ! J'en aurais pour des mois !

— Alors, d'où vient tout ce déménagement ?

Elle marqua une pause, pas très sûre de vouloir répondre.

— Disons que la demande de bijoux est plus facile à supporter et qu'ils permettent des alliances commerciales.

— Des alliances ?! Avec Akal ?!

Éléa sourit des limites de possibilités qu'il avait imaginées.

— Une autre question ?

Axel comprit qu'elle n'avait pas envie de s'étendre sur le sujet :

— Comment sais-tu autant de choses sur mon pays ? Même l'existence de cette deuxième corne ? réclama-t-il, vexé du silence de son père.

Elle pencha sa tête de côté.

— Là, je ne peux pas te répondre. L'explication ne dépend pas de moi. Je sais seulement ce que l'on a bien voulu me dire.

Il essaya de nouveau son charme mais elle répondit *non*. Il accepta sa défaite, heureux qu'elle ait déjà autant parlé, et changea une nouvelle fois de sujet :

— Alors, tu n'as même pas une cicatrice ! Et demain, tu pourras te battre de nouveau ! C'est fabuleux !

Elle releva sa manche pour lui prouver ses dires : sa peau était vierge de blessures.

— Demain, je pourrai courir et m'entraîner, pas me battre. Chaque chose en son temps.

Il resta admiratif de sa sagesse. Il n'aurait jamais cette patience. Il prit dans ses doigts l'anneau qui pendait à son cou. *Celui-ci n'avait pas de pouvoir magique, mais quelle était sa signification ?*

— Tu as passé un long moment avec son origine, fit-elle remarquer avec un sourire mystérieux lorsqu'il lui posa la question.

Ils étaient arrivés au sommet de la Colline Creuse. Toujours à son poste, San vint vers son amie humaine. Éléa s'agenouilla pour inciter le loup à s'approcher et pour profiter de sa fête, bien plus réservée que celle d'un chien. Il bloqua pendant un temps sa tête contre la jeune fille qui le couvrit de caresses et lui gratta la nuque à rebrousse-poil.

— Et là, elle est devant toi, rit-elle en s'adressant à Axel.

Il ne comprenait toujours pas. Éléa prit la tête de San dans ses mains et contempla avec amour le regard sauvage et la truffe humide. La belle tache blanche resplendissait sur le poil sombre.

— Un rond parfait, dit-elle devant cette marque extraordinaire.

Axel s'accroupit à côté du loup. L'animal le regarda en coin. Il ne devait plus trop comprendre ce qui se passait.

— Un cercle pur que j'ai matérialisé en anneau. Loyauté, reconnaissance et fidélité. Tout ce que San possède naturellement et représente pour moi.

Axel resta touché de posséder un tel joyau. La jeune fille se releva, maintenant gênée de son aveu.

Le soleil couchant nimbait de rose les sommets de la Montagne Blanche. Le château s'élevait sur sa droite. Oubliant soudain son embarras, Éléa ne parlait plus. Son regard s'était attaché à cette masse de tours immense. Pour elle, la nuit allongeait ses ombres et le ciel encore embrasé donnait une impression funeste à cet ensemble.

Axel était en retrait, près du loup qui osait de nouveau s'approcher de lui. La fascination que la jeune fille éprouvait pour le palais lui semblait étrange. Le regard d'Éléa était perdu, son visage dur et toutefois sans expression. Le vent se leva soudain, emportant ses cheveux et soulevant sa longue veste déboutonnée. La pose était identique à celle de la petite fille dans son souvenir.

— Éléa, soupira-t-il, ne pouvant plus en douter.

Elle se retourna : elle n'avait pas compris mais le son l'avait sortie de ses pensées.

— Qu'as-tu dit ? demanda-t-elle sans vraiment le voir.

— Rien, rien. Tu n'as pas froid ?

Il se leva et sortit sa cape nerveusement. Son cœur s'emballait et il avait du mal à contenir son émotion.

Les longs cheveux châtain et doré balayaient le visage interdit de Victoire. Elle ne saisissait pas ce qui arrivait au jeune homme. Les frissons la gagnaient mais, lorsqu'il tendit sa cape, elle la refusa en portant la main à son cou.

— Non, garde-la, merci. Tu dois avoir aussi froid que moi. Et je peux en obtenir une.

Dans un gracieux mouvement de bras, une cape apparut et glissa sur ses épaules. Ses yeux papillonnèrent un moment pour stabiliser l'image de ses doigts brusquement engourdis. Elle mit un temps pour nouer les lacets.

— Il était inutile de t'épuiser, regretta Axel en se couvrant.

— Ce n'est rien, sourit-elle sans le voir vraiment. Je n'ai pas de combat à faire, ce soir.

— Ma cape était suffisamment grande pour deux. J'allais… te proposer une place au chaud, dit-il en tendant légèrement les bras.

Éléa sourit et même rougit pour la deuxième fois. Elle en rêvait !

— Je devrais peut-être accepter, je n'ai pas fait apparaître une cape très épaisse, répondit-elle en fausse excuse pour se rapprocher de lui.

Toute chose, elle plaça son dos contre son torse. Avec une absolue tendresse, il ramena le vêtement sur elle en fermant les yeux. Elle était dans ses bras ! La tête contre sa joue. Il sentait sa chaleur. Il la serra légèrement avec l'envie de ne plus jamais la laisser partir.

Ils restèrent, là, figés, à regarder le soleil se coucher. Un peu craintif des mouvements d'Axel, le loup s'assit tout de même à côté d'eux ; d'un air souverain et magnanime, il semblait lui aussi admirer le paysage et la douceur du soir. Des étoiles commencèrent à s'allumer au-dessus du couple et de l'animal. Il ne restait plus qu'une bande rouge étendue sur l'horizon. Les dernières nuances du soleil s'estompaient sur les champs au gré des nuages et les rivières perdaient leur couleur sang pour briller avec celle de la nuit.

Leur passivité, leur bien-être leur faisaient délaisser la réalité. Axel et Éléa étaient seuls, perdus dans le temps et la vie, somnolents de bonheur et d'une paisible fatigue.

Lentement, Axel risqua sa joue sur la tempe de la jeune fille et fit glisser son visage sur le sien. Elle le sentait se diriger vers ses lèvres. Ses paupières se fermèrent. Elle se donnait entière à ce premier baiser. Mais, au lieu de la douceur attendue, une sensation froide la fit sursauter, suivie d'un tonnerre foudroyant. L'orage promis quelques heures plus tôt s'abattait avec violence, coupant l'inspiration des deux jeunes amants.

En quelques secondes, ils furent trempés et la terre inondée. Axel saisit Victoire dans ses bras, enroulée dans sa cape comme un paquet et se mit à courir vers le village. Le loup regarda avec négligence ces êtres humains que trois malheureuses gouttes effrayaient. Il leva son museau vers le ciel, appréciant la fraîcheur de l'eau, et se laissa envelopper par la soudaine folie du ciel.

Victoire se cramponnait au cou d'Axel. Ils manquèrent plus d'une fois de se rompre les os, mais ils riaient de la violence de la surprise. La pente de la colline se transforma rapidement en ruisseaux. Ils pénétrèrent comme des fous dans la première grange du village et durent monter à l'étage pour éviter les inondations.

Perchés sur des bottes de foin, accoudés à une petite ouverture, ils regardèrent le déluge s'abattre sur le sol. Des éclairs fendaient le ciel de part en part. Ils déchiraient dans un vacarme assourdissant le voile noir de la nuit et brisaient en mille morceaux la coupole d'étoiles. Le ciel s'était soudain assombri : le paysage avait disparu. Il ne se révélait que derrière un rideau de pluie illuminé par les nervures et les rameaux lumineux de la foudre.

— Sois le bienvenu en Leïlan ! lança Éléa en riant. J'avais complètement oublié cette promesse des lunes !

— Quelle averse ! Je n'en ai jamais vu de pareille !

L'eau ruisselait encore de ses cheveux sur son visage. Il s'essuya avec l'intérieur de sa cape, encore sec. Les manches de sa chemise, néanmoins, étaient trempées.

— Et ce n'est pas une pluie passagère, répondit-elle en se séchant de même. Elle va durer toute la nuit. Un nouveau ruisseau va naître !

Elle était enthousiasmée par la violence du climat de son pays et Axel émerveillé par son visage resplendissant que les éclairs enflammaient par intermittence. Sa beauté était aussi fascinante que cette nature.

— Regarde cette lune solitaire !

Un écart des nuages avait découvert l'astre un bref instant.

— Tu as vu ces reflets mauves malgré le coucher de soleil ? Ils indiquent qu'il y aura le même orage demain soir. C'est rare ! Le lac risque de déborder : Sélène et les enfants vont se retrouver les pieds dans l'eau !

— Qui est Sélène ? demanda Axel d'un ton curieux.

Il avait retiré son gilet, sa chemise et ses bottes. Il remit sa cape en frissonnant et s'adossa à une meule en attendant sa réponse. Victoire enleva elle aussi sa veste dont le bord inférieur était mouillé et vint s'asseoir à côté de lui.

— Toujours des questions, soupira-t-elle en lui tendant une nouvelle chemise issue de sa corne.

— Toujours une à la fois, répliqua-t-il en regrettant de ne pas avoir refusé à temps le cadeau de la jeune fille qui se frottait les yeux.

— Bon. Sélène est la femme d'Erwan. La plupart de mes compagnons sont mariés et ont des enfants. Comme nous ne pouvons pas les emmener avec nous, Sélène est restée en arrière pour les garder. Voilà.

— Une Akalienne ? demanda-t-il étonné que les deux nains aient fui leur pays pour se battre dans un autre.

— Non. Une Scylèse, répondit-elle calmement en retirant ses hautes bottes.

— Une… c'est impossible ! Tu me racontes des histoires !

— Tu le diras à Chloé, leur fille.

Axel en resta muet. Selon le bruit qui courait, les Scylèses ne pouvaient avoir qu'un enfant, et seul un amour indicible pour le père pouvait le laisser venir en ces Mondes. En unissant ces deux êtres si différents, les Trois Fées avaient réussi un tour de force ! Leur refuge en Leïlan se comprenait !

Victoire tremblait un peu, ses longs cheveux étaient très humides. Axel la recouvrit de sa cape.

— Et où sont-ils ? risqua-t-il.

— Axel, nous sommes coincés ici jusqu'à demain. Tu ne vas tout de même pas me poser des questions toute la nuit. Il y a trop de risques à tout savoir. S'il te plaît. Là où je vis, chacun a le droit de parler ou de se taire. Jerry m'a appris qu'il ne faut jamais poser de questions, mais savoir se contenter d'attendre les réponses. C'est le point d'or de son éducation.

Un éclair impressionnant appuya le dernier mot. Axel ne dit plus rien. Elle était fatiguée, affaiblie par une trop rapide guérison de sa blessure et par de trop nombreuses demandes auprès de sa corne : elle glissa mollement sur le foin tapissant le sol.

— Je peux te servir d'oreiller, si tu as plus de penchant pour moi que pour le foin, proposa-t-il tout de même en tapotant sa poitrine de la main.

Elle n'attendit pas qu'il renouvelle sa demande et vint se blottir dans ses bras en souriant de son effronterie. Jerry n'était pas là pour diriger ses gestes, et elle se laissait emporter par les sentiments de son cœur. Ses mouvements, empreints de gêne et d'une innocence si inattendue, prouvaient sa fragilité et sa crainte de mal agir. Axel la serra contre lui et s'emmitoufla dans sa cape avec elle. Ils ne disaient plus rien, trop inquiets de gâcher le moment par un quelconque mot. De sa main, Axel osa lui caresser le visage. Elle se laissa bercer par les roulements de tonnerre et par cette tendresse qui semblait rendre toutes les inquiétudes futiles. Elle finit par s'endormir.

Le cœur d'Axel était aux anges. Que pouvait-il désirer de plus ? *Un baiser ?* Il avait été si proche quelques instants plus tôt. Malgré la pluie, sa joue conservait le souvenir intact de la douceur de celle de la jeune fille. Ses lèvres demeuraient frustrées, certes, mais aurait-il pu imaginer, qu'une nuit, la femme de ses rêves dormirait dans le creux de ses bras ? Il aurait voulu que Frédérik de Pandème le voie.

Il déposa ses lèvres sur la tête endormie et respira le parfum de sa peau humide. Il aimait tout en elle. Ses yeux se fermèrent de plaisir et il rejoignit Victoire dans un profond sommeil de bonheur commun.

Traître

Des cris d'oiseaux résonnèrent dans les oreilles d'Éléa. Sortant des brumes du sommeil, elle redressa la tête. Le soleil réchauffait déjà le sol détrempé. Elle était toujours dans les bras d'Axel. Un puissant glapissement la secoua : un de ses oiseaux éclaireurs était passé près de la petite ouverture. Elle se précipita vers celle-ci. Le mouvement réveilla le jeune homme.

— Que se passe-t-il ? grommela-t-il, dépouillé de son rêve.

Elle se pencha à l'ouverture, bascula même. Axel prit peur et la rattrapa avant l'accident.

— Des soldats ! Les pleutres !!! fit-elle avec rage. Ils s'attendent à ce que nous soyons déjà partis ! Et deux Scylès !!! Ils ont différé leur départ ! Cette fois, ils vont avoir des nouvelles d'Erwan et des miennes !

Elle allait pour se ruer sur ses bottes quand les bras d'Axel la retournèrent.

— Non ! Tu m'as dit que tu ne pouvais pas encore te battre aujourd'hui !

— Tu te prends pour Jerry ?! Laisse-moi partir !

— Je n'ai jamais dit que cet oiseau de malheur était idiot ! Je ne veux pas que tu fasses une bêtise qui pourrait avoir de graves conséquences !

Il la retenait. Il n'était jamais raisonnable pour lui-même !

—Axel, tu m'ennuies, prévint-elle en perdant patience.

—Et si tu ne peux plus bouger pendant trois jours supplémentaires après ? Ou même plus encore ? As-tu pensé à ces éventualités ?

Il avait touché le point sensible.

—As-tu une meilleure solution ou continues-tu à me faire perdre mon temps alors qu'ils arrivent ?

—Oui… tu vas me donner une chemise noire, un foulard et ton masque.

—Tu es fou ?!

—Tu n'as pas le choix, stipula-t-il. Et tu peux le faire, c'est… moins qu'une cape.

—Ce n'est pas le problème…

Il avait déjà enlevé sa chemise et la jetait sur le côté. Il lui tendit une main ouverte avec des yeux impatients.

—Alors, dépêche-toi de prendre une décision, ils approchent. J'entends des cris.

Les oiseaux avaient fini par réveiller tout le monde et les villageois avaient enfin aperçu le pourquoi de leur agitation. Une trentaine de soldats arrivaient par l'est.

Victoire céda. Elle porta la main à sa chaîne et ferma les yeux en prévision de l'aveuglement passager. Elle fit apparaître une chemise et un foulard qu'elle jeta à Axel. Elle siffla son cheval aussi dignement qu'un gamin des rues et s'assit sur une botte de foin dans un coin. Elle était vexée ou plutôt blessée : elle n'aimait pas être éconduite au rang des inutiles. En plus, elle s'inquiétait pour Axel. Elle le regarda s'habiller discrètement. Elle se rassura devant la découpe de son dos doré par le soleil de son pays. Utilisée à bon escient, sa musculature devrait lui permettre d'en arrêter plus d'un.

Axel finit par mettre ses bottes et s'approcha d'elle.

Posant les mains de part et d'autre du corps de la jeune fille, il pencha son visage vers le sien.

— N'interviens pas, s'il te plaît. J'ai eu un très bon maître d'armes, moi aussi.

Elle se sentit faiblir. Elle dit seulement dans un murmure :

— Ne t'approche pas des Scylès. Laisse Erwan s'en occuper.

Il acquiesça d'un petit signe entendu de la tête.

— J'ai droit au masque ? pria-t-il.

Elle était complètement désarçonnée par son regard. Elle déposa l'amalyse sur son visage et, rapidement, la fit devenir noire.

— Merci, sourit-il en repoussant de ses doigts quelques mèches ébouriffées derrière les oreilles de Victoire.

Sa main glissa dans le cou de la jeune fille, il l'attira vers lui et déposa ses lèvres sur la bouche surprise. Son subtil vol accompli, il s'enfuit et dévala l'échelle.

— Il faudra que tu m'expliques comment l'amalyse reste noire ! lança-t-il comme si rien ne s'était passé.

Il sauta sur Zarkinn et partit comme un fou pour rejoindre les autres combattants. Ses lèvres portaient une fraîcheur qui lui donnait des ailes. Il se sentait capable de terrasser les trente hommes à la fois, et le Monstre de la Forêt Interdite dans la foulée ! Il traversa le village à une vitesse folle.

Jerry cherchait Éléa, lorsqu'il vit le Masque. Ayant veillé la sorcière Imma toute la nuit, il s'élança à sa poursuite sans remarquer sa méprise. Il parvint au niveau de l'épaule d'Axel.

— Vic ! pesta-t-il. Tu ne peux pas te battre ! Tu es inconsciente ou quoi ? Pense à Tanin !

— Elle est restée sagement dans la grange, annonça Axel en relevant l'amalyse. Pourquoi ne jamais employer son vrai prénom ?!

Il sourit malicieusement à Jerry et lui adressa un signe de la main en s'échappant.

Jerry crut perdre l'esprit. Il sentit la fièvre monter en lui. Ce bellâtre l'excédait ! Il avait envie de le tuer ! Ses yeux jaunes avaient viré au rouge. Pourtant, il prit une grande respiration en crispant ses serres : il n'avait pas la possibilité de se débarrasser de lui pour le moment. Mais il suffisait d'attendre que le jeune homme s'approche de la Forêt Interdite. Refoulant sa hargne au plus profond de lui-même, il vola vers la grange. Il avait un compte à régler avec Éléa !

La pauvre enfant avait encore les doigts sur les lèvres, comme pour retenir le baiser furtif. Elle n'avait pas repris ses esprits lorsque Jerry surgit avec violence en être chimérique.

— Que fais-tu ici ?! tonna-t-il. Pourquoi cet homme porte-t-il tes habits ?! Que s'est-il passé cette nuit ?!

— Rien… rien, répondit-elle en revenant brutalement à la réalité.

— Tu ne me feras jamais croire ce mensonge ! Regarde ta tête d'éberluée !

Elle resta suffoquée par sa fureur. Elle ne riposta même pas.

— Il m'a embrassée, dit-elle bêtement.

— Et tu lui as dit ton prénom !!!

— Non ! protesta-t-elle avec stupeur.

— Tais-toi !

Sa voix avait soudain changé, la colère n'existait plus, l'ordre était net : il avait entendu un hurlement de loup. San les prévenait d'un danger. Jerry se dirigea vers la petite ouverture, suivi d'Éléa. Une douzaine de soldats descendaient la colline à pied. Profitant de la diversion provoquée à l'est, ils comptaient attaquer par surprise par l'ouest.

— Aucun Scylès de ce côté, Erwan va être déçu. Il espérait les trois d'un coup... Bon, il ne me reste plus qu'à prévenir l'imbécile qui se fait passer pour toi, persifla Jerry.

Sur ce, il s'envola en faucon vers Axel.

Éléa réfléchit rapidement : elle ne pouvait pas rester là. Mais elle ne devait pas sortir ainsi non plus. Personne ne devait savoir qu'il existait *deux* Masques maintenant ! Prestement, elle sauta derrière des bottes de foin, et se résolut à faire apparaître une robe grâce à sa corne.

Quatre soldats contournaient la grange. Les hurlements de Jerry les avaient attirés. Sans bruit, ils s'approchaient de la porte demeurée ouverte.

Les amalyses coulaient sur ses jambes et ses pieds nus au gré de la chute d'une simple robe de lin. Les doigts blessés par une couture imaginaire, Éléa perdit du temps à attacher son corselet. Avec précipitation, elle attrapa ses vêtements de Masque et ceux d'Axel que ses yeux ne distinguaient que sous forme de taches, et les cacha sous le foin. La veste sans manches qu'elle avait retirée la veille gisait encore sur une meule. Au moment où elle la saisit, une ombre s'éleva devant elle. Ses yeux mirent un temps avant de lui révéler l'origine : *un soldat !*

Elle ne l'avait pas entendu monter. L'attitude à prendre ne fit qu'un tour dans son esprit : elle laissa l'homme lui prendre la veste en poussant un petit cri féminin de surprise. Ses cheveux parsemés de paille et sa robe enfilée à la hâte lui donnaient un air négligé. Avec la veste noire du Masque dans les mains, le soldat ne put penser autrement :

— Tiens, son amante ! Belle prise ! s'écria-t-il.

Il allait crier sa découverte quand il se ravisa. Il saisit Éléa par le menton, les yeux pleins de concupiscence.

— Très belle prise ! Dois-je mettre un masque, moi aussi, pour te retrousser les jupes ?

Il vint se plaquer contre elle.

— Tu ne m'en voudras pas de garder mes bottes, ajouta-t-il en ricanant.

Il agrippa violemment la jeune fille par les cuisses. Elle lui asséna un violent coup de poing dans l'estomac avant qu'il ne la culbute dans la meule, et s'enfuit vers l'échelle.

Trois autres soldats l'attendaient en bas.

— Arrêtez-la ! C'est la catin du Masque ! cria le soldat meurtri.

Elle se laissa capturer docilement, satisfaite de son geste. Quelques secondes plus tard, l'homme qu'elle avait frappé la giflait avec force. Elle ne put riposter mais ses yeux, pas loin d'être totalement remis, tuèrent pour elle. Impressionné par son regard étrange, le soldat s'arrêta.

— Emmenez-la avec les autres et tenez-la à l'œil, ordonna-t-il. Elle est à l'image du Masque.

La réflexion fit sourire Éléa. Poings liés dans le dos, elle se laissa tirer par le coude vers le centre du village. Les deux autres hommes restèrent en arrière.

— Vous avez r'marqué la couleur de ses yeux ? demanda le premier au second.

— Oui. Mais ne t'inquiète pas, répondit son chef. Ce doit être la Fille-aux-yeux-bleus et elle n'a que des pouvoirs médicinaux, à ce qu'on raconte. Elle est le meilleur appât pour le Masque. C'est la seule chose importante. Le duc nous en saura gré.

Éléa fut propulsée en avant vers un attroupement de gens. Les Acéens et les quelques habitants de villages voisins

– retenus par la pluie de la nuit – étaient pris en otage. Ils reconnurent tous la jeune fille, mais le brouhaha de son arrivée fut incompréhensible pour les soldats.

✧

Erwan avait espéré la confrontation avec les Scylès. Haine ancestrale, haine viscérale. L'apparition des pâles hommes venus du nord avait été marquée par une mort que l'Akalien ne pourrait jamais se pardonner. Ils avaient bénéficié de l'effet de surprise, de la hantise d'un passé oublié. Cette fois, Erwan n'abandonnerait pas. Il avait cherché sans relâche l'arme de la vengeance, et il était à peu près sûr de l'avoir trouvée. Il força son cheval ; avec la petite bonbonne qu'il maintenait entre ses cuisses, les Scylès n'auraient pas le temps de savoir que sa femme était de leur peuple et qu'elle lui avait donné une fille !

Erkem et Gorth étaient les seuls présents. Préparant leur bref retour au pays, Muht Dabashir était resté au château. Les deux hommes n'avaient pas envie de suivre les directives de prudence de leur chef, trop soucieux de leur valeur de guerriers. La première phase de simple observation leur pesait, même s'ils étaient censés n'être en Leïlan que pour lire les esprits ! Le besoin de se battre les démangeait trop. Muht avait bien craqué une fois. Il fallait qu'ils se défoulent. Ils étaient frustrés de devoir se contenter de femmes consentantes dans leur lit. Erkem s'était badigeonné le front du sang de l'une d'elles en signe de guerre.

Les deux Scylès négligeaient que la présence d'un Akalien pouvait s'associer avec des produits de guerre dangereux.

Ils mirent du temps à trier toutes les pensées des esprits enflammés en face d'eux. Qu'est-ce qui donnait à ces hommes le courage de venir au combat avec tant de confiance?! Puis, Erkem et Gorth se rendirent rapidement compte que personne ne voulait les combattre. La vingtaine de paysans assez fous pour venir avec les compagnons du Masque se jeta sur les soldats en priorité. Leurs premiers échanges de coups d'épée furent esquivés et frustrants. Le visage de l'Akalien apparaissait dans tous les esprits, dès qu'ils s'approchaient. Les villageois et les compagnons du Masque attendaient le nain: il y avait une menace, une petite bonbonne mystérieuse!

Erkem et Gorth auraient dû rompre le combat, Muht le leur aurait imposé:

— *On ne meurt pas dans la guerre d'un autre!*

Mais ils ne voyaient pas de cheveux rouges à l'horizon, juste le sang qu'ils avaient envie de verser.

Erwan arrivait juste avant Axel. Il avait un foulard sur la tête. Il fila droit sur les Scylès sans une once d'hésitation. Il savait que plus il serait rapide, plus il aurait de succès. Gorth le vit en premier, il eut juste le temps de crier. Le front ensanglanté d'Erkem se retourna et la bonbonne d'Erwan se brisa à leurs pieds.

La vapeur bleue qui s'en échappa produisit un effet impressionnant. Piquant seulement les yeux des hommes, elle fit hurler les Scylès. Erkem et Gorth abandonnèrent immédiatement le combat, se tenant les yeux de douleur. Erwan essaya bien de les passer au fil de sa lame, mais ils s'enfuirent tellement vite qu'il ne put y arriver.

—Ce n'est que partie remise. Je te le jure, Gyl, marmonna-t-il en arrêtant la poursuite.

Salué de cris de joie, leur départ déstabilisa un instant les hommes de Korta. L'arrivée du Masque les rappela à l'ordre.

De sa monture, Axel sauta sur un soldat. Il le désarçonna en le projetant au sol avec lui et l'immobilisa d'un violent coup de poing. Un cavalier venu en renfort chercha à l'assommer. Plus rapide, Axel l'évita en se baissant et le déséquilibra en tranchant d'un revers de lame la sangle de sa selle. L'homme bascula dans la boue. Axel se rua sur lui et conclut leur duel par un coup d'épée. Puis, il saisit rapidement le mors du cheval pour prendre sa place et, sans selle, repartit au combat.

Le jeune homme jubilait. Il partageait l'euphorie de la première victoire d'Erwan. Il jonglait presque avec son arme. Avec impétuosité, il se jetait sur ses adversaires. Ses alliés furent impressionnés par son ardeur. Son combat se montrait un peu moins gracieux que celui de Vic, mais il déployait une telle force et une telle fougue qu'il pétrifiait la plupart de ses ennemis. Ses mouvements étaient rapides et agiles, ses coups de pieds secs et nets, sa lame précise et cruelle. Malgré leur supériorité en nombre et leurs pourpoints de guerre rembourrés, les soldats, les uns après les autres, vidaient leurs étriers et s'écroulaient par terre dans les flaques d'eau. Les casques valsaient en tous sens. Ils roulaient au sol dans le même désordre que leurs propriétaires. Certains gardes en restaient anéantis, les autres s'enfuyaient, apeurés.

Au bout d'un moment, plus aucun garde ne voulut l'affronter. Seul un homme se présenta à lui : Korta. Ils restèrent un instant immobiles. Ils savaient tous deux que c'était leur deuxième rencontre. Korta avait décelé l'imposture et se posait encore la question de son identité. Il regarda l'épée aux rameaux de laurier en se disant qu'il l'avait déjà vue, sans se souvenir où. Il ne regrettait plus le départ catastrophique des acolytes de Muht ; cette histoire devenait trop personnelle.

Le Masque étant resté à terre, il descendit de son cheval et lança sa cape sur sa selle pour dégager son arme.

Bien que les compagnons du véritable Masque continuent à se battre, ainsi que les soldats encore vaillants, tous étaient attirés par ce duel à mort. Leur combat dégageait une étrange sensation de haine extrême.

Jerry arriva à ce moment-là. Il éprouva une telle satisfaction devant la scène qu'il en oublia sur l'instant le sujet de sa venue. Tout joyeux, il se dirigea vers Sten et se posa sur son épaule. Habitué, celui-ci ne fut pas surpris et continua son offensive.

— Je rêve d'être à la place de Korta. Mais plus important, chuchota-t-il sérieusement, des soldats attaquent par l'autre côté du village.

Du haut de ses sept pieds, le géant se mit à hurler :

— Les traîtres ! Ils attaquent par-derrière !

En corps à corps avec Axel, Korta eut un rictus de satisfaction. Sa barbe pointue se redressa en signe de provocation.

— Surpris, l'imposteur ? Serait-elle tombée dans le piège à ta place ? Comment se porte-t-elle ? Agoniserait-elle pour que tu viennes la remplacer ? Tu ferais mieux de capituler ou tous les villageois seront tués un par un, cracha-t-il en écrasant le tranchant de sa lame crantée sur celle du Masque.

Brusquement, Axel se dégagea et lui envoya un formidable coup de poing dans la figure. Il sauta sur le premier cheval venu et galopa vers le village. Korta le laissa s'en aller.

Sten était déjà parti à toute allure et les autres le suivaient. Quand Axel arriva au centre du village, il les retrouva figés devant un groupement de prisonniers. Il y avait là leurs femmes, leurs enfants, leurs amantes ou leurs amis. Le désespoir se devinait sans peine sur leurs visages.

Sous son masque, Axel était blême. Quand un garde fit avancer la Fille-aux-yeux-bleus, il crut qu'un poignard lui pénétrait la poitrine. Le sang se figea dans ses veines. Tout se succéda dans sa tête. Il fallait qu'il jette les armes pour elle. Mais Korta les ferait prisonniers. Qu'allait dire son père en apprenant la nouvelle ? Son peuple risquait la guerre ouverte. Il fallait qu'il s'enfuie avant qu'on ne le découvre. *Mais Vic!*

Son cœur et son esprit ne s'accordaient plus. Il restait là, incapable de prendre une décision, pris entre deux feux. L'amour était sa faiblesse.

Korta fit son entrée avec cinq de ses hommes encore vigoureux. Malgré la douleur de sa mâchoire, un sourire se dessinait sur ses lèvres minces. Il était vainqueur ! En plus de mettre le peuple à ses pieds, le Masque – le faux après le vrai – allait déclarer forfait ! Il s'approcha de lui en le toisant. Son costume ridicule ne le cacherait plus très longtemps.

Axel n'avait toujours pas rengainé son épée, il restait dépassé par les événements. Il devait y avoir une solution.

Saisissant brutalement la Fille-aux-yeux-bleus par la nuque, un garde l'entraîna vers Korta.

— Peut-être que la torture de sa bien-aimée le persuadera d'abandonner ! cria-t-il en plaçant un poignard sous la gorge de la jeune fille.

Le duc d'Alekant resta ahuri. Le véritable Masque était devant lui. Il reconnaissait ce regard défiant et extraordinaire. L'absence de blessures sur les bras le sidérait, mais un mot secouait ses oreilles : *sa bien-aimée*. Son cœur s'étouffa de jalousie. Elle appartenait à cet homme ! Il aurait préféré sa mort. Il serra les dents de fureur. Ces yeux bleus le possédaient, il ne pouvait concevoir qu'un autre homme puisse en jouir. La folie s'emparait insidieusement de son esprit.

Axel était perdu. Même s'il lâchait son arme, rien ne lui prouvait que le couteau ne s'enfoncerait pas dans la gorge de Victoire! Cette pensée l'horrifiait!

— Vous croyez qu'une simple femme peut arrêter le combat du Masque?! cria soudain la jeune fille.

Son visage était marqué par la douleur qu'engendrait la crispation des doigts du soldat dans sa nuque. Elle s'adressait plus à Axel qu'à Korta. Le fixant ainsi, elle espérait le faire sortir de sa torpeur avant qu'il ne lâche son arme. Une souris rongeait ses liens, il fallait qu'elle gagne du temps!

— Un peuple entier a besoin de lui, ma mort ne l'arrêtera jamais! cria-t-elle comme un ordre.

Korta se rendait parfaitement compte de la situation et crut que la jeune fille, dans sa passion, se sacrifiait pour sauver cet homme. Il ne pouvait supporter cet amour.

— Fais-la taire! Tue-la! hurla-t-il au garde dans la folie de sa jalousie.

À ces paroles, les liens d'Éléa cédèrent. D'un brusque mouvement de coude, la jeune fille propulsa Jerry dans les airs et assena un coup violent dans le ventre du soldat. Axel plongea immédiatement sur l'homme pendant que ses alliés se déchaînaient sur d'autres gardes surpris. Le revirement de situation déconcerta Korta, mais il se rua rapidement sur la jeune fille.

Axel saisit Victoire par la taille et brandit sa large épée face au duc.

— Vous ne m'échapperez pas! proféra Korta au couple uni. Vous n'êtes pas de taille!

Éléa leva le bras. Un jet d'amalyses, remontant de ses jambes, sortit de sa manche courte et se serra promptement autour du cou de Korta.

— C'est toi qui n'es pas de taille, corrigea-t-elle froidement. Donne l'ordre de cesser le combat ou cette amalyse te broiera.

La soif sanguinaire de la plante était légendaire : le retrait des armes fut intimé. En l'espace de quelques minutes, chaque garde fut maîtrisé et ligoté, les épées, les arbalètes et les poignards confisqués et la peur envolée. Le dernier coup de théâtre avait eu raison de la traîtrise.

Les vainqueurs se pressaient vers leurs familles. Dans les bras de Ceban, Ophélie pleurait sa frayeur à chaudes larmes.

Axel serra Victoire contre lui : il se remettait lui aussi lentement de ses émotions. La jeune fille demeurait impassible. Tenant toujours Korta en joue avec ses amalyses, elle réprimait tout sentiment. Dans l'intention d'enlever la main d'Axel de sa taille, elle passa ses doigts entre les siens. À sa grande surprise, il les coinça. Le frisson qu'elle éprouva blanchit la moitié de ses amalyses, qui desserrèrent leur étreinte. Korta aurait réussi à se sauver si elle n'avait pas rapidement repris ses esprits et retiré sa main.

— Lâche-moi ! poussa-t-elle dans un cri.

Axel s'écarta, tout déconfit d'une telle réaction. Il avait oublié les propriétés des plantes tueuses. Se métamorphosant rapidement en faucon pour éviter d'être écrasé dans la bagarre, Jerry vint sur son épaule.

— Retire-toi immédiatement avant de lui faire commettre des imprudences, ou je m'occuperai personnellement de ton cas, glissa-t-il agressivement à son oreille. Tourne la tête vers Allan et Théon. Je suis ta voix, dicta-t-il encore.

Axel n'osa pas discuter. Ce substitut de voix lui convenait. En cas de rencontre au château, Korta ne pourrait pas le reconnaître.

— Allan ! Théon ! interpella Jerry. Attachez aussi Korta par sécurité !

Le duc regarda autour de lui pour vérifier à quelle distance étaient ses hommes.

— Ce n'est pas toi qui donnes des ordres, susurra-t-il à la jeune fille avec mépris.

— C'est moi qui détiens ces plantes tueuses et le pouvoir d'effacer ton existence.

Théon attrapa les poignets de Korta. Il n'y avait aucune expression sur son visage. Le joyeux compagnon de la veille avait disparu. Aucune haine ne l'animait pour autant : il semblait absent. Il serra les liens avec excès. Le duc fit une grimace de douleur.

— Où sont tes blessures ? !

Éléa lui sourit.

— Je n'en ai peut-être jamais eu.

— C'est impossible. Il y avait du sang.

Le ton devenait plus curieux que hargneux.

— Il suffit ! déclara Jerry. Tue-le, cette fois !

Éléa en avait la possibilité : en lâchant ses amalyses, la peur de Korta suffirait. Elle le fixa. Ses yeux pénétrèrent l'homme jusqu'à lui glacer les os. La peur monta en lui et une goutte de sueur perla sur son front. Il eut un début de bégaiement : Korta était lâche. Éléa ne bougeait toujours pas. Elle le laissa avaler difficilement sa salive. La larme de sueur coula sur son visage et les amalyses le libérèrent.

— Non, Jerry, dit Éléa. Je préfère savoir qui est mon ennemi. Cet homme mourra par ses propres armes, pas par les miennes.

Korta et Axel restèrent stupéfaits. Par contre, Allan et Théon entraînèrent violemment le duc vers le chariot où étaient regroupés ses hommes.

— Ce village ne t'appartient plus, prévint Allan. Rends grâces à la faiblesse du Masque, nous ne l'aurons pas tous, ajouta-t-il en le projetant au milieu des soldats.

— Traîtres ! éructa Korta, reconnaissant en Théon et en lui deux de ses anciens hommes d'armes.

— Il ne fallait pas raser mon village et tuer ma sœur, expliqua Allan à mi-voix.

Théon ne dit rien.

— Ulizir, tu t'en souviens ? continua Allan. Mon engagement dans ta garde n'était que prétexte à apprendre le maniement des armes pour pouvoir t'anéantir un jour.

La haine l'envahissait de nouveau ; il avait bien du mal à le laisser partir. Il n'était pas aussi vil que le duc pour tuer un homme ligoté, mais il ne put retenir son poing qui partit dans la mâchoire déjà endolorie du noble. Théon prit le bras de son ami pour l'écarter.

— Attendez ! leur cria Éléa.

Elle courut sur les petits pavés humides jusqu'à eux en tenant sa robe.

— Moi aussi, il me reste un léger détail à régler, déclara-t-elle joyeusement en montant dans le chariot.

Elle se dirigea vers le soldat qui l'avait retenue dans la grange. Arrivée à sa hauteur, elle lui lança un regard hautain. Sous ses yeux étonnés, elle découvrit légèrement ses pieds nus puis ses chevilles, ses mollets, ses genoux et une de ses jambes se leva. Un violent coup de talon le frappa dans le bas du ventre, lui coupant le souffle.

— Voilà ce qu'il y a sous mes jupes ! conclut-elle en sautant dans les bras de Théon pour descendre.

Un coup de fouet claqua dans l'air et les chevaux se mirent brutalement en route. Le peu d'hommes encore debout s'écroula. Contusionnés, broyés, lacérés, meurtris et ulcérés par l'échec et l'humiliation, Korta et ses hommes prirent la direction du château royal. Aces était de nouveau en liesse. Erwan était porté en héros.

Axel vit Allan et Théon se disputer à l'écart. Mais la discussion tourna vite court. Ensemble, ils se mirent à regrouper leurs amis tandis que Vic s'isolait soudain avec Jerry. Ils allaient partir, Axel le sentait bien. Il releva le masque d'amalyse et retira l'étoffe de sa tête. *Avait-il fait tout cela pour rien ?*

Il s'assit sur une roue de chariot. Estelle et plusieurs villageois s'approchèrent de lui pour le féliciter.

— Tu as été formidable ! le complimenta-t-elle. Sten le clame à tout le monde, et je sais que les autres le pensent sincèrement aussi. Erwan n'est pas le seul héros.

— Merci, répondit-il avec amertume.

— Je sais que tu aurais préféré l'entendre de la bouche de quelqu'un d'autre. Mais Jerry… est un être difficile. J'essaierai de l'amadouer, ajouta-t-elle en posant sa main sur son poignet pour prendre l'amalyse.

Axel la regarda partir dans un morne sourire. La barrière de ses cheveux blonds était tombée sur son visage.

Les quelques chariots restés de la veille pour les travaux étaient regroupés. La troupe du Masque emportait la sorcière, et la blonde Ophélie faisait des adieux pathétiques à sa tante Askia. Victoire et Jerry s'approchaient d'eux sans regarder Axel. La jeune fille était si jolie dans sa robe, si fine et si fragile, la tête baissée, écoutant son oiseau. *Si inaccessible à cause de lui.*

Son Maître continuait son sermon, mais Éléa se rendait déjà compte de son erreur. Il avait raison. Axel lui faisait perdre la tête. Elle n'avait pas entendu les soldats, et elle avait failli se faire capturer dans son habit de Masque, alors qu'un second se battait.

— Tu ne connais rien de cet homme ! grondait-il. C'est un étranger et peut-être un traître ! Comment as-tu pu le laisser prendre part à ton combat ? Il en sait beaucoup trop sur toi ! Comment est-il au courant de ton prénom si tu ne lui as pas dit ?

Éléa se défendait mais Jerry restait insensible.

— Ton prénom relève des Lois Interdites, dois-je te le rappeler ?! Il y en a peu dans le même cas. Si cet homme en parle à un Leïlannais un tant soit peu instruit ou si un Scylès croise sa route, ton identité sera rapidement révélée. En imagines-tu les conséquences avec Korta ?

Non. Elle n'avait ni le cœur, ni la tête à penser. Elle n'avait compris qu'une chose : il l'empêcherait de revoir Axel. Son être entier en était brisé. Il avait pleins pouvoirs sur elle.

— Ne te retourne pas, ordonna-t-il. Nous devrions déjà être en train de nous préparer pour demain, il nous faut partir sur-le-champ.

Elle obéit. Mais, lorsque la carriole se mit en mouvement, elle regarda en arrière. Une fine larme coula sur son visage dénué de vie. Un rappel à l'ordre la fit se retourner.

Axel la perdait de la même manière que la petite fille de ses souvenirs. Jerry la lui ravissait de nouveau. Le jeune homme avait transformé son désespoir en haine contre l'étrange animal. Quoi que Jerry dise, il retrouverait Victoire. Il saurait tout d'elle : son identité, sa vie, ses sentiments. Il n'accepterait d'être repoussé que par elle. En la voyant disparaître de la Colline Creuse, l'ombre de la rancœur passa sur son visage, obscurcissant même ses yeux. Il était bien décidé à apporter immédiatement son damné message au roi de Leïlan, pour se ruer ensuite sur la Forêt Interdite.

Cette décision lui donna la force d'oublier sa détresse et lui rappela l'oubli de son sac. Il courut jusqu'à la grange et retourna tout le foin. Il trouva ses affaires et celles de Victoire sous une meule. Cette découverte le rassura, mais le plongea aussitôt dans la mélancolie. Il se laissa glisser au sol en portant la chemise noire à son visage.

Un grincement d'échelle le fit sursauter. Un villageois apparut. Attiré par le bruit qu'avait fait Axel, il s'excusa en le reconnaissant avant de descendre.

— Attends ! Pourrais-tu répondre à une question ?

L'Acéen ne dit rien mais ne s'éloigna pas non plus. Le jeune homme dévala l'échelle.

— C'est à treize ans, n'est-ce pas, que tu as vu Victoire pour la première fois ?

Le paysan le fixa. Sa médaille, ses habits de Masque, sa complicité avec la jeune fille jouèrent en sa faveur.

— Ouais, elle d'vait avoir à peu près c't'âge-là, pourquoi ?

— Je croyais l'avoir déjà rencontrée mais l'enfant dont je me rappelle possédait une souris, pas un faucon.

— Oh ! Mais Jerry s'transforme en n'import'quel animal ! déclara le paysan tout confiant.

— Et tu n'as pas eu peur la première fois ?

— Oh si ! Et j'm'en souviens très bien. La p'tite Vic a débarqué un jour, dans une tenue des plus courtes pour son âge. Elle est entrée dans l'village avec une souris. Elle s'disait heureuse d'rentrer chez elle mais ses yeux… Ah ! Ses yeux ! s'arrêta-t-il en oubliant son histoire. Un cadeau des Fées !

— Et que s'est-il donc passé ?

Le villageois n'apprécia pas ce retour au présent.

—Elle a guéri ma fille, coupa-t-il au plus court.

—Quel rapport avec Jerry ?

—Pour la faire rire, elle a j'té sa souris en l'air, et elle s'est transformée en hirondelle.

—Eh bien ! fit Axel exagérément. Cela a dû vous faire un choc à tous !

—Pour sûr ! s'exclama l'Acéen tout crédule. Mais elle nous a rassurés, nous a montré son collier. Il v'nait des Fées. Puis, elle nous a présentés à Jerry, un être merveilleux !

Axel n'approuvait pas le qualificatif mais il se garda de le faire savoir.

—Alors, il ne serait pas le Monstre de la Forêt Interdite ? demanda-t-il d'un air faussement étonné.

À sa grande surprise, le paysan éclata de rire avec sincérité.

—Jerry, l'Monstre ?! Divinités ! Qui a pu te donner une idée pareille ?! L'Monstre est un Bas-Esprit, un être aux dimensions défiant l'imagination ! continua-t-il d'une voix ténébreuse. Il quitte jamais la Forêt Interdite ! Quelle qu'soit l'heure du jour ou d'la nuit, il la garde et dort pas ! Jerry fait jamais de mal à personne et passe sa vie avec Vic. L'Monstre, lui, il a tué des milliers d'hommes trop audacieux et trop prétentieux pour y croire ! Mon grand-père m'racontait de son grand-père à lui qu'des soldats voulant l'exterminer furent déchiquetés et qu'leurs restes furent rejetés aux abords du Pont Sans Retour. J'ai perdu un ami aussi, y a bien vingt ans. Il avait franchi l'Interdit alors qu'il était saoul... L'Monstre existe toujours et j'crois pas qu'des gens aient déjà échappé à sa cruauté.

Il avait dit ces derniers mots en portant la mort dans sa voix. Axel avait déjà entendu tout cela. Il repensait aussi au conseil de Victoire lors de leur première rencontre dans les Bois Obscurs. Néanmoins, sans savoir pourquoi, il était persuadé qu'elle se cachait dans la Forêt Interdite, et il était prêt à aller le vérifier. Si Jerry ne pouvait être le Monstre, il devait y avoir une autre explication.

Cela faisait déjà six jours qu'Axel avait traversé la frontière de Leïlan. Il était temps qu'il fasse passer le devoir avant le plaisir. Il s'était promis de prouver à son père qu'il était digne de confiance mais, jusqu'à présent, il ne s'en était pas encore montré capable. D'un pas résolu, il partit chercher Nis.

Troisième partie

L'anniversaire de la princesse Éline

L'enfant n'osait plus lire. Par trois fois son cœur avait cessé de battre, croyant être découvert. Les *Mémoires d'Enkil* ne bougeaient plus de la poche arrière de son pantalon.

Il attendait sa mère et se contentait de se rappeler ce qu'il avait lu quand un petit garçon blond, de son âge, vint s'asseoir à côté de lui.

— J't'ai vu avec ton bouquin, lui murmura-t-il. Tu sais lire, toi ?

L'enfant au livre le regarda sans répondre. Ses yeux excessivement tirés en amande se plissèrent. Il ne savait pas quel comportement adopter.

— C'est ma maman qui m'a appris, répondit-il au plus court.

Il était beaucoup plus expansif d'habitude.

— Moi, j'ai plus de maman… et plus de papa. J'dois m'occuper tout seul d'ma p'tite sœur et d'mon p'tit frère. C'est moi l'chef de famille ! J'm'appelle Erby.

Il y aurait eu trop de choses à répondre. Le petit garçon au livre préféra se taire.

— Elle a l'air vachement bien, ton histoire. Y a des méchants et des gentils dedans ? Et des batailles ? J'ai plus d'idées pour faire dormir Antonin, tu veux pas m'aider ?

— C'est pas un conte. C'est très sérieux. C'est pas pour les petits.

— Ah... J'suis pas plus p'tit que toi, moi, tu m'lis un passage ? Si j'demande à ma sœur de surveiller la grille ?

L'enfant au livre hésita. Il pesa le pour et le contre. Si sa mère le savait... Il accepta. Erby disparut le temps d'aller chercher sa sœur. Il revint avec une fillette de six ans aux tresses blondes et dont les bras étaient encombrés par un petit garçon de trois ans aux yeux inondés de larmes.

— D'accord, fit-elle, mais c'est toi qui gardes Antonin.

— Y comprendra rien. Y va vite s'endormir, argumenta Erby pour ne pas perdre sa lecture.

L'enfant au livre céda et laissa le garçon et son petit frère s'installer à côté de lui. Il prit son livre et retrouva la dernière page qu'il avait lue.

— « Leïlan... », murmura-t-il.

— Oh, ça parle de Leïlan ! s'exclama Erby.

— Chut, répondit le lecteur.

— Pardon.

— « Leïlan me semble être le lieu du prochain affrontement... »

— Un affrontement ?! Qui contre qui ?!

Le petit garçon au livre le regarda en coin. Il trouvait Antonin au moins silencieux. Il oubliait qu'à la place d'Erby, il aurait peut-être été plus insupportable.

— Entre les Divinités, répondit-il.

— Waouh !!! Quand ça ?

— Tu me laisses lire ?

— Ouais, ouais, ouais. Pardon.

— « Sa position géographique n'est pas le seul point à me le laisser penser. »

— Sa position quoi ?

Le lecteur ferma le livre. Il sentait plein d'yeux le regarder et s'intéresser à la scène. Erby se pinça les lèvres en comprenant sa gêne.

— J'dis plus rien, promis.

L'enfant au livre hésita, regarda encore autour de lui, et reprit sa lecture :

— « Plusieurs événements mystérieux sont survenus dans ce pays depuis la victoire des Fées, comme si les Divinités s'étaient de nouveau partagé un territoire de combat. »

Erby se mangea les lèvres mais ne dit rien.

— « Tout d'abord, des tempêtes se sont déclarées sur les Monts Pétrifiés. Le chemin n'avait jamais été facile pour atteindre Leïlan par là, mais il est devenu presque impossible. Des brumes se sont aussi élevées au pied de cette chaîne de montagnes, un brouillard étrange qui cache un marécage qui n'existait pas avant. On dit que ces Brumes Infernales dissimulent un gardien puissant qui fait fuir les plus vaillants.

» Le deuxième phénomène étrange est qu'il n'y a pas de nuits noires en Leïlan. La lune a un reflet qui apparaît quelquefois et éclaire le ciel lorsque l'astre réel est caché. Quelle est l'utilité de cette double lune ? Je n'en ai pas la moindre idée. Mais ayant eu l'occasion de le voir lors d'une visite à mon voisin, je dois dire que je ne suis pas prêt d'oublier ce spectacle.

» Je n'oublierai pas non plus les étranges créatures des douves du château de Leïlan : les sariclès. Même époque, même mystère. Les personnes qui ont essayé de les chasser ont été dévorées. Ils ont l'intention de vivre là très longtemps. Tout diminué qu'il soit, le Mal a déjà posé ses marques.

» Les Leïlannais m'ont aussi parlé de coins de forêt devenus brusquement impénétrables : les Bois Obscurs, gardés par des plantes tueuses, et la Forêt Interdite, antre réservé d'un Monstre.

» Ce dernier me gêne. Et gêne mes enfants qui font des cauchemars en imaginant sa forme ou son pouvoir. C'est un Bas-Esprit, j'en suis certain. Les Fées n'ont pas été assez rapides pour l'évincer lors du partage de Leïlan et l'Esprit Sorcier Ibbak a dû le négliger. Un Monstre qui tue sans remords ne pouvait que lui plaire. Des milliers de membres ou de corps ont été rejetés de la Forêt Interdite chaque fois que des expéditions ont été menées pour s'en débarrasser... »

— Oh oui, Maman me l'avait dit, lâcha Erby sans pouvoir se retenir plus longtemps.

L'enfant au livre ne dit rien. Il sourit même, dégageant deux grosses incisives irrégulières. Combien de fois lui avait-on dit cela aussi ? Il y avait tant de secrets en Leïlan. Enkil avait raison, Leïlan avait tout pour être le lieu du prochain combat. L'enfant au livre se demanda avec inquiétude où était le Mal. Il n'imaginait pas en être aussi près.

Princesses du Mont Étel

Quel vacarme ! Que de précipitations et de bruits ! Comme le silence de la Grande Plaine manquait à Axel !

Venant d'Aces, sa jument et lui avaient évité le Passage des Cinq Rivières. Ils avaient parcouru les dernières lieues les séparant du palais dans le profond calme de la campagne. Aussi la traversée des rues d'Étel, capitale de Leïlan, se montrait des plus assourdissantes, surtout pour une fin de journée. Elle n'était que foule, cris, mendicités, encombrements de charrettes, insultes et bousculades, baignant dans une épaisse fange qui remontait sur les murs à chaque passage de chevaux. Nis se trouvait dans un triste état, et ne paraissait guère apprécier tout ce remue-ménage.

Axel avait l'impression d'être hors du temps, hors de cette vie : il regardait, détaché, les gens s'animer autour de lui. Il prêta juste une oreille à un troubadour qui chantait un chagrin avec langueur.

Les Étellois n'étaient pas aussi pauvres que certains habitants de la Grande Plaine, mais Axel ne trouvait pas cette ville très fortunée non plus. Sa saleté, le désordre de ses rues, et les privations dont souffraient certaines personnes le lui prouvaient. Korta-le-fourbe n'avait pas rasé Étel mais, derrière les hautes fortifications qu'il avait fait bâtir, la beauté du pays ne pouvait plus être qu'imaginée.

Cependant, au-delà des encorbellements et des toits gris, une forme majestueuse et immense s'élevait, méprisante et indifférente à cette misère. Composé d'une centaine de tours de tailles différentes, toutes surmontées d'un toit pointu et ceintes de corbeaux, le château royal perçait le ciel. Hérissé de pics, de flèches et de pinacles, il ressemblait à une couronne royale des plus orfévrées. Construit de pierres blanches et d'ardoises, sa beauté immaculée s'opposait à la pauvreté régnante.

Une agitation anormale attira l'attention d'Axel. Un attroupement s'activait dans le coin de la ruelle. Tous les badauds regardaient au-dessus d'eux en poussant des exclamations. Le jeune homme serait probablement passé sans y prêter plus d'intérêt mais son regard se posa sur l'objet de tant d'empressements : *son pavallois !*

Perché sur l'enseigne grinçante d'un maréchal-ferrant, l'oiseau faisait sa toilette en toute impunité. Sur le dernier ouvrage forgé de la ville, il savourait l'excitation que suscitait sa présence comme dans tous les pays que traversait son maître ; les pavallois jouissaient d'une admiration débordante. Exclusivement natifs de Pandème, on leur octroyait des pouvoirs de porte-bonheur, et on disait que toute personne ayant aperçu l'un des oiseaux magiques pouvait espérer voir son vœu exaucé.

Axel siffla son oiseau cabotin. Celui-ci s'envola immédiatement, mais ne se posa sur l'épaule de son maître qu'après un dernier grand tour au-dessus de ses admirateurs en extase. Ses grandes rectrices rouges recourbées sur le bras d'Axel, il se laissa retirer le message ornant sa patte, se délectant de la caresse reçue en récompense. La jument n'acceptait pas cette infidélité et s'agita.

— Tout doux, Nis, ne sois pas si jalouse, il s'en va, la rassura Axel, amusé.

En animal vaniteux mais docile, l'oiseau repartit dans le ciel et s'y évanouit.

— Tu devrais être satisfaite, ma belle, tu ne seras plus bousculée.

Axel avait raison. On s'écartait maintenant sur son passage. Le jeune homme avait l'habitude des entrées théâtrales de son oiseau et ne s'en souciait plus. Il se contenta de lire la missive sans prêter attention aux regards émerveillés qui désormais le suivaient.

Le prince Cédric se mourait d'impatience et, à la lecture de la lettre d'Axel, il n'avait pu s'empêcher de rêver un peu plus sur Leïlan : il le pressait de courir jusqu'au château royal et de rentrer avec une description de la princesse Éline, s'il ne pouvait pas obtenir un message de sa part.

Axel sourit. Il se demandait lequel avait raison, de Cédric ou de Philip. Fallait-il croire aux pouvoirs des Fées à en oublier sa propre vie ou, au contraire, rester incrédule et froid jusqu'à l'événement final ? Peu importait, il avait hâte de voir la tête de chacun devant sa princesse respective. Il était impatient de voir leur bonheur se concrétiser. Ils étaient ses frères.

Il s'éloignait des étals des marchands et de leurs cris. Les rues de la ville s'élevaient de plus en plus et les maisons se raréfiaient, laissant place à des ateliers, des logis d'artisans, ceux des domestiques du château, puis se trouvaient les pressoirs et les lavoirs alimentés d'une source provenant de la Montagne Blanche. Le palais, à l'écart, se dressait en partie sur un mont du même nom que la ville. Sa base, entourée de profondes douves reliées à la mer et au lac du Passage des Cinq Rivières, était recouverte de lierre vert et de fleurs blanches. Rien ne laissait penser que la peur avait envahi ce lieu. À part peut-être le silence. Les drapeaux azur assombris par la lumière grise flottaient aux tourelles. Seul un léger chuintement s'entendait dans les bannières aux lunes d'argent.

Pendant qu'Axel se restaurait avant de partir, les Acéens lui avaient appris que toute la noblesse du pays ou de passage s'était cloîtrée dans le château, désertant ainsi les comtés et les duchés depuis l'apparition du Masque. Seul Korta-le-fourbe s'aventurait à l'extérieur pour commettre ses crimes. Le jeune homme allait pénétrer dans un monde véritablement séparé de la réalité par un fossé.

En empruntant une interminable passerelle au-dessus des douves colorées d'un bleu étrange, Axel ressentit un léger malaise. Il eut même l'impression de percevoir cette odeur particulière des Brumes Infernales. Il crut à une simple appréhension de sa part et il la négligea. Pourtant, une vague suivit le moindre pas de Nis sous les planches.

Dépassant quatre têtes de pont, il trouva contre toute attente le pont-levis baissé, mais une herse aussi. Deux gardes se trouvaient en faction avec le visage de marbre habituel. À son arrivée, l'expression ne varia pas, mais ils croisèrent leurs armes d'hast en signe d'arrêt.

Axel posa pied à terre et leur expliqua – plusieurs fois – le but de sa visite, mais leur comportement n'évolua pas. À bout de patience, il sortit la missive de son roi de sa bourse de cuir et brandit le sceau royal étoilé sous leurs nez. Un homme apparut subitement dans la bretèche et la herse se leva. Sans prononcer un mot, il fit signe au jeune homme de s'approcher et de le suivre.

Axel fut outré de cette manière d'accueillir les gens. Il

était peut-être d'allure miteuse, crotté des pieds jusqu'à la taille, mais son roi recevait n'importe lequel de ses sujets, et tout voyageur, sans se soucier de leur apparence. Les habitants de ce château devaient être bien précieux pour négliger l'arrivée d'un messager d'un pays voisin.

Tout râleur, il s'avança dans la cour quand une vision terrible faillit l'arrêter : trois hommes aux cheveux platine attendaient dans les écuries que le palefrenier finisse de seller leurs chevaux ! Les Scylès n'étaient pas directement partis après leur défaite comme il l'aurait cru ! Les deux guerriers du matin portaient des bandeaux sur les yeux, mais le chef à la grande cape de cheveux rouges était visiblement en pleine forme !

Le guide d'Axel allait dans leur direction, le jeune homme devait laisser Nis à l'écurie. Il ne pouvait pas faire demi-tour. Il attirerait immédiatement l'attention du chef scylès sur lui. Son esprit s'emballa. *Comment lui échapper ?!* Il fallait trouver un moyen, n'importe quoi. Le plus vite possible, le plus *discrètement* possible !

— Je suis pressé de donner mon message au roi. N'y a-t-il personne pour emmener ma jument ? demanda-t-il avec impatience.

Son guide secoua la tête avec dédain et continua sa route. Dans la tête d'Axel, tout ce qu'il devait cacher au Scylès défilait, sans qu'il le veuille : la panique le prenait. Le dos chevelu de son ennemi se rapprochait. Le palefrenier aurait fini de seller les chevaux, et les guerriers des Pays Insolites se retourneraient pour partir, au moment où Axel arriverait. Le jeune homme s'arrêta, faisant mine de chercher un caillou sous sa botte. Il devait se calmer et réfléchir vite. Le Scylès n'allait pas tout savoir d'un coup. De ses quelques voyages dans les États du Nord, Axel avait pu remarquer que peu d'entre eux avaient su qu'il était prince au premier regard. Leur pouvoir n'était pas comme celui d'Imma.

Son guide tapait du pied d'impatience. Axel se remit à marcher. Comment cacher au Scylès qu'il avait combattu contre ses hommes, qu'il connaissait le Masque et qu'il aimait la Fille-aux-yeux-bleus ? Son ventre se serrait, rien qu'à l'idée. *Et s'il pensait comme quelqu'un d'autre ?* Est-ce que cela pouvait marcher ? Il n'avait rien à perdre. Mais quelle identité pouvait-il s'imaginer ? Il fallait aussi qu'il s'invente une réaction face aux guerriers des Pays Insolites ! Il fit un nouveau pas et le visage osseux du chef des Scylès se retourna.

Muht Dabashir était excédé. L'aveuglement de ses hommes l'avait retourné et il aurait aimé tuer le duc d'Alekant pour s'être moqué, deux jours plus tôt, de ses inquiétudes concernant les potions akaliennes. Le Masque avait un Alchimiste ! Le nain que Korta prenait pour un petit clown ridicule était une des *Sciences* d'Akal !

Alors qu'il l'avait tant attendu, le guerrier avait déjà envie que son aller-retour pour Scyl soit terminé. Le cycle de la vengeance était amorcé. Son rendez-vous avec Utahn Qashiltar avait lieu le lendemain midi. Quitte à tuer les chevaux dans l'immense galop, il aurait voulu faire le voyage en une journée pour laisser le moins de répit possible au Masque et à son compagnon savant. Mais il lui était impossible, ainsi qu'à ses hommes, de passer par la terre d'Akal ; seul Korta pourrait le faire pour les rejoindre. Les guerriers scylès n'avaient pas d'autre choix que de traverser la Plaine Salée de Leïlan et de contourner Akal par la mer. Une grande perte de temps, mais un retour au pays qui serait bénéfique pour trouver une parade contre les armes chimiques de l'ennemi, devenu soudain plus personnel.

Muht tira sur la bride de son cheval et avança dans la cour. Ses hommes lui emboîtèrent le pas, têtes baissées sous la douleur de leurs yeux aveuglés, guidés par leurs propres montures. Pestant intérieurement, Muht n'en repéra pas moins le portier du château et l'étranger qui arrivaient sur lui. Par réflexe, il entra dans l'esprit du premier mais ne trouva encore que les craintes habituelles de cet homme face au pouvoir des Scylès : le portier aurait définitivement peur que Muht Dabashir sache qu'il avait volé un tonneau de la cargaison de vin amenée au château deux mois plus tôt. Le guerrier scylès négligea ces informations et passa à l'esprit suivant.

Les premières images qu'il trouva dans la tête du jeune homme furent celles d'un mercenaire de Korta ayant intercepté un message venant de Pandème. À son étonnement, il vit plus de dégoût que de peur face à sa cape de scalps akaliens ; la grande assurance de la personne semblait décalée avec son âge. Il le regarda donner sa jument au palefrenier et décela une envie de fuir soudain très violente. Muht fut satisfait de constater que l'indifférence que le jeune étranger voulait montrer n'était qu'une carapace pour dissimuler sa peur. *Vanité de la jeunesse.* Il voulut quitter l'esprit du jeune homme quand il perçut, au milieu des désirs de voir Korta au plus vite, des yeux bleu nuit !

Muht se concentra de nouveau. Il décela l'ombre de la peur parmi les pensées professionnelles, l'incertitude apparaissait sous forme de scènes refoulées. Deux ou trois images à peine élaborées disparurent avant même de naître.

Ce jeune homme avait un secret. Il voulait se tenir droit, il retenait son pas, il espérait passer inaperçu. Voulait-il seulement avoir la fierté de cacher sa peur ? Une clarté se diffusait dans son esprit, prouvant la loyauté de son âme, ne coïncidant pas vraiment avec son comportement. Amour caché, naïveté ? À part le soin de dissimuler sa peur et de sembler plus indifférent qu'il ne l'était, Muht ne trouva qu'un jeune homme décidé à faire son rapport à Korta. Il n'y avait plus aucune trace d'un regard bleu nuit et Muht finit par penser que la folie de Korta déteignait sur lui. Il quitta l'esprit du jeune homme et poursuivit sa route. Il avait besoin de se changer les idées.

Axel montait un escalier à vis extérieur à la suite de son étrange guide, bloquant toujours ses pensées sur l'identité qu'il s'était forgée. Arrivé dans la cour d'honneur, il osa un œil en arrière et vit à son grand soulagement les guerriers scylès sortir du château. Il avait réussi. Il ne savait pas comment, ni à quel point, mais il était apparu comme un garçon sans intérêt. Il eut un soupir qui décontracta l'intégralité de son corps.

Le guide se retourna au bruit.

— … Beau château, expliqua Axel en se redressant.

Le guide hocha la tête, blasé, et accéda à un escalier monumental à rampes droites. Axel avait proféré cette excuse sans y réfléchir. Mais maintenant que le danger des Scylès s'éloignait de lui – et qu'il espérait ne jamais les recroiser ! – il se rendait compte de la réelle somptuosité du lieu.

Dans les galeries, des balcons ronds surplombaient chaque étage, telles les feuilles marbrées d'une tige veloutée de capucine. D'innombrables ornements et une multitude de tentures finement brodées d'oiseaux, de plantes ou de créatures fantasmagoriques décoraient les fenêtres et les murs dans une combinaison de couleurs et de matières des plus minutieusement choisies. Les miroirs et les vitraux étincelaient dans un prodigieux jeu de lumière, tandis que les fresques et les tapis habillaient cette grandeur de leur chaleur.

Toute la richesse de Leïlan était concentrée dans ce palais aussi grand qu'une ville. En parcourant ses dédales, Axel avait du mal à ne pas en rester ébloui. Il oubliait sa précédente angoisse des Scylès. Il se sentait minuscule et fragile, ses yeux ne trouvaient pas un détail qui ne méritait pas l'attention. Il n'arrivait même plus à se souvenir si le château de Pandème était plus beau.

Un large couloir de voûte en berceau le frappa : des tableaux s'enchaînaient dans un polyptyque gigantesque représentant la naissance de Leïlan. Trois voiles blancs et un rouge exprimaient les deux entités se disputant le Monde de l'Est, quatre cents ans plus tôt : les Fées et l'Esprit Sorcier Ibbak. Sur le panneau central, le royaume, en désolation et décimé par la Guerre des Siècles, se relevait et s'édifiait.

Sur le pan de mur opposé, des toiles pendues aux cimaises racontaient les moments forts du pays. Au fur et à mesure qu'Axel marchait, les peintures se succédaient dans le temps, la légende du Monstre et de ses crimes apparaissait. Bien des scènes échappaient à son esprit mais d'autres l'impressionnaient. Leurs couleurs, leur vie, leur violence ou leur sérénité saisissaient le cœur. Axel les vivait.

Victoire n'avait plus besoin de lui pour l'heure. Penaud, il allait sortir quand la sorcière le retint par la main :

— Tu trouveras ce que tu cherches. N'aie plus peur. Pour l'heure, tu ne dois pas oublier la mission qui t'a été confiée.

Un tableau le troubla plus que les autres : il représentait la naissance de la Troisième et dernière Princesse. Sa fureur et son désespoir touchèrent Axel et il ne put s'empêcher de s'attarder un moment devant celui-ci. Le bonheur s'était retiré de sa vie comme il s'était effacé du pays. Leïlan était mort, anéanti par le secret massacre qui avait suivi cette tragédie. Les peintres s'étaient arrêtés sur un ciel rouge, une multitude d'échafauds et un berceau vide. C'était la dernière œuvre.

Le guide d'Axel ouvrit une immense porte à deux battants sculptés dans un grand bruit. Le jeune homme sursauta et se retourna. La grande salle du trône s'offrait à lui. De dimensions fantastiques, elle était sans nul doute la plus belle pièce du palais. Face à l'entrée, un immense balcon s'ouvrait à l'horizon d'un parc fabuleux finissant aux abords de la Mer Intérieure et des falaises de la Forêt Interdite. Les vastes dormants surmontant les portes-fenêtres se composaient de riches et d'incomparables vitraux. À leur droite s'élevait le trône, aussi imposant que le reste, le dais encore illuminé par les feux colorés du soleil.

Le roi de Leïlan était là. De grande stature, son embonpoint ne se remarquait guère. Sa lourde couronne, ses riches étoffes de brocart pourpre et sa barbe brune lui donnaient l'air altier. Mais ses yeux, gris de sage, reflétaient un malheur infini, comme un ciel couvert de nuages. À ses côtés, une femme en robe de soie émeraude se tenait debout. Sa tête couronnée d'un diadème ciselé révélait son rang princier, le saphir de la reine à sa main son aînesse. Mais Axel eut un serrement de poitrine pour son frère Cédric : Éline était voilée.

Ignorant les nobles qui chuchotaient des balcons du premier étage et ceux qui le toisaient dans la salle, Axel salua Sa Majesté de mille grâces et lui remit enfin la missive de son père, par l'intermédiaire d'un adolescent anguleux. Ce fut avec beaucoup d'intérêt que le souverain de Leïlan parcourut la lettre des yeux. Un sourire enjoué sembla même se dessiner sur ses lèvres. Pour toute réponse, il se leva et invita Axel à le suivre. La large létice de vair de son manteau traîna avec souplesse sur les marches de marbre.

Précédés du jeune noble servant de page, ils pénétrèrent tous les deux dans une pièce adjacente aux dimensions nettement plus modestes. Les murs étaient couverts de tapisseries, d'armoiries et de lourds rideaux de velours vert olive. Un escalier de bois permettant un accès aux galeries de la salle du trône s'enroulait autour d'un axe sculpté d'oiseaux et d'entrelacs. Un grand bureau de chêne massif occupait une majeure partie du sol jonché de tapis de laine.

— Vous pouvez nous laisser, Thalan.

Le page s'inclina, laissant traîner la plume de sa coiffe sur le sol, et referma la porte derrière lui. Le roi releva alors les yeux vers Axel :

— Vous voyagez toujours ainsi, Altesse ? Je croyais que vous aviez succombé aux Fièvres Folles. Votre mort n'a jamais été contestée.

Axel fut surpris. Il était trahi !

— Sire… je… je prie Sa Majesté de ne rien divulguer. Mon père m'avait…

— Le roi de Pandème ne me demande pas de révéler votre identité mais j'ai le devoir de vous traiter selon votre rang.

Axel rageait. Ce maudit message n'était qu'un piège !

— Alors... je sollicite à Sa Souveraineté de me présenter à la cour sous la qualité de comte de Mont-Allois, lieu de ma naissance. Cette province est réellement mienne, Sa Majesté ne fera pas un grand mensonge.

— Vous avez déjà un deuxième titre ?

Le roi de Leïlan connaissait les principes de l'étrange royauté de Pandème. Axel était prince de sang. Ce rang s'héritait comme ordinairement, mais les autres titres de noblesse ne se méritaient et ne s'obtenaient qu'au prix d'actes de bravoure. L'étonnement dans la question du roi faisait référence à l'âge d'Axel. Le jeune homme n'avait pas d'orgueil à être comte, mais il avait celui de n'avoir que vingt ans.

— Le Conseil Seigneurial me l'a accordé, et je l'ai accepté, à l'âge de quatorze ans.

Le roi marqua un arrêt avant de répondre :

— Je vous accorde le brin de fantaisie de votre demande, comte de Mont-Allois.

Axel le remercia mais le roi avait déjà perdu son sourire. Il passait une main lasse sur ses tempes grisonnantes.

— Pour le reste de la lettre, je ne puis répondre à l'attente de votre père. Je n'ai plus qu'une seule fille à marier. La princesse Éloïse est gravement malade depuis six ans. Son corps et son âme sont perdus dans un grand sommeil qui s'approche peu à peu de la mort.

L'effet fut brutal. Axel resta un moment interdit. Il n'avait jamais imaginé qu'un de ses frères partagerait son malheur un jour !

— Je ne vous cacherai pas que j'ai promis depuis peu la main de la princesse Éline à l'un de mes plus fidèles sujets : le duc d'Alekant. Ma condition étant qu'il débarrasse le pays du Masque, ajouta-t-il. Mais si le prince Cédric en est davantage capable, et si ma fille y consent, c'est avec joie que je leur donnerai ma bénédiction.

— Majesté, je crois connaître suffisamment l'adresse de mon frère pour me porter garant de sa réussite, affirma Axel en se reprenant.

Le souverain sourit sans conviction avec un petit haussement d'épaules, mais il donna son accord. Cette alliance était inespérée pour l'avenir du pays. Il ne pouvait pas refuser.

✧

Avec pour seul habit des chausses moulantes, Axel regardait par sa fenêtre la grande étendue de parcs prolongeant le château. Le soleil se couchait. Il pensait au pouvoir des Scylès qu'il avait contourné sans comprendre comment, et à la rencontre avec Korta qui n'allait certainement pas tarder. Mais rien ne l'inquiétait plus que son frère Philip ; la princesse Éloïse était en train de mourir. Le Deuxième Prince de Pandème avait dû ressentir au fond de lui cette malédiction puisqu'il n'avait jamais voulu croire au pouvoir de destinée des Fées. Pour Axel, il était préférable que ce soit Éloïse : il n'avait déjà pas le cœur d'écrire à Cédric qu'Éline était voilée !

Il frotta son bras dont la blessure avait complètement cicatrisé et plongea son regard dans la nature qui s'allongeait jusqu'à l'horizon. Une échauguette isolée, à peine visible, marquait la limite des jardins et un mur les cernait. Axel se sentait prisonnier. Il avait accepté à contrecœur de rester pour l'anniversaire des vingt et un ans de la princesse Éline, le lendemain soir. Raisonnablement, il n'avait pu refuser, et les Scylès ne revenaient pas avant trois jours, mais l'amertume emplissait sa poitrine à la vue des arbres de la Forêt Interdite. Il ne savait pas par quel artifice la Fille-aux-yeux-bleus y habitait, mais il était convaincu que sa résidence se trouvait là.

Deux jours sans l'espoir de la revoir.

Cette pensée l'enfonçait un peu plus dans la mélancolie, il tournait comme un animal en cage. N'y tenant plus, il prit la décision d'aller au bout du parc, le plus près possible de la Forêt Interdite. C'était ridicule, mais sortir lui ferait du bien.

Ajustant un pourpoint de couleur cendre verte sur une chemise aux poignets brodés, il passa sa chaîne par-dessus. Il aimait ce large anneau qui se posait près de son cœur. La simplicité de sa ligne en faisait toute la beauté et son origine toute la richesse. Il mit rapidement des souliers légers, boutonna le haut de son col, passa un paletot doublé de satin succinct mais ne put se résoudre à mettre un couvre-chef sur ses cheveux humides. Il courut presque jusqu'aux jardins. Il prit un cheval du palais pour laisser Nis se reposer.

Les fleurs et les bosquets étaient un sincère ravissement, mélange de couleurs et de parfums exquis, mais Axel n'y prêta aucun intérêt. Un bruit de sabots derrière lui et une ombre furtive dans les fourrés d'aubépines attirèrent en revanche son attention : quelqu'un le suivait depuis un moment. Il se retourna brutalement et rua sa monture sur l'espion. À sa grande surprise, il saisit violemment par le bras une femme voilée. *La princesse Éline !* Il se trouva embarrassé.

— Cessez de vous confondre en excuses. Je n'ai pas agi avec dignité, j'en assume les conséquences, fit-elle sagement en frottant son bras meurtri. Ne vous méprenez pas sur mon attitude, c'est une saine curiosité qui m'amène à vous. Je… Nous pouvons continuer votre chemin, si vous le voulez bien ? poursuivit-elle en regardant derrière elle.

Fermée avec des agrafes d'hyacinthe, sa grande capeline de soie à capuche dissimulait sa robe et sa position en amazone. Sa dame de compagnie n'était pas à ses côtés. La princesse Éline avait attisé la curiosité d'Axel.

Ils reprirent la direction de la petite tour dans un rapide galop. Ils quittèrent les allées et les massifs, parsemés de fontaines et de bassins. Ce ne fut que bien plus loin, à l'abri sous les arbres, qu'ils descendirent de cheval et qu'elle avoua le but de sa visite.

— Vous… Vous êtes la seule personne qui puissiez me parler du prince Cédric.

Sa voix trahit ce qu'Axel ne pouvait voir. Elle devait être rouge sous son voile. Il en resta touché.

La réserve n'était pas dans la nature d'Éline mais elle regrettait déjà ses paroles. Axel eut un sourire en coin. Il donna son bras à la jeune femme et posa sa main sur le triangle de soie fine couvrant celle de la princesse. Les yeux pleins de joie, il entama son portrait.

Jeune homme aux cheveux courts et blond foncé, le prince Cédric était de la corpulence d'Axel et possédait lui aussi des yeux verts. Contraint par son aînesse à prendre le métier de roi plus à cœur que ses frères, il n'en oubliait pas pour autant l'aventure et la hardiesse. À vingt-trois ans, il avait, lui aussi, un deuxième titre.

Axel était lancé dans une grande description passionnée partant des actions du noble jusqu'à celle du combattant quand, au bout d'un moment, la jeune princesse le coupa :

— Il vous ressemble beaucoup, fit-elle. Et si vous étiez seulement un de ses meilleurs amis, vous auriez tout de même hésité sur la couleur de ses yeux. Vous êtes son plus jeune frère, n'est-ce pas ?

— Votre père vous l'a dit ? demanda Axel, étonné d'être pris au dépourvu une seconde fois.

— Non, je l'ai deviné par votre attitude. Sous mon voile, je peux à mon gré observer les gens qui m'entourent. La moindre expression ne m'échappe pas. Et puis, vous semblez jeune, vous devez avoir vingt ans. Je sais qu'il y a trois ans de différence entre le prince Cédric et le plus jeune de ses frères. Et enfin, vous êtes arrivé en tant que messager et vous voilà comte. Cela étonnera beaucoup de gens, mais pas moi. J'avais entendu dire que le Troisième Prince de Pandème parcourait les Mondes sans sa couronne et sans ses atours. Vous n'acceptez pas d'afficher votre rang.

— Mais votre père était au courant de la rumeur de ma mort.

— Moi aussi, répondit-elle, songeuse. Mais je ne crois à la mort d'une personne que lorsque je peux voir et toucher le corps.

— Sage précaution, acquiesça-t-il, surpris de la remarque.

— Je vous envie, continua-t-elle d'une voix lointaine. C'est pour être libre que vous portez vos cheveux longs ?

— Oui, une tache royale n'est pas simple à dissimuler avec des cheveux courts.

Il releva les mèches dorées qui dérobaient le haut de sa nuque. Malgré la lumière déclinante, un fin losange horizontal plus foncé que le reste de la peau fut révélé à la racine des cheveux.

— Je ne doutais pas que vous étiez le prince Axel ! s'exclama-t-elle en riant de son geste. Mais peut-être avez-vous des soupçons sur mon identité ?

De ses mains blanches et fines, elle rabaissa le haut col de sa robe. Une tache similaire à celle d'Axel se dessinait à la racine de ses cheveux châtains, relevés en une coiffure élaborée de tresses mêlées de perles.

Les joues du jeune homme ne purent s'empêcher de se fendre. La jeune fille se montrait agréable. Toute princesse qu'elle était, elle savait être drôle et spirituelle. Intelligente, gracieuse et naturelle, elle lui rappelait Victoire.

— Je ne me serais jamais permis l'affront de ne point vous croire, déclara-t-il tout admiratif.

— Vous auriez tort. Il ne faut jamais croire les gens sur parole. Seule la vérité que l'on voit est bonne.

La phrase le laissa un moment pensif.

— Pourquoi votre père tient-il tant à marier ses deux fils aînés à ma sœur et moi ? demanda-t-elle soudain. Quel est l'intérêt pour votre royaume ? Vous ne supportez plus votre bonheur ?

— Vous méconnaissez Pandème et son souverain. L'altruisme fait partie des qualités de mon père. Et notre *bonheur*, comme vous le dites si bien, est suffisamment grand pour qu'un autre pays en bénéficie.

— Je ne désirais pas vous blesser, s'excusa-t-elle. Mais je ne voudrais pas que votre richesse vous fasse croire que je changerai d'avis.

Axel se retourna vers elle. Il ne comprenait pas cette dernière remarque. Si elle savait rire, la princesse Éline lui paraissait très obscure. Un grand voile noir cachait son esprit autant que son visage.

— J'ai déjà donné mon amour à un homme et ma main lui est promise.

Il ne s'attendait pas à une telle explication.

— Je n'en crois rien, trancha-t-il.

— Qui vous permet de mettre mes dires en doute ?!

— Vous-même. Vous m'avez dit qu'il ne fallait jamais croire la vérité que les autres vous donnent de parole.

Éline resta interdite. Si Axel avait pu percevoir ses yeux, il y aurait vu des flammes. Offusquée, elle quitta le jeune homme et entra dans la petite tour qu'ils avaient atteinte. Axel la trouva bien impulsive. *Qu'avait-elle soudain ?*

Il la rejoignit au premier étage. Dans la petite pièce ronde aux murs de pierres nues, seuls un vieux banc de bois et une chaîne pendant du plafond décoraient le vide. La princesse s'était assise et avait porté son visage vers le paysage aux couleurs assombries. Elle ressemblait à un oiseau en cage.

Comme à son habitude, Éline restait figée devant la falaise de la Forêt Interdite. Que n'aurait-elle pas donné pour se faire dévorer par le Monstre qui hantait ces lieux et disparaître ainsi de la vie ? Le soir de ses noces avec le duc d'Alekant, elle n'hésiterait plus. Quitte à forcer une poterne et à se jeter directement dans les douves pleines de sariclès ! Elle était prête à tout pour échapper aux mains de Korta. Une envie de pleurer montait en elle.

— Pourquoi avez-vous dit cela ? demanda-t-elle d'une faible voix.

— Parce que vous n'êtes destinée qu'à un seul homme : mon frère, répondit doucement Axel en s'asseyant à ses côtés.

— Destinée ?! Vous croyez à ce genre de fable ?

Sa raison lui paraissait tellement absurde qu'elle en oublia ses larmes.

— Oui. J'y crois, affirma-t-il avec amertume. Philip, non, bien que je sois persuadé qu'il aurait volé jusqu'ici si la princesse Éloïse avait demandé à le voir. Et Cédric…

Il lui prit la main, englobant dans ses doigts les bagues de diamants et le grand saphir de la reine de Leïlan.

—Princesse Éline, sans vous connaître, mon frère ne pense qu'à vous, ne vit que pour vous. Croyez-moi, c'est avec beaucoup de regrets qu'il m'a laissé venir à sa place. Il sera un roi juste et bon. Je suis certain que sa première loi sera de vous ôter ce voile à tout jamais.

—Arrêtez! cria-t-elle en retirant sa main. Vous ne connaissez rien de ce pays! Vous cherchez à me faire rêver en m'endormant de vos belles paroles.

Elle se leva dans toute l'ampleur de sa robe et de sa capeline. Elle était bouleversée. Axel chercha avec agitation dans ses vêtements.

—Tenez, prenez ceci. Elle m'est adressée, mais lisez-la. Elle prouvera mes dires.

Éline regarda le papier roulé qu'il lui tendait. *Qu'est-ce que c'était?* Elle se rassit et déroula la lettre.

Penchée vers la fenêtre, la lumière du soir traversait son voile et découpait légèrement le contour de son visage. Il semblait doux mais Axel, même en forçant les yeux, ne pouvait en voir davantage. Dommage, il aurait vu une expression de grande sensibilité passer sur les traits d'Éline.

Ses yeux bleu azur n'avaient plus de larmes, ce qu'ils lisaient était tellement beau et si injuste. Chaque mot écrit par le prince Cédric semblait dicté par un amour profond pour elle, elle qu'il ne connaissait même pas. Tout son corps tremblait d'émotion mais elle ne voyait que la fatalité. Elle ne pourrait jamais l'aimer en retour. Elle devait épouser Korta pour sauver sa sœur.

—Je ne puis vous laisser cette lettre. Si je l'ai sur moi, c'est pour la brûler. Je ne tiens pas à ce que l'on sache qui je suis. Mais je peux écrire à mon frère pour qu'il vous en fasse parvenir une, rien que pour vous.

—Non, fit-elle. Je maintiens que j'aime le duc d'Alekant.

Elle lui rendit la missive.

—Alors, pourquoi êtes-vous venue me demander comment était mon frère, si votre cœur n'a pas parlé pour vous ?!

—Je ne sais pas... Curiosité féminine. Mais votre lettre ne prouve rien, répondit-elle en se redonnant du courage. Vous étiez destiné à ma deuxième sœur, si j'ai bien compris vos paroles. Elle est morte depuis longtemps, or votre frère est heureux de savoir que vous aimez une femme.

—Ce n'est pas pour cela que j'en serai aimé, déclara-t-il froidement.

—Je n'ai jamais dit que le duc m'aimait.

—Alors pourquoi voulez-vous l'épouser ? Cédric vous aime.

—Il aime un rêve. Je n'y corresponds certainement pas.

—Acceptez donc de le rencontrer. Vous verrez ensemble vos erreurs.

Éline resta un moment silencieuse, puis céda :

—Soit. Je ne pense pas que d'ici là Korta ait tué le Masque.

Axel crut bondir au prénom. L'esprit perdu par son amour et ses frères, il n'avait pas fait le rapprochement entre le duc d'Alekant et Korta-le-fourbe. La révélation se montrait de taille, mais il jugea préférable de ne rien montrer. Son rôle n'était pas de dévoiler les véritables agissements de celui-ci et du Masque. Il n'était pas censé en savoir autant sur les deux personnages. Il retint son étonnement et poursuivit la discussion comme si de rien n'était. Trop accaparée par ses propres pensées, Éline ne s'en rendit pas compte.

— Je n'ai pas été présenté à cet homme, mais je suis sûr que Cédric terrassera le Masque en premier.

Éline eut le même haussement d'épaules que son père et laissa passer un brin de silence pour suivre ses pensées.

— C'est de la Fille-aux-yeux-bleus que parle le prince Cédric dans sa lettre ? C'est elle que vous aimez ?

— Oui, répondit Axel avec franchise.

— J'aurais tellement souhaité la rencontrer un jour. On dit qu'elle soigne tous les maux. Peut-être aurait-elle le pouvoir de sauver Éloïse ? Vous l'avez revue depuis ?

— Oui. Mais je l'ai de nouveau perdue.

Il se laissa bercer par ses propres paroles. Les yeux égarés sur la falaise de la Forêt Interdite, il espérait la voir apparaître.

Éline s'appuya aussi sur la fenêtre taillée dans l'épaisseur de la pierre, et fixa de même le paysage. Elle n'avait pas perdu son envie de mourir, mais l'existence d'une personne pouvant sauver sa sœur, et donc la sauver elle-même, apaisait son désespoir. La Fille-aux-yeux-bleus existait vraiment. Il suffisait d'observer le regard d'Axel pour le croire. Une espérance était née et son cœur se posait la même question que le jeune homme : *où était-elle ?*

✧

Éléa s'assit en renversant la tête en arrière. Les quelques cheveux non retenus par sa large tresse se collèrent à sa peau. Elle avait chaud. L'entraînement s'était montré assez douloureux. Elle s'étira, son léger corsage glissa sur son épaule gauche.

— Tiens-toi bien, digne de ton rang ! corrigea Jerry.

Il s'assit en face d'elle dans une petite salle isolée sur un côté du Grand Arbre. Éléa se redressa, serra les pieds et ses jambes entrelacées d'amalyses, rétablit son corsage, tira légèrement sur sa jupe pour qu'elle parvienne le plus près possible de ses genoux, et sourit innocemment à Jerry. Il n'avait pas envie de rire. Qu'avait-il donc de si sérieux à lui dire ?

— Je ne t'ai pas caché ton identité parce qu'il était trop hasardeux que tu relèves tes cheveux devant un inconnu, commença-t-il. Tu connais l'existence des voiles sur le visage de tes sœurs, car la loi ne peut être ignorée. Mais je voudrais te révéler, ce soir, quelques détails que j'ai omis de te dire. Étant donné ta destination de demain, il faut que tu les apprennes.

Éléa demeurait attentive. Au fond d'elle-même, elle sentait une petite inquiétude. *Qu'allait-il lui révéler ?*

— J'ai reculé l'échéance jusqu'à aujourd'hui, et je ne sais toujours pas comment je vais te les annoncer, murmura-t-il encore.

Il voulut prendre la main de la jeune fille dans ses doigts anguleux mais elle se déroba. Elle avait soudain besoin de se mettre sur la défensive. Il avala sa salive et se gratta la barbiche brune du bout des griffes.

— Je t'ai dit que tu devais porter un masque parce que les nobles reconnaîtraient ta mère en toi. Ce n'est pas faux. Tu as la même forme de visage, la même peau satinée, le…

Elle l'observait si froidement qu'il ne put continuer.

— Bon. C'est de Korta que j'avais peur : il a vu le visage d'Éline. Je craignais qu'il ne te reconnaisse immédiatement. Vous vous ressemblez trop. Il est étonnant qu'il n'ait pas encore fait le rapprochement. Je ne sais de quelle manière il empêche Muht de fouiller son esprit mais c'est ta chance.

— Korta a peut-être peur que le guerrier scylès le dénonce, sourit-elle.

La révélation ne la troublait pas du tout. Elle était plutôt étonnée que Jerry ne dise pas quelque chose de plus important, vu toutes ses difficultés à l'énoncer. Elle voulut partir quand il la rappela.

— Je n'ai pas fini.

Elle se rassit, de plus en plus intriguée par son Maître.

— Korta compte épouser Éline, lâcha-t-il subitement.

— Et alors, elle n'y consentira pas. Je ne comprends pas tes inquiétudes.

— Elle y consent, parce que depuis six ans…

— Eh bien, depuis six ans, décide-toi à parler ! réclama-t-elle, exaspérée par l'attente.

— Depuis six ans, Éloïse est dans un profond sommeil provoqué par Korta pour faire pression sur Éline.

Il avait tout lâché, d'une traite, sans respirer. Maintenant, il attendait l'orage. Éléa n'était de caractère ni difficile ni colérique, mais spontané, son jeune âge en faisait quelqu'un qui s'emportait facilement devant une injustice. Jerry ne supportait pas les questions, il parlait quand bon lui semblait, mais des vérités cachées ne valaient peut-être pas mieux que des mensonges.

Éléa se leva, un instant saisie. Les yeux ouverts sur la révélation, elle fixa Jerry, le souffle plus rapide.

— Comment ?! dit-elle soudain. Que dis-tu ? Ma sœur se meurt depuis plus longtemps que je ne suis revenue, tu m'as appris à guérir, et tu ne m'as jamais parlé de son mal !

Le ton montait. Le choc était violent, la félonie trop dure. Jerry essaya de la calmer en prétextant que le palais s'avérait trop dangereux, mais la tempête grondait. Elle avait à peine admis la mort de Gyl.

— Et ma mère dans tout cela, elle n'a pas pu l'emmener dans un autre pays ? Ou mon père, rajouta-t-elle dédaigneusement.

— Eh bien justement, en parlant d'elle, tu risques de t'apercevoir demain…

— Qu'y a-t-il ? ! exigea-t-elle en fermant les yeux.

Les amalyses quittaient son corps : la jeune fille s'attendait au pire.

— Elle est morte moins d'un an après ta naissance, prononça-t-il doucement en baissant la tête.

Éléa n'avait pas rouvert les yeux, seules ses mâchoires s'étaient raidies.

— Tu tenais tant à son existence lorsque tu étais enfant, que je n'ai pas eu le cœur de te le dire. Je me disais que tu l'apprendrais un jour par hasard : tout le monde le sait ! C'est insensé que tu ne sois toujours pas au courant ! justifia-t-il violemment.

Il s'était levé lui aussi. Il se passait la main dans les quelques poils hirsutes qui entouraient ses cornes luisantes. Son front était plissé et sa grimace reflétait son sincère désarroi. Il regarda Éléa : elle n'avait toujours pas de réaction. Les yeux clos, elle n'acceptait pas la réalité. Il ne savait que faire quand elle articula d'une voix brisée :

— Alors, il ne reste plus que mon père pour opprimer et négliger mes sœurs.

— Non, ne dis pas cela. Il n'est pas méchant. Il ne l'a jamais été, avoua-t-il, touché par la détresse de la jeune fille.

Elle le fixa soudain, le regard glacial et dur.

— Ton père a réellement voulu te tuer à la naissance, confessa-t-il, mais je n'ai su que beaucoup plus tard qu'on l'avait drogué ce soir-là. Il n'était pas maître de ses actes et ne se souvient même plus de ce qui s'est passé. Il est pour ainsi dire mort en même temps que ta mère. Je ne t'ai pas menti, je n'ai pas jugé nécessaire de te le dire après.

— *Tu n'as pas jugé nécessaire*, répéta-t-elle. Tu n'as pas jugé nécessaire de me dire que j'idolâtrais une morte et que je haïssais un simple pantin. Tu ne crois pas utile de chercher un moyen de sauver Éloïse de la mort. Et il n'est pas non plus indispensable d'aider Éline à se sortir d'un mariage abject !

— Vic, je te somme de te calmer immédiatement ! se mit-il à crier en sentant qu'il perdait le contrôle de la situation.

— Rien du tout ! Tu n'es qu'un traître qui n'agit que pour son compte !

La tempête qu'il craignait tant déferlait, Éléa n'était plus maîtrisable. La jeune fille ne jurait que par lui, ne croyait que ses paroles, et ne voyait que par ses yeux depuis son plus jeune âge. Cette fois-ci, il était allé trop loin !

Il se mit à tonner lui aussi, mais l'enfant n'avait plus peur du Maître depuis longtemps ! Les crocs, les griffes et les yeux injectés de sang avaient perdu de leur autorité. Elle savait pertinemment qu'il ne pourrait pas la toucher : elle était sa seule chance de retrouver son apparence humaine.

Les paroles fusaient, la Forêt Interdite se trouvait en proie aux flammes de la colère. Toute la petite famille avait accouru pour comprendre l'origine du tapage, mais personne ne pouvait et ne voulait s'immiscer dans la bagarre. Jerry avait brisé une chaise, Éléa avait répondu à sa violence en renversant la table. Un meuble gisait à terre, déchiqueté par le monstre qui s'efforçait de ne pas frapper la jeune fille en furie. Elle l'affrontait de toute la rage de ses paroles, sans peur devant le carnage qu'il provoquait.

Soudain, les compagnons de la Forêt Interdite virent la jeune fille débouler de la pièce. Tous s'écartèrent rapidement.

— Vic, reviens immédiatement ! Vic !!!

— Éléa ! cria-t-elle avec véhémence. Éléa ! Arrête tes mensonges ! Appelle-moi Éléa !!!

— Tais-toi ! ordonna-t-il en sortant en trombe. Tais-toi !!!

Elle se mit à courir jusqu'au-dessus du lac et fit face à l'arbre gigantesque et à ses habitants sur ce surplomb de colline.

— Éléa ! Je suis Éléa du Mont Ételᅠ! Troisième Princesse de Leïlan ! Et toi, tu n'es qu'un monstre ! Tu te sers de moi depuis mon enfance ! Même si tu retrouves ton apparence humaine, tu resteras le Monstre ! Je te déteste !!!

Elle se rendit soudain compte qu'elle était seule à hurler. Les trois personnes au courant de son identité n'avaient pas bougé : Jerry, Ceban et Estelle demeuraient muets de stupeur, mais les autres s'inclinaient avec respect. Aucun d'eux n'avait douté de ses paroles, comme si leurs cœurs le savaient depuis toujours.

Devant un tel tableau, Éléa sentit les larmes monter brutalement dans ses yeux. Toute cette folie n'était due qu'à leur retard. Elle en avait tant besoin. Son corps fut secoué de sanglots et elle partit en courant.

Estelle et Ceban se regardèrent, inquiets et peinés pour leur sœur adoptive. Dans l'accord d'un regard, le jeune homme partit à sa suite. Il retrouva Éléa effondrée contre un rocher, juste avant une étendue à découvert. Même si elle hurlait et pleurait toute sa rage et son désespoir, la raison l'avait empêchée de sortir de la Forêt Interdite.

À quelques pas près, elle était sur la falaise donnant sur les jardins du château.

Ceban posa un genou à terre et prit ses épaules dans ses mains. Elle se retourna et, reconnaissant son frère, elle se jeta dans ses bras nus. Il la serra très fort contre lui et lui caressa les cheveux. Elle n'était que larmes et ses baisers sur le front ne pouvaient pas la calmer. Son monde avait été détruit par l'être qu'elle aimait le plus. Ceban savait très bien qu'elle pleurait plus pour la trahison que pour les révélations de Jerry.

La tenant toujours dans ses bras, il s'assit contre le rocher. Elle s'était toute recroquevillée sur lui. Il attendait que son esprit admette la vérité. Lorsque les puits de ses yeux commencèrent à s'assécher, il entama une histoire :

— Pendant près de quatre siècles, il ne vécut que dans le sang et la haine de toutes les personnes franchissant son territoire. On aurait pu croire que le Monstre de la Forêt Interdite était irrécupérable, et pourtant, un jour, les Fées vinrent le voir. Elles lui proposèrent de retrouver son apparence humaine s'il se chargeait d'enlever et d'élever une petite princesse pour en faire un guerrier capable de ramener la paix dans son pays… Le Monstre accepta, bien sûr. Il avait beaucoup voyagé et connaissait toutes les personnes expérimentées capables de l'aider dans son éducation des armes. Mais quelle ne fut pas sa surprise lorsqu'il se retrouva avec un nourrisson sur les bras ! Même s'il connaissait les Mondes par cœur, ce Monstre n'avait pas la moindre idée de comment s'occuper d'un bébé !

Éléa était redevenue silencieuse. Les yeux dans le vide, elle écoutait l'histoire qu'on lui contait depuis son enfance.

— La disparition de la petite princesse dans le château royal eut beaucoup de conséquences. Des hommes, encore plus vils que le Monstre lui-même, se mirent à tuer tous les enfants du royaume pour la retrouver. Une dentellière qui venait d'accoucher s'enfuit avec son petit garçon de quelques jours et sa fillette de six ans dans les bois. Son mari périt en essayant de la défendre… Les mauvais hommes la poursuivirent jusqu'au Pont Sans Retour. Elle croyait être perdue, ne sachant quelle mort préférer, mais son cœur sentit un espoir. Elle franchit la frontière de la Forêt Interdite.

Doucement, Ceban dégagea les cheveux défaits du visage encore humide de Victoire. La voyant tranquille, il la serra contre son gilet de cuir :

— Le Monstre surgit et voulut la tuer sans pitié, comme à son habitude, quand il aperçut les enfants. Il se rendit compte qu'elle pouvait l'aider à nourrir et à élever la petite princesse jusqu'à ce qu'elle ait six ans, pour qu'il puisse l'emmener dans les Mondes et lui apprendre l'art des combats… C'est ainsi que cette femme eut la vie sauve et que la petite princesse retrouva une famille… Pendant six ans, le garçon de cette femme et la petite princesse furent considérés comme des jumeaux. Maman Douce…

Éléa ferma les yeux à ce nom. Elle l'avait tant aimée.

— … les chérissait autant l'un que l'autre. Leur grande sœur trouva un nouveau prénom pour la petite princesse, car son identité devait toujours rester secrète, et même le Monstre finit par apprécier leur compagnie. Mais il n'aimait pas. La petite princesse était pourtant très jolie et adorable, elle vénérait ce Monstre et le considérait comme son père, mais celui-ci ne montrait aucun sentiment. Pour être aimée de lui, elle aurait fait n'importe quoi. Et elle fit quelque chose d'insensé.

Éléa renifla et prit la parole avec mélancolie :

— Elle s'enfuit un matin alors qu'elle n'avait que cinq ans. Elle courut droit devant elle en direction du sud et passa trois jours dans les bois... Elle n'eut pas peur : le Monstre lui avait dit qu'elle appartenait à la forêt... Elle venait dans les Bois Obscurs pour se faire aimer d'une amalyse. Un jour qu'elle lui avait demandé s'il l'aimait, le Monstre avait répondu qu'il était comme cette plante : il tuait pour le plaisir et par haine. Il n'aimerait que si un jour une amalyse pouvait aimer... La petite princesse ne savait qu'une seule chose : il ne fallait pas blesser les plantes ou elle mourrait sur-le-champ. Elle s'assit à côté d'une plante tueuse, chanta et lui parla toute une journée. Elle remarqua les changements de reflets au gré de ses sentiments... Elle souhaita du fond de son cœur que la plante vienne sur elle, sans lui faire de mal, pour lui prouver qu'elle ne tuait que par haine et l'amalyse se déplaça.

— Elle revint triomphante au bout de six jours d'absence, reprit Ceban. Le Monstre était devenu fou et allait abattre sa colère sur elle lorsqu'elle lui tendit la plante tueuse. Il ne cria pas. Il avait compris ce que voulait l'enfant. Il ne tua plus jamais de sang-froid, sans raison, et arrêta de lui cacher ses sentiments à son égard.

Éléa tourna la tête ; ses yeux, gonflés par la peine, ne pouvaient plus que rougir.

— Je croyais qu'il m'aimait et il me mentait !

— Il ne t'a menti qu'une seule fois ! corrigea brutalement Ceban en redressant de ses mains le visage de la jeune fille vers lui. Tu lui as demandé si tes véritables sœurs étaient aussi heureuses que toi et avaient une Maman Douce pour elles. Il n'a pas pu te dire la vérité. Tu étais si radieuse et il t'aimait déjà tellement. Il a préféré te laisser ce rêve. Et c'est par amour qu'il ne t'a jamais dit la vérité.

— Comment peux-tu prendre sa défense ?! s'écria-t-elle en repoussant son frère de lait.

Il la bloqua dans ses bras robustes avec résolution.

— Arrête de te débattre, je n'ai pas fini mon histoire, ordonna-t-il. Peu de temps après que tu sois partie, Maman Douce nous a appris la vérité, à Estelle et à moi.

Elle voulut se dégager de lui avec violence, mais il réussit à la coincer et lui murmura la suite, le visage contre sa joue.

— On s'était dit que lorsque tu rentrerais, tu serais suffisamment grande pour comprendre. Mais le cœur de Maman Douce était trop fragile, trop épuisé, trop inquiet de ton absence et de celle de Jerry, même s'il était revenu nous voir plusieurs fois. Je crois qu'au fond d'elle-même elle avait besoin de lui, même si son esprit appartenait toujours à son mari. Elle s'est laissée peu à peu dépérir. Lorsque tu es rentrée, il était trop tard pour la soigner. Elle m'a demandé en mourant de te cacher un peu plus longtemps la mort de ta mère. Elle ne voulait pas que tu en perdes deux à la fois.

Les lèvres et les yeux d'Éléa s'étaient crispés. Elle ne luttait plus contre Ceban.

— Ne dis plus que Jerry est un monstre, ou Estelle et moi en sommes aussi… Et puis, que tu le saches ou pas, de toute manière, tu n'aurais rien pu changer pour tes sœurs !

Éléa était résignée mais pas vaincue. L'injustice et la trahison se heurtaient encore dans son cœur.

— Et tu as une bonne raison pour qu'il ne m'ait rien dit sur la maladie d'Éloïse ? Et pour Éline ? Et mon père ?

— Non, je n'en ai pas, convint-il. Mais il ne faut pas oublier les origines de Jerry. Tu le sais mieux que personne, je crois… Même si ta présence l'a beaucoup changé, il a plus de trois cents ans d'égoïsme et de solitude. Il ne faut pas s'étonner qu'il fasse cavalier seul de temps en temps ! Et puis, tu lui as peut-être appris à aimer et à s'occuper des autres, mais en contrepartie, il a fait de toi un guerrier sans peur ne mesurant même plus les dangers ! S'il t'a caché la maladie d'Éloïse, c'est certainement pour t'empêcher de te ruer au château sans te soucier des sariclès !

— J'aurais très bien pu passer seule avec l'Élixir d'Erwan, c'est exact. Et je compte bien le faire !

— Tu vois, tu es insupportable ! Vous ne savez même pas si vous pourrez entrer au palais demain avec autant d'amalyses : l'Élixir ne sera probablement pas suffisant pour les repousser. Et tu ne penses qu'à faire l'intéressante en prenant des risques inconsidérés !

Elle allait protester : Ceban était de loin le plus inconscient et le plus fonceur des deux ! Mais il ne lui laissa pas le temps de prendre la parole.

— J'ai confiance en Jerry. Je suis certain qu'il ne t'en a pas parlé parce qu'il n'y avait pas de danger pour Éloïse ou qu'il y en avait trop pour toi. Il a beaucoup à perdre dans l'histoire. Je doute qu'il prenne tout ceci à la légère.

Elle fit une moue : *trop de dangers…* Elle ne supportait plus cette phrase, elle entraînait trop de sacrifices. Éléa finit tout de même par déclarer forfait. Il bascula sa tête contre son épaule et passa sa main dans le reste de sa tresse pour la défaire. Avec tendresse, il laissa les cheveux couler entre ses doigts, comme il aimait le faire depuis leur enfance. Elle se serra contre sa peau pour avoir chaud dans ce début de soirée.

— Tu as mûri si vite, Ceban, constata-t-elle presque en chuchotant.

— Je suis ton aîné de trois jours, il faut bien que cela se ressente !

— La présence d'Ophélie a du bon, dit-elle en lui caressant sa joue glabre. Elle n'est guère plus femme que tu es homme, mais à tous les deux vous arrivez à vous rendre adultes.

— Au moins, mes amours ne me font pas perdre la tête ! la piqua-t-il, heureux que le gros nuage de colère se soit dissipé de son esprit. J'en connais une autre qui devrait prendre exemple !

Avec un sourire retrouvé, la jeune fille voulut lui frapper l'estomac mais il arrêta son poing dans sa main.

— Doucement ! rit-il. Ce ne sont pas des manières de princesse ! Jerry a raté ton éducation sur ce point-là !

Elle se rua sur lui. Sa jupe et ses cheveux volèrent en tous sens alors qu'ils roulaient dans l'herbe et les trèfles. Chacun essaya de maîtriser l'autre, mais les rires enlevaient la force ou l'agilité nécessaire pour prendre le dessus. Ils connaissaient les points faibles et les chatouilles adéquates, mais aucun des deux ne voulait céder : coups de pied et coups de poing amortis fusaient lorsqu'ils tentaient de se dégager.

Leur jeu d'enfant s'arrêta sur un combat sans vainqueur. Épuisée d'une douce fatigue, Éléa s'écroula dans les bras de Ceban. Ce défoulement et ces rires lui avaient fait du bien, elle l'embrassa sur sa joue souriante. Leur complicité était pareille aux premiers jeux et leur permettait de faire face à la vie comme plus d'une fois.

— Tu seras une très belle princesse, déclara-t-il tout admiratif. Et toute ta royauté cédera pour un petit messager de campagne.

Elle resta rêveuse. Le vert gris des yeux de son frère lui rappelait le ton céladon de ceux du jeune homme. Jerry lui avait révélé qu'Axel avait croisé Muht Dabashir sans incident dans la cour du château. Il ne l'avait pas dit pour la rassurer, mais plutôt pour la faire réfléchir sur cette étrange facilité. Elle avait ignoré sa malveillance.

—Ses bras me manquent. Je ne reverrai certainement jamais Axel.

—Il est peut-être encore au château. Tu auras la surprise demain.

—Je préférerais le voir n'importe où plutôt que là ! Mais, il n'y a pas de risque, le roi n'invitera pas un petit messager de campagne à l'anniversaire de sa fille, finit-elle en tirant la langue.

Elle glissa sur le sol et rampa promptement vers la falaise. Ceban la rejoignit de même. Ils restèrent enfouis dans les hautes herbes. Leur cachette préférée. De là, ils pouvaient voir les tours du château. Les lumières commençaient à éclairer certaines fenêtres.

Ceban remarqua les yeux soucieux de sa sœur.

—Ne t'inquiète pas, ils n'auront rien fait aux enfants, et Tanin doit leur soutenir le moral. Ils t'attendent. Pense plutôt à Éline, vous allez lui gâcher son anniversaire !

—Nous allons seulement mettre un peu d'animation, corrigea-t-elle malicieusement. À sa place, cela ne me déplairait pas.

Ricanant d'avance, ils retournèrent à plat ventre jusqu'au rocher.

—Il ne nous reste plus qu'à espérer que les sariclès ne sentiront pas les amalyses, et que Korta parte bien pour les Pays Insolites, conclut-elle en se relevant.

—Erwan est un génie. Les Yeux-d'Utahn ne reviendront pas de sitôt grâce à lui !

—Je l'espère, répondit-elle d'une voix morne.

— Les sariclès ne feront pas un pli. En revanche, je n'aime pas les manigances de Korta avec ces fous du Nord. Je ne comprends pas son intérêt à vouloir participer à cette guerre. À sa place, je craindrais que les Pays Insolites ne me trahissent ensuite en attaquant les plages de la Plaine Salée.

— Son intention est certainement de les tromper avant.

— C'est impossible ! D'après Erwan et Sélène, les Scylès découvriraient ses plans avec leur pouvoir, s'écria-t-il, incrédule.

— Jerry dit qu'il connaît leur don. Il doit savoir leurs limites.

— Comment ?!

— Tu oublies l'allié de Korta, l'Esprit qui habite le château. Il a bien des pouvoirs que nous ne connaissons pas.

Ceban acquiesça et ressentit la même crainte. Mais Éléa le regarda soudain en souriant.

— Akal sera au courant de l'attaque. Les Pays Insolites auront une superbe réception en leur honneur et, quels que soient les desseins de Korta, ils s'arrêteront là.

— Il doit vraiment te détester ! déclara-t-il joyeusement en enlaçant sa taille nue. Je me chargerai de surveiller son départ demain avec Sten. Mais toi, fais attention à... Ophélie. Je... Je crois que... Enfin...

Il soupira en repensant à la tenue légère qu'elle avait portée toute la journée.

— Elle a très bien su se débrouiller avec les amalyses, rassura Éléa. Elle ne craint rien.

Elle se blottit dans les bras de son frère et ils prirent lentement la direction de l'arbre géant.

— La nuit tombe. Il serait temps que nous nous occupions de l'arrivée de la pluie, pensa tout haut Ceban en regardant le ciel.

— Je crois que je dois d'abord une explication à tout le monde, et maintenant que j'ai retrouvé mon calme, Jerry va m'en donner plusieurs.

Ils eurent un air amusé à cette idée et leurs ombres s'évanouirent derrière les grands arbres de la Forêt Interdite.

Derrière des voiles

Cahoté dans la boue résultant de la pluie nocturne, le grand chariot contenant Virgine, Ophélie, Éléa et Erwan se dirigeait vers le palais. La brume matinale était basse et tournante. Les cloches sonnaient la fête mais la crainte, la peur, l'angoisse montaient au fur et à mesure que les quatre amis dépassaient les dernières maisons d'Étel. L'Impossible se mesurait à eux.

En voyant les hautes murailles du château se dresser devant elle et les étendards claquer comme des fouets, Ophélie serra la main d'Éléa. Celle-ci la rassura d'un regard avant de dissimuler son visage dans la capuche de sa cape. Ophélie et Virgine engouffrèrent leurs cheveux précipitamment dans les leurs pour faire de même. Le vent se levait avec violence.

Le chariot se mit à la queue des autres à l'entrée de la passerelle, et l'attente devint vite oppressante. Aucun d'eux ne tremblait pourtant. La dernière expression de Vic, concentrée et résolue, avait calmé les premiers signes de panique. Chacun se répétait mentalement les paroles, les gestes et les attitudes à arborer durant la journée à venir. Ils savaient qu'aujourd'hui était leur seule chance pour libérer les enfants d'Éade.

Habituellement, le palais se montrait impénétrable : les gardes, les doubles murs d'enceinte, les sariclès, et depuis peu les Scylès, le protégeaient de toute intrusion. Mais le départ des guerriers et la fête donnée en l'honneur de la princesse Éline constituaient une faiblesse inespérée. Danseurs, comédiens, jongleurs, troubadours et artistes de toutes sortes étaient conviés en cette occasion. Les portes, bien que contrôlées, étaient ouvertes à tous.

Éléa épia son poignet. Un long fil d'amalyses l'entourait et le reliait au faux plancher. Sous ses pieds, une gigantesque plante tueuse baignait dans un habitacle colmaté avec de l'étoupe et de l'argile. L'amalyse était toujours verte. Les chocs du transport ne l'avaient pas rendue agressive : l'eau saumâtre la protégeait et l'apaisait.

Derrière les bandes de tissu rouge lui barrant le visage au gré d'un costume de fou, Erwan regardait dans sa main une petite boule de verre. Elle contenait un mystérieux liquide de sa composition. Le chariot s'ébranla brusquement pour avancer et le petit homme rattrapa au vol son produit dans une frayeur non simulée.

Ils allaient bientôt passer sur la passerelle lorsqu'il plaça, avec un calme retrouvé, sa petite arme dans son corsouflet. Les douves semblaient paisibles, l'étrange forme bleutée se concentrait tout le long du pont. Ils étaient là. Fidèles à leur poste, les sariclès surveillaient tous les passages.

Une dernière charrette et c'était leur tour. Erwan dirigea d'un air naturel l'embout de son corsouflet vers les douves, et profita de l'inattention d'un garde à son égard pour souffler dedans de toutes ses forces. Le bruit résultant fit sursauter tout le monde et le nain s'excusa :

— J'croyais qu'il était bouché, désolé, lança-t-il d'un rire forcé.

Il s'assit, refroidi par les regards glacés de toute la foule d'artistes inquiets de leur passage au-dessus des douves.

Chacun craignait une quelconque réaction bizarre ou inattendue des sariclès même s'ils n'étaient pas en faute. *Qui pouvait prévoir?* Cette journée venteuse aurait peut-être une influence sur leur caractère. Personne ne semblait les maîtriser réellement.

La charrette précédant les quatre amis avait passé la vérification des gardes. Lentement, le conducteur fit avancer les chevaux sur les planches de bois. Une soudaine lueur rouge illumina l'eau et, brusquement, une centaine de tentacules menaçants jaillirent. Ils dressèrent violemment leur peau d'un violet diaphane tout le long de la passerelle comme une haie d'honneur de dix-sept pieds de haut. On entendit comme un cri de rage et ils disparurent aussitôt dans les flots.

Éléa calmait sa respiration et caressait son bracelet d'amalyses devenu instantanément noir. La frayeur avait été trop intense pour tout le monde et la panique avait envahi les esprits. Même les chevaux étaient affolés et ceux de la charrette, sur la passerelle, n'étaient plus contrôlables. Ils se cabrèrent, hennissant toute leur peur, et culbutèrent leurs passagers sur le pont. La charrette se brisa sous leurs coups de sabot, mais au lieu de les libérer, leurs mouvements confus et désordonnés les déséquilibrèrent : ils tombèrent dans les douves, disparaissant comme les sariclès dans quelques remous.

Les quatre amis restèrent glacés par la scène. Ils ne s'étaient pas attendus à ce genre d'incident. En plus, les chevaux ne réapparaissaient pas. Les sariclès devaient toujours être là. De nature destructrice, ils avaient écrasé la boule de verre projetée dans l'eau, mais le produit libéré n'avait pas dû suffire à les écarter des lieux. Les habitants de la Forêt Interdite avalaient leur salive avec difficulté.

Chacun d'eux priait pour que les chevaux se soient noyés à cause du poids de la charrette.

Les gardes emmenaient avec violence les pauvres victimes imprévues du complot. Ils criaient leur innocence mais, pour les soldats, la réaction des sariclès était dirigée contre eux. *Trois personnes de plus à sortir des cachots du château.*

—Vous tentez toujours vot'chance? demanda sournoisement un des gardes à l'adresse du nain et de ses trois compagnes.

—Ben, j'vois pas c'qu'elles nous reproch'raient, ces p'tites bêtes! répondit Erwan tout goguenard en modifiant son langage et son accent.

Un soldat monta dans le chariot pour vérifier l'absence d'arme.

—À part mes clochettes, y a rien en acier! dit-il encore, suivi d'un rire forcé et niais.

Le soldat le toisa et se dirigea vers les trois corps féminins, une lame pointée vers Virgine.

—Que dissimulent ces personnes? Pourquoi se cachent-elles?

—C'est pour la beauté du spectacle, la surprise, le saisissement de Sa Majesté! Elles sont trois, comme il le désire, et chacune est plus belle que l'autre! argumenta le nain avec passion.

Il tournait autour du garde, faisant beaucoup de gestes et de courbettes, jouant de ses clochettes. Mais sa petitesse et son ridicule n'attirèrent pas l'attention du garde.

—Mesd'moiselles, accordez donc à ce garde un soupçon de votre somptuosité, proposa-t-il sans innocence.

Toutes trois, dans un ensemble de grâce, écartèrent leur cape, dévoilant leur corps recouvert de voiles que le vent souleva un peu. Leur peau constellée de paillettes dorées luisait de mille feux. Le soldat en resta bouche bée.

Il s'avança vers Virgine et, de la pointe de son épée, releva la capuche de celle-ci. Elle se laissa faire avec un doux sourire. Il souleva de même celui d'Ophélie et finit par Éléa. Cette dernière l'intrigua : elle portait un fin tissu sur les paupières.

Erwan passa devant le garde et, simulant toujours sa jovialité, il expliqua ce détail :

— Toutes les plus grandes beautés ont des défauts. Celle-ci, elle a les yeux... crevés. La cicatrice est très laide à voir, fit-il avec une horrible grimace qui dégoûta le soldat. Mais elle est époustouflante ! reprit-il avec emphase. Elle possède une voix magique et danse à la perfection ! Sa Majesté ne s'apercevra pas de son handicap. Laissez-nous passer. Notre numéro est fabuleux et plaira à la princesse Éline ainsi qu'à la cour.

Tout en parlant, il avait fait reculer le garde et l'avait obligé à descendre. Celui-ci avait du mal à détacher son regard de ces corps, et il ne reprit ses esprits que lorsque les trois danseuses eurent remis leurs capes correctement. D'un signe, il leur fit comprendre d'avancer mais il resta pensif, frappé de façon étrange. Pourtant, il n'avait pas l'impression de commettre d'erreur. Il devait arrêter toute personne dissimulant son visage. Mais le Masque était un homme et le corps qu'il avait vu était bien celui d'une femme. Trois jeunes filles et un nain, il ne voyait là rien de bien dangereux.

Les quatre compagnons ne respiraient pas encore. Le choc des roues sur chaque latte de bois de la passerelle leur serrait le cœur. *L'Élixir était-il suffisant ?*

Erwan scrutait la surface de l'eau. Son dosage se montrait-il juste ? Le reflet redouté n'apparaissait pas. Son regard s'éloigna ; il distingua des vagues de part et d'autre du pont à plus de cent pas. Les sariclès bouillonnaient mais n'avançaient plus.

— Nous avons réussi, *Mélice* ! souffla-t-il en retenant une explosion de joie.

— Rien n'est gagné, murmura doucement Éléa. Voilà pourquoi les autres ne nous ont pas encore avertis de son départ. Regarde qui sort du château.

Cinq cavaliers franchissaient la herse. Korta ouvrait la marche. Ophélie pressa de nouveau la main d'Éléa.

Le duc râlait après ses hommes et pestait contre les gardes. Il n'appréciait pas cette fête. Il ne se préoccupait même pas du chariot et allait passer sans s'en soucier quand une rafale de vent inopiné souleva la capuche d'Ophélie. Les longs cheveux bouclés s'élevèrent en tous sens. Korta se retourna, attiré par cette jeunesse et ce blond parfait. La jeune fille resta pétrifiée, sans expression : elle le fixait.

— Fais-lui un signe, souris-lui, dicta Éléa entre ses dents. Il ne te connaît pas, tu ne risques rien. Remets ta capuche de façon naturelle.

Ophélie envoya soudain un sourire éblouissant à Korta. Elle attrapa délicatement ses cheveux en baissant les yeux, et sa petite bouche ronde disparut sous la cape. Cette ingénuité plut au duc et, lorsqu'il dépassa la dernière tête de pont, il déclara à ses hommes d'un air décidé :

— Finalement, je reste sur ma première idée : nous ne passerons pas par Alekant mais directement par Erinn pour être de retour ce soir. Il y a des spectacles que je ne peux raisonnablement pas manquer.

✧

La bordure de dentelle flottait autour du décolleté de sa robe de moire grenat, le chapelet de rubis sautait à son cou. Lâchés, ses très longs cheveux châtains s'envolaient et mélangeaient leurs boucles dans une grosse couronne de tresse transpercée par les pointes d'un délicat diadème. Éline prit une profonde respiration et laissa le vent plaquer les voiles de mousseline ivoire sur son visage.

Sur le chemin de ronde de la chemise du donjon, elle regardait le duc d'Alekant s'en aller dans la brume. Au-dessus des cloches, un son de corne se fit entendre dans Ételau moment même où il franchissait la porte Est de la ville. Une jolie coïncidence pour elle, qui sonnait les notes de la liberté.

L'idée de la fête ne l'avait jusqu'alors pas égayée, mais l'absence du duc et la présence du prince Axel changeaient tout. Ce dernier mettait une telle lumière dans sa morne existence ! Il ravivait ses moindres espoirs d'enfant et lui donnait envie de vivre ! Habillé de noir et de vert véronais, richement doublé de feuillets d'argent, il s'approchait justement d'elle. Sur son épaule droite, un magnifique oiseau blanc et rouge se pavanait. Elle reconnut instantanément l'animal fabuleux.

— Vous êtes la troisième personne à le caresser, déclara Axel alors qu'elle frôlait de ses doigts les longues plumes brillantes.

— Ce qu'il est beau !

Le pavallois gonfla son jabot de suffisance et de fierté.

— Ses maîtres ne doivent jamais le lui dire s'ils veulent qu'il leur obéisse. Cet oiseau est la vanité personnifiée. Vous ne devrez plus prononcer ces mots en sa présence. Vos caresses seront désormais ses compliments.

— Pourquoi me dites-vous tout ceci ?

L'oiseau frotta son bec contre les ongles fins et enfouit sa tête dans la paume de la jeune princesse.

— Parce que ce pavallois vous appartient désormais autant qu'à Cédric et à moi. La prochaine lettre qu'il portera sera pour vous, confia-t-il.

— Je vous avais dit non, s'écria-t-elle dans une faible protestation.

— Vous n'êtes pas obligée de répondre, répliqua-t-il en creusant ses joues d'un sourire malicieux.

Il leva le bras où s'était posé l'oiseau. Celui-ci déploya ses ailes blanches, découvrant un dessous moucheté de rouge, mais il ne s'envola pas, à cause du cri de ravissement qu'Éline ne put réprimer.

— Tu veux que je fasse un oreiller de tes rémiges ou tu m'obéis ?! lui dit Axel avec sévérité. Vole, vole par-dessus les montagnes, les plaines et les mers, vole jusqu'à Cédric et ne t'arrête pas en route !

Le pavallois prit son essor sans attendre. Luttant quelque peu contre le vent qui le rabattait contre le château, le joli point blanc disparut dans le ciel.

— Vous êtes têtu, murmura Éline.

— Très, admit fièrement Axel.

Il rayonnait. Le départ du duc d'Alekant lui enlevait sa dernière crainte à rester au château pour la fête. Ce fut avec plaisir qu'il laissa la brise lui caresser le visage.

— Finalement, ce pays n'est pas si compliqué, déclara-t-il soudain. Lorsque l'on connaît l'importance de la lune et de son reflet, tout est simple. Blanc précède le soleil, mauve la pluie et orangé le vent !

Il faisait référence aux chatoiements des doubles lunes lors de l'orage de la nuit précédente. Il n'avait pas pu s'empêcher de penser à Victoire en les regardant. Éline rit de sa trouvaille.

— Et les jours sans lunes, comment feriez-vous ? C'est bien plus compliqué, je vous assure, certifia-t-elle. Tout dépend de l'intensité, de la couleur, de la forme et de la présence ou non des deux lunes. Il est vrai que l'on peut en déduire le moment et la durée des variations du temps avec une certaine précision, et pour le vent, il est même possible de savoir quand les bourrasques auront lieu. Je ne maîtrise pas parfaitement ce savoir mais je puis vous assurer que le temps va se dégrader au fil de la journée : le contour rouge de deux trois-quarts de lunes annonce de très grandes rafales. Mais il y a toujours des erreurs.

— Et n'importe qui peut le deviner ?

— Oui, il suffit d'être initié et fin observateur.

Axel avait les yeux dans le vague. Il n'apprenait rien de plus sur la Fille-aux-yeux-bleus. Il était déçu que la prédiction du temps ne soit pas un don particulier.

Les douves attirèrent son attention. Du haut des chemins de ronde, il distinguait de grandes formes étrangement étoilées à l'intérieur. Elles s'agglutinaient à une distance bien définie de la passerelle d'entrée. Lorsqu'il fit part de sa découverte, Éline ne se pencha même pas pour regarder et le lui expliqua avec un mépris évident :

— Ce sont nos chiens de garde. Des êtres immondes qui se nourrissent de n'importe quoi et digèrent tout ce qui peut tomber dans l'eau : des sariclès. De temps en temps, ils agressent un convoi étranger qui passe et les gardes en déduisent, je ne sais pour quelle raison, que celui-ci était une menace pour le royaume. Les personnes sont jetées soit dans les douves elles-mêmes, soit au cachot.

— J'ai eu beaucoup de chance, si je comprends bien !

s'exclama Axel en pensant qu'il avait aussi évité les problèmes à la frontière. Mais pourquoi sont-ils aussi loin du pont s'ils sont censés en surveiller les traversées ?

Elle regarda par-dessus le parapet. Sa traîne diaprée, partant comme un panneau de son décolleté, glissa sur ses longues manches flottantes de dentelle ivoire.

— Je suis certaine que ces monstruosités sont aussi compliquées que le temps. Il y a toujours une partie d'imprévisible dans leurs réactions. Personne ne devrait leur laisser l'importance de juger une vie humaine.

C'était pour elle une décision sans fondement de son père, aussi idiote que son obsession du chiffre trois !

Légèrement essoufflée, une femme sans charme et aux lèvres pincées apparut. D'un geste souple et gracieux, la jeune princesse releva discrètement ses jupons pour tourner le dos à sa chaperonne retrouvée et continua sa flânerie le long du chemin de ronde. Axel lui donna son bras, amusé par ce jeu de cache-cache dans les multiples passages secrets que recelait le château royal.

Tout au long de cette matinée, Axel eut bien du mal à supporter le voile sur le visage d'Éline. Mais il tenait à sa tête. Sous la haute surveillance de Misty, la princesse eut la délicatesse de répondre, pour le satisfaire un peu, à toutes ses questions aussi multiples que diverses sur les contes de Leïlan :

— La distinction d'une deuxième lune dans ce pays provient de la présence des Brumes Infernales, expliqua-t-elle presque en chuchotant pour énerver sa chaperonne. La nuit, ces vapeurs s'étalent sur une grande partie du ciel, ainsi que leur pouvoir d'illusion. Le reflet lunaire est en fait un produit de l'imagination commune des Leïlannais. Nous parlons de deux astres à part entière car, bien des fois, seul le reflet éclaire la nuit. Leïlan veut d'ailleurs dire Deux Lunes, et c'est la raison de leur présence sur les armoiries du royaume… Ce rêve d'un second astre matérialisé révèle peut-être notre peur du noir ou notre refus de ne pas avoir ce spectacle tous les soirs.

Sa voix était douce et reposante, comme si elle racontait une histoire. Avec ce ton mystérieux qui seyait si bien aux habitants de ce pays, elle lui révéla que la dernière nuit totalement noire remontait à quatre siècles, et que les amalyses et les sariclès avaient la même origine dans le temps que le Monstre de la Forêt Interdite.

✧

Les moires, les crêpes, les taffetas et les satins égayaient de leurs reflets et de leurs couleurs vives la grande salle du trône. Lamées, brochées ou damassées, ces fines soieries se réchauffaient de velours ou de fourrure en cette soirée. Voiles, mousselines et dentelles coulaient sous les robes et dégorgeaient des manches évasées, volant de leur légèreté à tous les mouvements ou applaudissements. Ors et pierreries étaient à l'honneur et pas un seul cou de femme ne brillait pas de leurs feux.

Toute cette richesse donnait le vertige à Axel. Depuis longtemps, il ne participait plus à la folie des bals ou des réceptions de la cour de Pandème. Lorsqu'il retournait dans son palais, il retrouvait ses frères comme un voleur – au grand dam de son père – en escaladant les murs ou en passant par les fenêtres avec la complicité de quelques fidèles serviteurs. Mais l'abondance de fortune de son château ne lui semblait pas aussi insultante que celle-ci. Peut-être parce que dehors, dans les villes et dans les campagnes, personne ne souffrait de la misère.

Apportés par des armées de valets, de grands plateaux d'argent chargés de poulardes en broche, de cuissots de chevreuil, de sangliers rôtis, de truites et de païeux farcis avaient donné le ton de la soirée. Les collines de mets variés et les fontaines de vins s'étaient enchaînées et déversées sans fin… ni soif. Devant cette opulence à la limite de la décadence et de l'orgie, Axel avait apprécié la sortie de table lorsque des baladins, jonglant avec des torches enflammées, les avaient invités aux représentations.

Embrasés par les feux des colossales cheminées de marbre, les spectacles et les musiques se succédaient maintenant devant le trône.

Axel profitait de sa place d'honneur avec une légère amertume qu'il essayait de cacher à la belle princesse à ses côtés. Il la sentait si heureuse, si rayonnante, qu'il ne pouvait lui faire part de ses sentiments. Éline ne faisait même plus cas de sa chaperonne, qui ne cessait pourtant de les observer. Axel, en revanche, ne s'habituait pas aux yeux soupçonneux de Misty. Cette petite femme sèche ne lui plaisait pas, et de quelques regards glacés, il ne s'était pas privé de l'en informer.

Les musiciens quittèrent le centre de la salle et un petit bonhomme vint les remplacer. Ses galipettes et le bruit de ses clochettes firent sourire le jeune homme. À la vue du corsouflet, il se rappela les paroles d'Erwan à la fête d'Aces et se mit à regarder d'un peu plus près le visage du fou. Quand ses yeux tombèrent sur le regard doré et rêveur, il eut un choc au cœur : c'était lui !

Éline remarqua immédiatement son changement d'expression. Elle lui demanda discrètement ce qu'il lui arrivait.

— Je… Je croyais avoir reconnu cet Akalien mais c'est une erreur, chuchota-t-il en essayant de retrouver son calme.

Devant la pâleur de son visage et son hésitation, Éline resta incrédule et s'intéressa à ce nain qui troublait tant Axel. Pourquoi le craignait-il ? *Et comment savait-il que cet homme était akalien puisque l'on ne discernait pas la couleur de ses cheveux ?*

Le petit homme continua allégrement ses pirouettes et présenta ses trois partenaires avec grandiloquence. Elles apparurent avec grâce. Leurs corps voilés et brillants se devinaient sous l'ample mousseline de lin posée sur leur tête. Des bracelets ajourés sillonnaient leurs bras ainsi que leurs chevilles.

La respiration d'Axel s'était arrêtée. Il avait peur de comprendre ce qui allait se passer. Lui qui pleurait tant de ne pas revoir Victoire, il désirait soudain se trouver très loin d'elle ! Ils représentaient un danger l'un pour l'autre. Comment allait-elle interpréter sa présence ? Il se mit discrètement en retrait.

Éline l'épiait. De même que Misty, elle essayait de comprendre son tourment. Ses yeux et son esprit passaient d'Axel aux danseuses.

Erwan fit éteindre les lumières des torchères et des lustres : seuls les faibles rayons du soleil et des cheminées éclairaient et jouaient d'ombres dans la grande salle. La cour était soudain silencieuse, l'atmosphère avait pris une étrange chaleur de fascination et d'inquiétude. Certaines dames s'étaient reculées dans les galeries du premier étage. L'Akalien s'assit sur les marches du trône et, au son des premières notes délicieuses, les trois corps commencèrent à évoluer.

Les grands voiles tombèrent, mais d'autres couvraient encore les visages et certaines parties des corps des danseuses en drapés. À chaque teinte de cheveux, Axel pouvait donner un nom et il comprenait le soudain intérêt de Victoire à l'égard d'Ophélie. L'art et la grâce de celle-ci lui avaient permis de pénétrer dans le palais. Le roi n'acceptait que trois danseuses à ses divertissements. Sans doute parce que ce chiffre était devenu important pour lui à la mort de sa troisième fille.

Axel ne savait plus ce qu'il devait craindre : avoir peur pour les danseuses et l'Akalien, ou s'inquiéter pour Éline ? Korta étant absent, la princesse lui sembla le plus en danger. Il était prêt à la défendre.

La voix des danseuses se fit doucement entendre. Malgré sa résolution à rester sur le qui-vive, le chant troubla Axel. Il reconnaissait l'air des Bois Obscurs. Son cœur se serra à ces notes enivrantes qui lui avaient sauvé la vie. Il en oublia ses inquiétudes un instant, replongé dans l'atmosphère d'un proche et merveilleux passé. Il ne quittait plus Victoire des yeux, savourant la beauté de sa danse et le jeu des voiles au gré de ses gestes. La volupté des mouvements de son corps, la grâce de ses arabesques et la légèreté de ses jetés n'avaient de rivale que sa voix. Les piqués et les tours dévoilaient à peine son visage que seul Axel pouvait imaginer. Il n'avait soudain plus besoin de chercher la signification des mots étrangers qu'il entendait.

La noble assistance était aussi envoûtée, hypnotisée par les voix, la musique et la danse. Quelques murmures d'admiration se faisaient encore entendre lorsqu'une douce nappe aux reflets verts coula jusqu'aux pieds des trois danseuses. Plus aucun son ne sortit des bouches entrouvertes subjuguées par cette étrange apparition. Axel resta paralysé. La présence de la plante tueuse ne présageait rien de bon !

— Qu'avez-vous ? Qu'est-ce que c'est ? murmura Éline, trop curieuse.

Comme beaucoup de Leïlannais, elle connaissait la légende de leur existence et de leur cruauté, mais elle n'avait jamais vu d'amalyses de sa vie. Axel la fixa un long moment sans répondre. Ses yeux émeraude étaient devenus aussi froids que la pierre dont ils avaient emprunté la couleur. Un frisson parcourut le dos de la princesse.

— N'ayez pas peur, je vous en prie, n'ayez pas peur, supplia-t-il d'une voix faible.

Rien ne pouvait la rendre plus soucieuse, mais la grandeur du spectacle la captiva de nouveau. Sans comprendre pourquoi, elle pensait à sa sœur Éloïse, lorsque celle-ci chantait et qu'elle l'accompagnait à la harpe. La musique avait la capacité de l'emporter, elle aussi, dans le souvenir d'une ambiance paisible et regrettée.

La mystérieuse matière se leva du sol en vagues. Certaines parties, toutes en ondulation, remontèrent sur les danseuses. Elles entrelacèrent leurs attitudes. Les pas étaient maintenant accompagnés de ces bracelets, de ces rubans, de ces voiles, de ces ailes vivantes se déformant et se découpant au gré de la lumière vespérale et de la musique du nain.

Ce corps à corps enchanteur emportait tous les esprits au fur et à mesure que le rythme s'enflammait. Les tours s'accéléraient, les fondus et les frappés s'enchaînaient. La créature acceptait les moindres désirs du chant et des gestes. Elle sautait, tourbillonnait, arrêtait violemment la passion du mouvement ou se faisait caresse. Suivant un élan des bras vers le plafond et des sons pénétrants, elle s'élança vers les fresques comme un jet et retomba en fontaine pour jaillir de nouveau. Elle envahissait peu à peu la pièce, s'étirant comme un fin voilage, se déchirant comme de la dentelle dans une féerie de reflets qui émerveillait l'assistance. Comme si le vent du dehors avait envahi la pièce, cette fabuleuse draperie flottait dans les airs.

L'amalyse se donnait tout entière aux sentiments de ses dirigeantes. Elle en avait oublié sa nature et volait en lanières autour de chacune des danseuses, tournant à une cadence effrénée. Elle était l'être le plus envoûté de la salle. Ce fut en signe de protestation qu'elle fonça lorsque la magie s'arrêta, lorsque le chant et le murmure des bracelets d'or moururent. Elle se répandit sur le dallage comme pour se reposer de la douceur démesurée qu'elle avait éprouvée.

Personne ne bougeait, l'admiration figeait tous les regards. Ce spectacle, si inattendu, avait été si fantastique ! Peut-être que les esprits prirent soudain conscience que l'inhabituel de cette représentation avait quelque chose de dangereux. Peut-être que l'angoisse du soir s'insinuait en eux ou alors que leurs applaudissements ne pouvaient en rien exprimer leurs émotions. En tout cas, le charme continua à opérer dans un profond silence.

Une des danseuses s'avança vers le souverain. Elle s'arrêta devant les marches mais ne le salua pas. Elle restait debout, immobile, le visage dressé vers Sa Majesté.

Éléa regardait son père. Cet homme qu'elle avait haï pendant tant d'années. Elle ne savait plus quel sentiment avoir à son égard. De l'amour ? Non. Quand elle voyait dans quelle richesse il vivait, indifférent, caché du malheur de son peuple, elle ne pouvait pas l'aimer. Elle avait du mal à concevoir qu'il ne soit pour rien dans les agissements de

Korta ! De la pitié pouvait serrer son cœur. Si tout ce que Jerry avait dit était vrai, le souverain devait même être à plaindre. Mais son manque de caractère, sa soumission aux autres blessaient Éléa. Elle, si déterminée, comment pouvait-elle avoir un père aussi faible et inactif ? ! Il restait finalement méprisable, indigne d'être roi.

Elle avait préparé un discours mais, face à lui, elle oublia les leçons de Jerry et ses promesses. Elle ne se rendait compte ni de ce qui l'entourait, ni du nombre de personnes qui la regardaient. Pour la première fois de sa vie, elle était devant son père et une seule question sortit de sa bouche :

— Pourquoi vos filles, par des voiles, paient-elles des crimes qu'elles n'ont pas commis ?

Pour Tanin et les enfants d'Éade

Un silence de surprise avait saisi la cour.

Jamais personne ne s'était permis l'affront de poser cette question au souverain. Éline était étonnée de l'intérêt de la danseuse. Sa vie comptait, quelqu'un se souciait de son sort mais, surtout, osait défier la royauté pour elle ! Son monde n'était pas composé que de lâches. Elle était de plus en plus intriguée par cette personne.

Placé à la gauche du roi, un petit baron tout maigre et échauffé bouscula le jeune page près de lui pour intervenir :

— De quel droit te permets-tu une telle insolence envers Sa Majesté ?! Comment peux-tu oser venir insulter Sa Souveraineté et la vouvoyer ?! Qui crois…

Éléa avait baissé les yeux sous son voile. Elle tourna le dos à ce sujet ridicule. Elle se dirigea lentement vers ses amis pendant qu'il se déchaînait en mots inutiles. Mais le roi lui intima le silence. Elle s'arrêta.

— Qui es-tu ? demanda le souverain d'une voix profonde et curieuse devant une telle audace.

Éléa se retourna. Son père avait tout de même un peu d'autorité ! Il était debout, son manteau carmin goutté d'or couvrant fièrement sa longue robe de cour. Pendant un bref instant, il lui parut splendide. Elle retrouva le sourire et son envie de s'opposer à lui. Elle fit signe à Ophélie et à Virgine, et toutes trois enlevèrent le voile de leurs visages.

L'assemblée aristocratique ne put en découvrir que deux. Le troisième, celui de l'effrontée, était encore recouvert d'un masque verdâtre le dissimulant du front jusqu'aux joues seulement.

— On me donne le nom de ce que je porte sur le visage, déclara-t-elle alors que son amalyse faciale virait au noir.

— Korta ne vous avait pas prévenus que le Masque était une jeune fille ? déclara malicieusement Erwan devant le mutisme général.

La peur envahit soudain la salle. *Le terrifiant bandit avait pénétré le château ! Combien d'hommes avait-il avec lui ?!* Les regards effrayés se portaient sur les galeries du haut, sur les portes. La nouvelle créa des cris et des remous, incrédulité et crainte se brouillèrent. Le petit baron s'insurgea de nouveau, vociférant avec violence qu'elle ne sortirait jamais d'ici vivante !

Seules trois personnes n'eurent pas peur à l'annonce de son identité : Axel, qui le savait depuis longtemps et qui s'inquiétait seulement pour Éline, la princesse elle-même, subjuguée par les événements, et le roi, qui avait retrouvé sa personnalité.

Il fit taire avec dureté le noble agressif, au ravissement d'Éléa, puis il se retourna vers elle.

— J'ai bien du mal à te croire. Mais tu me sembles très hardie et ta témérité peut prouver tes dires. Ton irrespect aussi. Dans ce cas, il me paraît peu probable que tu sois venue te rendre, mais je doute fortement que tu réussisses à prendre ma couronne, si tel est ton dessein. Je ne te laisserai pas me détrôner aussi facilement, et j'espère que tu as conscience que tes chances de survie s'affaiblissent de minute en minute.

— Vous me voyez ravie, Sire, de votre résolution à garder votre trône, mais je laisse à votre fille aînée la charge de vous remplacer. Votre couronne ne m'intéresse pas. Et, en ce qui concerne votre avis sur mes moyens de sortie, je puis vous assurer que ce n'est qu'un point de vue !

— Sire ! Pourquoi Sa Majesté accepte-t-elle de telles insolences sous son toit ? Si c'est le Masque, pendons-la ! Gardes ! cria le petit baron nerveux.

Il déploya de nouveau une folie verbale qu'un jet d'amalyse coupa net. Glissant jusqu'aux pieds d'Éléa, la plante était remontée sur son corps et avait suivi la trajectoire de son bras pour s'abattre sur le cou du noble énervant.

— Sa Majesté t'a ordonné le silence ! Si ton souverain a suffisamment de patience pour supporter ton manque de soumission, il n'en est pas de même pour moi ! Et encore moins pour cette amalyse !

La noblesse se pétrifia à l'action de la plante tueuse. Elle avait perçu la matière étrange comme une simple magie et un effet de voiles, jamais comme une arme. Quand la jeune fille prononça le nom d'*amalyse*, toute l'assemblée titrée s'écarta vers les murs. Même Éline recula contre Axel. Il la retint de ses bras et lui murmura de nouveau de ne pas avoir peur. Elle le regarda sans comprendre. Il connaissait quelque chose, cette danseuse et ses compagnons entre autres, mais comment ? Son esprit, si fin habituellement, était trop préoccupé pour y réfléchir.

Éléa fit descendre l'escalier du trône au petit baron. Il rampait presque et en tomba à genoux devant elle.

— Fais attention ! prévint-elle avec un sourire de triomphe. Cette créature vient directement des Bois Obscurs, de la Source aux Amalyses : elle est sauvage ! Je connais le caractère de ces plantes tueuses et le pourquoi de leur violence, mais je ne suis en rien leur maître !

Le roi n'avait pas bougé, il était resté digne et droit, sans peur devant la tournure des événements. Son grand pectoral orfévré brillait autant que ses yeux dans les minces lueurs du jour. Il donnait envie à Éléa de savoir à quel point elle pouvait être fière d'être sa fille.

— Quel est ton chantage ? demanda-t-il gravement. Je ne pense pas que tu sois venue jusqu'ici pour terroriser et ridiculiser la cour.

La réflexion la fit rire.

— Votre Majesté a raison.

Elle marqua une pause et lâcha sa demande sauvagement :

— Je veux les enfants d'Éade ! Ceux que votre bien-aimé duc d'Alekant s'est permis d'arracher des bras de leurs parents pour assouvir une vengeance à mon égard !

— Je te croyais bandit et non justicier ! Mais ce mensonge ne te sert à rien, je n'aurais jamais laissé un seul de mes sujets maltraiter des enfants. La seule fois où le duc d'Alekant en a ramené au palais, ce n'étaient que des orphelins, par ta faute, pour lesquels il allait chercher des parents !

Voilà ce dont la royauté se nourrissait : mensonges éhontés, fables inventées et malheurs cachés.

— Ces enfants volés ont des parents ! Seulement dix d'entre eux sont réellement orphelins ! Et ils ont déjà des familles adoptives qui les attendent ! Vous devriez revoir vos croyances envers cet homme que vous prenez déjà pour votre gendre ! Si vous osiez sortir de votre palais, vous verriez ses crimes et ses félonies !

Elle allait s'enflammer un peu plus lorsque Ophélie poussa un cri. Profitant de l'attention qu'accaparait le

Masque, un garde avait essayé de maîtriser une des danseuses. Il avait oublié qu'elles étaient toutes trois reliées à des amalyses. La plante réagit aussitôt à son agressivité. Elle se jeta à son visage, son cou et son torse. Noire comme l'ébène, elle se mit à étouffer de ses pseudopodes cet homme trop violent à son goût.

Deux marquises et trois duchesses s'évanouirent dans les galeries à cette scène, des cris de panique remplirent la salle alors qu'Éléa lâchait son otage pour courir vers le soldat trop zélé.

La jeune fille avait amené ses propres amalyses qui s'étaient mélangées avec la sauvage. Elle en dissocia une pour la remettre en contact avec le soldat et la masse noire par son intermédiaire. Elle resta immobile, sans ordres oraux, le souffle ralenti. Toute la cour demeura paralysée sans comprendre les événements. Seul Axel admira son pouvoir de persuasion sur la plante. Celle-ci s'éclaircit au bout de quelques longues secondes et desserra son étreinte, avant d'avoir complètement retrouvé sa couleur initiale.

Mais le garde resta inerte : elle n'avait pas été assez rapide. Éléa chercha son pouls en vain. Cette mort laissa un froid.

— Je suis seulement venue chercher des enfants, Votre Majesté, je ne voulais pas mort d'homme. Tout ce que je peux souhaiter, c'est qu'elle ne sera pas inutile et que vos gardes se dispenseront dorénavant d'intervenir.

Sa voix marquait la rage de son impuissance. Le roi la regarda durement.

— Si tu ne désirais pas ce drame, il ne fallait pas le provoquer. On n'utilise pas une arme que l'on ne maîtrise pas.

Sa situation ne lui permettait pas ce genre de remarque.

De plus, il savait qu'il usait de mauvaise foi ; il avait très bien senti que la jeune fille avait sincèrement essayé de sauver l'homme. Il profitait de la jeunesse de celle-ci.

Éléa reçut la réflexion comme une gifle. Jerry n'aurait pas dit mieux. Mais cette fois, c'était son père qui lui faisait la morale. Elle ne dit rien, tête baissée comme un enfant. Elle se pinça les lèvres et laissa courir son amalyse sauvage sur le dallage en direction du trône.

La cour était horrifiée. Le jeune page voulut se placer courageusement devant le souverain, mais le roi l'écarta. Il ne voulait pas reculer. Sa bouche demeurait entrouverte dans sa barbe brune mais ses yeux fixaient la jeune fille pour ignorer la progression de la plante.

En arrivant au bas des marches, l'amalyse bifurqua et fonça dans les nobles agglutinés à gauche de Sa Majesté. Poussant des hurlements d'épouvante, ils s'écartèrent au passage de la plante, craignant d'être la prochaine victime. Mais elle continuait son chemin comme si elle avait un but précis. Le petit baron agressif, qui s'était réfugié dans le groupe, se plaqua contre une porte-fenêtre du balcon. L'amalyse arrivait sur lui. De sa main, il chercha fébrilement une poignée mais sa peur l'empêcha de contrôler ses gestes. Quand l'amalyse monta sur son pied, il hurla et se mit à pleurer :

— Dans les cachots de l'aile ouest ! Les enfants d'Éade sont dans les cachots de l'aile ouest !

À cette révélation, Virgine, Ophélie et Erwan se précipitèrent vers Éléa.

— Emportez-le avec vous et sortez au plus vite ! leur dit-elle en donnant une partie de ses amalyses et son otage à Virgine.

Alors qu'ils emmenaient le noble, anéanti de s'être dévoilé, elle se retourna vers le roi brusquement.

— Vous enfermez des enfants dans des cachots pour leur chercher des parents ?!

Le roi était interdit.

— Korta n'en a jamais eu l'intention, siffla-t-elle avec mépris.

Il n'avait plus de voix, sa seule réaction fut de s'asseoir. Dans son propre château, des enfants étaient martyrisés. Il restait effondré. Il devait y avoir une explication.

Derrière le trône, une amalyse glissait silencieusement sur les tentures. Elle était un morceau résiduel de celle qui avait retrouvé le noble hargneux. Dans les cris, les larmes et les bousculades, elle s'était échappée furtivement du contrôle d'Éléa et poursuivait une autre recherche. La douceur du chant ne lui avait pas suffi, elle en désirait plus. Or, lors de la danse, elle avait ressenti la présence de l'homme qui l'avait rendue blanche quelques jours plus tôt. Elle s'approchait d'Axel.

Il se tenait toujours en retrait par rapport à la princesse Éline. Erwan l'avait aperçu en sortant mais n'avait rien dit. Le jeune homme ne se sentait pas à l'aise. Il n'avait plus peur pour la princesse, il avait compris le combat de Victoire et approuvé son acte. Mais il n'était pas à sa place.

Il posa sa main sur la tenture derrière lui dans un geste sans but lorsqu'il sentit une caresse couler entre ses doigts. Surpris, il retira sa main dans un sursaut, entraînant l'amalyse sur son poignet. Il n'éprouva pas de peur – elle était claire – cependant son agitation fit se retourner Éline. Il mit un doigt sur la bouche en signe de silence mais ils avaient déjà attiré l'attention de Misty et de Victoire.

Cette dernière se déplaça pour savoir qui se cachait derrière sa sœur. La couleur ambre des cheveux la saisit.

Elle monta les marches, étirant le fin réseau de l'amalyse sauvage par ses chevilles. Elle craignait d'avoir raison.

Éline s'écarta devant le visage sans expression et mystérieusement masqué. Découvert, Axel n'osa pas lever les yeux sur Victoire. Il arborait un air coupable. La princesse vit la bouche du Masque s'ouvrir de surprise et se refermer avec brutalité.

—Je ne te fais pas peur?! cracha-t-elle en prenant l'anneau d'or d'Axel dans les doigts.

Il releva la tête. Ses lèvres se serrèrent. Ses yeux ne savaient pas comment la regarder. Il ne pouvait pas lui expliquer sa présence et ses riches vêtements. Il lui avait seulement dit qu'il était un messager. *Qu'allait-elle croire?!*

L'amalyse échappée ne revenait pas sur le poignet de Victoire, elle se contentait de tourner discrètement autour de celui d'Axel, hésitant entre le vert clair et le blanc. La jeune fille agrippa ses doigts autour de l'anneau et, d'un coup sec rageur, elle arracha la chaîne. Elle se retourna et descendit les marches précipitamment, laissant Axel choqué par son geste. Il n'osait même plus respirer, elle lui avait arraché le cœur!

La cour crut que la peur retournait le comte de Mont-Allois et ne prêta pas attention à ses yeux rougis et à sa détresse. Misty ne remarqua pas la plante tueuse, mais elle observa Éline qui se plaça légèrement devant Axel pour serrer sa main dans la sienne. La princesse fut la seule à comprendre la détresse du jeune homme.

Axel ne réagit même pas au geste d'Éline. Celle qu'il aimait de tout son être l'avait poignardé. Il ne sentait plus l'amalyse, il ne réalisait pas qu'elle venait de glisser sur Éline que la peur avait quittée. Il semblait perdu et regardait Victoire avec un visage d'incompréhension.

— Je ne serai pas venue pour rien ! tonna celle-ci en lançant la chaîne à l'amalyse sauvage.

La plante la repoussa dans un des voiles gisant encore sur le marbre.

— Depuis que vous vous cloîtrez dans ce palais, il est difficile de faire survivre la population ! Et je n'ai pas envie d'en faire un peuple perpétuellement secondé. Vous vous êtes enrichis de son malheur, l'anéantissant un peu plus chaque jour. À son tour ! Lancez vos bijoux à cette amalyse ! cria-t-elle avec colère. N'essayez pas de la tromper, vous avez vu ce dont elle est capable !

La cour impressionnée n'hésita pas plus longtemps : au fur et à mesure que le Masque ordonnait, l'amalyse fonçait et prenait une couleur noire, inquiétante.

— Prends cet argent mais arrête tes mensonges ! tonna le roi qui sortait de sa torpeur. Tu n'es qu'un brigand et une voleuse ! C'est pour ton propre compte que tu détrousses ! Aie suffisamment d'honnêteté pour ne pas accuser les autres de tes crimes ! C'est toi qui affames mon peuple et le réduis à la misère !

Son intervention calma Éléa. Sa rage n'était pas dirigée contre lui. Elle se retourna et lui fit face.

— Que savez-vous de mes actions ? Ce que Korta vous rapporte ? ! Pourquoi ne croire qu'un seul homme ? Sortez vous-même !

— Tu tues mes gardes avec une méchanceté et une lâcheté gratuites ! Douze sont tombés dans une de tes embuscades et aucun n'en a réchappé ! Tu ne peux être que lâche et sans honneur pour les attaquer en surnombre et les décimer par plaisir ! Tu ignores ce qu'est la mort donnée par défense : tu exécutes ! Ton cœur est plus noir que les ténèbres ! Plus noir que ces amalyses que tu utilises !

— Je n'ai jamais tué qui que ce soit ! Jamais un seul homme n'est mort de mes mains et je n'ai jamais employé mes amalyses à d'autres fins que celle de l'intimidation !

Elle marchait sur lui. Elle était tellement habituée au caractère colérique de Jerry qu'elle ne craignait plus d'affronter qui que ce soit en paroles !

— Korta se sert de vous ! Regardez autour de vous et réfléchissez un peu ! Ételest pauvre alors que je ne puis y venir ! Sortez dans vos campagnes ! Vous verrez que la plupart des villages renaissent au lieu de mourir de votre manque d'intérêt ! J'essaie de les faire revivre et c'est Korta qui les brûle ! Ouvrez vos yeux ! Agissez ! Réagissez !!!

Elle se trouvait devant Sa Majesté et, pour une raison inconnue, elle fit dégager l'amalyse de ses yeux. Les Trois Fées ne leur avaient pas donné cette couleur sans dessein. Ils ne pouvaient pas avoir qu'une simple valeur décorative !

Le bleu extraordinaire cloua le roi sur place de stupéfaction. Face à son expression, Éléa les dissimula aussitôt et se calma.

— Lorsqu'ils sont princes, les hommes se battent, mais une fois rois, la couronne devient aussi lourde que leurs festins. Si je suis le brigand que vous dites, pourquoi ne vous ai-je jamais vu devant moi ?

À la figure pétrifiée de son père sans réaction, elle se mit de nouveau à le mépriser et préféra redescendre s'occuper de la récolte de l'amalyse.

Le roi s'écroula sur son siège. Devant lui, son esprit déroulait soudain une scène insolite et inconnue : la fenêtre de la chambre de la reine s'ouvrait avec violence, un monstre immonde, tenant un enfant mort par le bras, apparaissait dans un éclair éblouissant. La bête se rua dans la pièce envahie par les hurlements de la reine et de la nourrice. La bête se jeta sur lui et lui bloqua le couteau qu'il pointait sur… *sa fille!*

Le roi ne pouvait croire ce que son esprit lui révélait. Il aurait tué son troisième enfant?! Éléa n'était pas mort-née! *C'était impossible!*

Le monstre le maîtrisa très vite avec une force démentielle et lui arracha sa fille des mains. La reine pleurait et essayait de ramper sur son lit pour porter secours à son bébé. Le désespoir l'avait envahie: son mari voulait tuer le fruit de leur amour et un monstre essayait maintenant de le lui ravir.

Le brusque souvenir des cris de sa femme déchirait les oreilles du roi et emplissait sa tête dans un bourdonnement qui le rendait fou de douleur.

La nourrice, recroquevillée dans un coin de la pièce, regardait la scène horrifiée, les mains et ses cheveux noirs sur le visage. Le monstre jeta l'enfant mort dans le berceau de la princesse et prit celle-ci, hurlante, sous le bras. Juste avant de disparaître dans le même éclair, la bête se retourna et lui déclara brutalement en découvrant des crocs luisants:

— Tu te souviendras de la couleur de cette nuit.

Le roi tremblait sur son trône. Il comprenait soudain tout ce qui s'était passé ensuite. Jusqu'à présent, il ne s'était rappelé ce soir-là que des gestes de la nourrice. Elle s'était précipitée vers la fenêtre pour la fermer au tambourinement de la porte. Avec rapidité, elle avait jeté un petit drap sur l'enfant mort et avait rallongé dans son lit la reine, en sang, évanouie. Il n'avait pas discerné le pourquoi de tous ses mouvements. Son esprit ne s'était ouvert qu'à ce moment-là, du bonheur de savoir que sa femme venait d'accoucher, il avait basculé dans la tragédie de cette naissance.

Il était blême, fiévreux, les Mondes s'écroulaient autour de lui. Il était à l'origine de toute cette horreur ! Pourquoi et comment avait-il pu avoir ce geste de violence ?! Qu'avait fait ce monstre de son enfant ?! Il crispa les yeux en imaginant cette bête s'en nourrissant. La douleur l'oppressait. Il saisissait enfin la mort de la reine.

Il s'était toujours demandé pourquoi sa femme s'était laissée mourir, pourquoi elle l'avait abandonné ainsi que leurs deux filles. Leur amour n'avait pas d'égal, et soudain elle ne supportait plus sa présence. Elle hurlait et pleurait chaque fois qu'il s'approchait d'elle. Maintenant, il savait : c'était son amour pour lui qui l'avait tuée. Comment aurait-elle pu continuer à vivre et à aimer l'homme qui avait essayé de tuer leur enfant ? Pourquoi ne lui avait-elle pas expliqué ? Pourquoi ne s'était-il jamais rappelé cette scène ? *Pourquoi lui revenait-elle maintenant ?*

Sa vie avait cessé le jour de la mort de sa reine. Il aurait voulu se suicider pour la rejoindre, mais il avait eu l'impression qu'elle le refuserait à ses côtés. Il était resté banni de son cœur même au dernier moment. Les yeux gonflés par tant de nuits de pleurs, elle lui avait seulement demandé avant de s'éteindre : *pourquoi ?*

Mais qu'aurait-il pu répondre ? Il ne savait même pas ce qu'il devait expliquer !

Tout à sa douleur, il n'avait plus jamais régné comme il l'avait fait auparavant. Le duc d'Alekant l'avait soutenu dans sa peine. Le voyant si violemment secoué, détruit par toutes les tragédies consécutives et si meurtri par la mort de sa reine, il lui avait donné l'idée de voiler ses filles avant qu'elles ne ressemblent trop à leur mère et ne le fassent souffrir. Sans réfléchir, il avait signé cette loi. Dans l'égoïsme de son amour brisé, il n'avait pas tenu son rôle de père et les avait oubliées. Dans la fureur de son désespoir, il avait déclaré *Éléa* Nom Interdit au même titre qu'une criminelle, sans penser aux conséquences de tous ces actes. Son seul but était qu'aucune âme ne répète ces syllabes douloureuses.

Il avait depuis longtemps cherché à revenir sur ses décisions mais ces deux lois appartenaient désormais aux Lois Interdites : aucun souverain, même celui qui les avait dictées, ne pouvait les effacer, il ne pouvait que les exécuter.

Il avait les yeux dans le vide. Son anéantissement était total. Ce Masque avait raison. Ses filles payaient des crimes qu'elles n'avaient pas commis et lui, malgré sa couronne, ne pouvait rendre justice. C'était lui l'être immonde, pas celui qui avait emmené son troisième enfant.

Il revoyait, malgré les années passées, le visage de celle qu'il n'avait jamais cessé d'aimer. Sa reine, sa vie s'était enfuie de ces Mondes. Peut-être avait-elle cru qu'il était l'auteur du massacre des nouveau-nés ? Il avait bien eu le premier geste de violence sur Éléa.

Ses yeux gris cendre laissèrent échapper une larme sur sa joue soudain ridée.

✧

Deux chariots quittaient le palais ; les trente enfants d'Éade, recouverts d'une toile de jute, s'étaient plaqués sur leurs planchers et les artistes récemment enfermés s'éclipsaient aussi avec soulagement.

Aucun garde n'arrêtait leur progression dans la basse-cour : les cinq surveillant les écuries et les dix en faction devant les chariots avaient été maîtrisés par Erwan. Son corsouflet n'était pas seulement un instrument de musique. Au moyen de petites pointes enrobées d'une substance endormante de son cru, l'Akalien l'employait aussi comme arme neutralisante. Les soldats de la passerelle ne s'occupaient pas d'eux. Concentrés sur les bourrasques de plus en plus violentes sur le pont, ils regardaient vers l'extérieur et n'avaient pas remarqué leurs manigances dans la cour. En toute logique, les sariclès n'avaient pas regagné leur poste, et la liberté allait sourire aux enfants d'Éade et à leurs sauveurs.

Cachés derrière un poteau de l'écurie, des yeux fins et excessivement tirés en amande les regardaient dépasser la passerelle et s'enfuir dans le vent, devant les gardes sans réaction. L'espion se leva. C'était un petit garçon d'environ huit ans. Les épreuves de son enfance lui avaient appris la dureté de la vie mais son esprit précocement vieilli se dissimulait derrière un visage mutin, renforcé par l'irrégularité de ses deux grosses incisives. Un petit livre dépassait de la poche arrière de son pantalon.

Avec prudence, il regagna la grande cour d'honneur éclairée seulement par quelques sourdes flammes dans des torchères en fer. Puis, il s'élança vers le perron d'une galerie. Il ne savait pas où se trouvait la salle du trône, mais il se dirigeait dans la direction la plus logique : le sommet du donjon. Il prenait tous les escaliers qui montaient. Ses grossiers souliers s'enfonçaient dans l'épaisseur des tapis. Les grandes arcades semblaient se courber sur ce petit bout d'homme intimidé. Il était si étranger à ces lieux avec sa frange brune trop longue et son pantalon troué au genou.

En chemin, un son lui glaça soudain le dos : un bruit de corne s'entendait au loin dans la capitale. Oubliant sa réserve, il se mit à courir dans l'escalier. Il s'étala de tout son long mais se releva sans y prêter attention. Il avait désobéi en ne s'enfuyant pas avec les autres. Le signal allait faire partir le Masque : il allait se retrouver seul dans le château !

L'angoisse le prenait au fur et à mesure qu'il tournait dans les galeries interminables du palais. Il réalisait son erreur. Il n'arrivait pas à trouver son chemin. Il avait peur. Sur les tapisseries, de terribles créatures se mirent à effrayer sa trop grande imagination. Elles le fixaient, l'épiaient, prêtes à lui sauter dessus ! Il s'enfuit du couloir et en prit un autre. Il ferma les yeux pour retrouver son courage et revenir à la réalité. *Le palais était trop grand !*

Les galeries se ressemblaient toutes, les peintures représentaient pour lui toujours les mêmes personnes, les statues, les caryatides, les armures avaient toujours les mêmes postures ! Il se croyait perdu dans ce labyrinthe et cédait à la panique lorsqu'il vit les pieds d'un soldat dépasser de derrière une colonne : Erwan avait signé son passage !

Recouvrant sa hardiesse, l'enfant partit dans la direction que semblait lui indiquer l'être inerte. Au deuxième corps, il reprit sa course effrénée dans un couloir de tableaux sinistres, et s'arrêta devant une porte immense à deux battants. Collant son oreille sur le bois sculpté, la peur revint : il n'entendait aucun bruit. Doucement, reprenant son souffle, il étendit le bras pour actionner la poignée et ouvrit légèrement la porte.

La cour restait silencieuse. Éléa était prête à partir. Au son de la corne, elle avait mis fin à son chantage et noué rapidement deux voiles pleins de bijoux en deux petits sacs. Le grand bruit de l'ouverture de la porte lui fit faire volte-face.

Korta ?! Déjà ! Impossible !

La noblesse s'était aussi retournée et même écartée pour mieux observer l'intrus. Le petit garçon entra dans la pièce, bravant sa peur et les risques de son acte. Il se sentit un instant noyé au milieu de toutes ces robes, de toutes ces coiffes et de tous ces regards inquisiteurs. Mais, là, au centre de la pièce, parée de quelques voiles dorés et de son masque habituel, se trouvait l'amour de sa vie d'enfant. N'écoutant que son cœur et la joie de la revoir, il courut dans ses bras en criant :

— Maman !

Éléa s'agenouilla et le serra contre elle.

— Tanin, murmura-t-elle avec chaleur.

De trois caresses purement maternelles, elle s'assura qu'il n'avait rien et le reprit dans ses bras.

Ce moment d'abandon aurait pu être fatal à Éléa. Quelqu'un aurait pu profiter de son inattention, mais la scène s'offrant à leurs yeux avait saisi les nobles. Pendant ces courtes secondes, leurs esprits oublièrent le guerrier pour ne voir que la mère. Ses actes n'étaient pas pardonnés mais son audace, son effronterie et sa violence semblaient plus compréhensibles.

Tenant la tête de Tanin qui ne faisait plus qu'un avec elle, Éléa regarda vers le trône. Encore secoué par la découverte de son passé, le roi n'avait pas bougé. En voyant le Masque avec son enfant, l'envie de tendresse ranimait pourtant l'âme royale, mais il n'avait encore qu'un regard vide. Éléa crut que le souverain se désintéressait de ce qui l'entourait et le renia sottement, comme si elle pouvait changer sa propre noblesse de sang et faire disparaître sa tache royale.

Elle accorda aussi un dernier regard à Axel mais elle détourna rapidement la tête. Aucun mot ne pouvait décrire son état. Il n'existait plus. Au mot *maman*, son amour déjà en miettes avait été piétiné. Le choc s'était montré si brusque, le déchirement si vif, le désespoir si infini... Il se serait bien enfui, laissant son acte en proie à l'imagination de la cour, mais Éline l'avait retenu.

L'esprit de celle-ci s'ouvrait depuis qu'il se heurtait à un jeu de possibles et d'impossibles. C'était avec une tête froide, lucide et vive qu'elle analysait ce qui s'était passé et ce qui se passait. Elle observait les yeux clairs du petit garçon débordant d'une admiration sans limite pour sa mère, et ses sourires délicieux qui oubliaient la précarité de leur situation. La jeune princesse devinait aisément que Tanin n'avait pu douter un instant que le Masque viendrait le chercher. Elle sourit de sa chance.

Éléa ne reprocha pas à Tanin son arrivée inopinée. Il ne l'étonnait guère : qu'aurait-elle fait à son âge ? Mais la vue du livre coincé dans sa poche arrière manqua de lui faire échapper un cri. Tanin baissa les yeux et serra les lèvres de culpabilité. Elle ne pouvait rien lui dire ici mais il savait que ce n'était que partie remise ! Masquant l'étrange apparition derrière l'enfant, elle fit sortir de sa corne deux fins harnais de cuir pour attacher les sacs de voiles sur leurs dos. Elle mit autoritairement le livre dans l'un d'eux. Tanin se laissa encercler, le visage illuminé de bonheur en comprenant le moyen de fuite. Il déposa ses petites lèvres humides sur la bouche du Masque, espérant un début de pardon.

— Dépêche-toi, mon cœur, il ne va pas tarder, chuchota-t-elle en passant douloureusement ses doigts dans les nombreux épis de ses cheveux bruns.

Avec savoir-faire, il l'aida à s'attacher, allégeant la fatigue de ses mains. Ils étaient prêts.

— Attends ! Attends, Masque !

Éléa se retourna. C'était la princesse Éline qui l'interpellait. Elle s'était approchée et avait même descendu deux marches du trône. L'éclat des reflets grenat de sa robe flamboyait sur sa peau nacrée. Sa splendeur et sa soudaine intervention stoppèrent sa sœur dans sa fuite.

Éline allait parler devant la cour pour la première fois. Son intervention suscita des perturbations – Misty voulut s'en mêler – mais le roi se contenta d'observer sa fille. Devant l'accord tacite de son père, la jeune princesse continua en décrochant le sautoir de rubis qui ornait son cou.

— Je n'accepte pas d'être mise à l'écart de la cour. Tu as dévalisé la plupart des loyaux sujets de mon père, je tiens à partager leur peine.

La plus surprise de ses paroles fut sa chaperonne. Celle-ci savait fort bien qu'Éline ne marquait que peu d'intérêt à la cour qu'elle considérait trop lâche et trop fausse. Aussi se demanda-t-elle la véritable nature de ces agissements.

Ces mots si simples déconcertaient un peu Éléa, mais le geste se montrait des plus princiers.

— Je ne voulais en aucun cas désobliger Votre Altesse et je ne pensais pas blesser votre amour-propre.

Elle tendit la main vers le bijou mais Éline le retint encore.

— Tu caches ton nom et ton visage, et renies le jugement des mortels, mais crains-tu celui des Esprits Supérieurs ?

Éléa ne bougea pas.

— Alors, je les invoque pour toi, prononça-t-elle solennellement de sa voix claire et posée. Devant mon père, vingt et unième souverain de Leïlan, Pays des Deux Lunes et des Illusions, ainsi que devant toute sa cour, j'en appelle aux Trois Fées de l'Est, Divinités du Bien et de la Vie. Entendez mon cœur et écoutez ma requête. S'il existe une parcelle de vérité dans tous les dires de cette personne, que ce collier lui porte bonheur et l'aide dans son action. Sinon, qu'il la maudisse selon votre loi et soit la cause de son trépas.

Elle lâcha le collier qui coula dans les doigts du Masque. Misty resta légèrement incrédule, ne sachant que penser. La cour, en revanche, admira son discours et tout le monde attendit avec impatience la réponse.

Éléa s'inclina devant la justice de sa sœur :

— Soit. Je ne vendrai pas votre collier, Votre Altesse, et je le porterai. Que les Fées entendent votre volonté et l'accomplissent !

Elles restèrent un instant face à face. Chacune scrutait le voile ou le masque dissimulant le visage de l'autre, chacune espérait apercevoir une expression, un signe que leur cœur attendait en secret. Malgré le fossé qui les séparait, quelque chose passa : le sourire du Masque, sa reconnaissance et son assurance plurent à Éline, et Éléa resta éblouie des paroles de sa sœur.

Des bruits de pas de course et des cris dans les couloirs adjacents à la salle du trône ressaisirent son esprit.

— Tanin, ouvre les balcons ! cria-t-elle à l'enfant.

Il s'exécuta sur-le-champ. Mais la force du vent poussant les vitres depuis le début de l'après-midi rabattit avec violence le petit garçon sur le sol. Les battants de la porte-fenêtre volèrent en éclats contre les murs. La brutale bourrasque s'engouffra dans la grande salle, arrachant, bousculant, décoiffant et détruisant tout sur son passage. Le courant d'air se déchaîna un peu plus à l'entrée fracassante de Korta et de ses hommes. Comme prise entre deux feux, emmêlée dans ses cheveux, Éléa releva ses amalyses en bouclier et aida Tanin à faire face au vent.

Korta la fixa. Il arrivait trop tard. Il ruminait sa haine devant ce rideau infranchissable. Ses manigances avec les Pays Insolites avaient pris plus de temps qu'il n'avait escompté et, même pour une jolie blonde, il n'avait pu les faire accélérer. La présence du Masque au palais lui était insupportable. Un jour d'absence et elle en profitait ! Malgré la finesse, les attraits du corps devant lui et l'impertinence du vent dans les drapés de la jeune fille, il ne ressentait pas cette violente passion qu'il éprouvait habituellement en sa présence. Les yeux bleus étaient dissimulés. Son esprit les oubliait lentement.

Il enrageait. Qu'est-ce que cette gamine avait bien pu dire et faire ? Il reconnaissait le petit garçon à ses côtés : c'était celui qu'il avait eu le plus de mal à capturer à Éade ! Pourquoi l'emmenait-elle ? Comment comptait-elle d'ailleurs s'échapper ? Plus de quatre cents pieds la séparaient des douves à la base du château. Le vent laissa une accalmie pour répondre à sa question.

Le Masque poussa le petit garçon vers le bord du balcon et lui hurla de sauter. Dans toute l'insouciance de sa jeunesse et la confiance aveugle qu'il portait en lui et en elle, il se jeta dans le vide. Dans un même bond, le Masque l'imita, le collier d'Éline serré dans la main gauche, entraînant les amalyses à sa suite par son poignet droit.

La princesse Éline hurla d'effroi et courut aux balcons derrière Korta.

Surgissant du crépuscule, un oiseau immense rattrapa l'enfant avec adresse et fila droit sur la jeune fille qui tombait. Une deuxième bourrasque aussi violente que la première la renvoya comme une plume vers le château et l'empêcha de saisir l'oiseau. Elle continua sa chute inexorablement vers les douves.

— Jerry ! cria-t-elle d'une voix qui ne pouvait que trahir sa faiblesse.

Tanin s'accrocha de toutes ses forces à l'oiseau qui fendit l'air pour passer sous la jeune fille à quelques pieds des douves. De son bec, il la propulsa au-dessus de lui et elle s'aplatit brutalement sur son dos à côté de Tanin. Le choc et la bousculade lui firent lâcher le sautoir. Glissant entre les plumes brunes, emporté par son propre poids, le chapelet de rubis partait, attiré par le néant.

Alors qu'elle était en sécurité, et que Jerry reprenait son envol contre le vent, Éléa s'élança dans le vide, ne tenant que d'une main une courroie pour rattraper le bijou de l'autre. Sa rapidité et son agilité lui permirent de le saisir mais, au moment où elle voulut se rétablir sur le dos de l'oiseau, le tentacule d'un sariclès lui enserra la cheville. Elle hurla à son contact : la chair visqueuse et gluante la brûlait !

— La corne ! ordonna Jerry qui peinait pour ne pas être entraîné.

Tanin cria aussi. Le temps d'un battement de paupières, l'esprit d'Éléa dut prendre sa décision : elle ne voulait pas céder, mais elle ne pouvait pas utiliser sa corne si elle ne lâchait pas le bijou. Les larmes de douleur remplirent ses yeux. Écartelée, elle ne pouvait pas lutter.

— Pardonne-moi, Éline, murmura-t-elle devant sa défaillance.

Elle desserrait ses doigts des rubis quand les amalyses qui la suivaient glissèrent sur son corps et s'effondrèrent sur le sariclès. Le tentacule lâcha Éléa instantanément pour se ruer vers sa nouvelle proie moins fragile et de surcroît plus intéressante. Les amalyses quittèrent le poignet de la jeune fille sans que celle-ci leur en donne l'ordre ou puisse intervenir. Ce combat n'était pas le sien. La seule qui lui resta fut l'inoffensive, celle qui lui servait de masque. Toutes les autres se mêlèrent au sariclès, dans un hurlement sourd.

Les deux monstres, d'égale soif de mort, se déchaînèrent dans une lutte effroyable. Des gerbes d'eau, étincelant du reflet des étoiles, s'élevèrent. Elles remontèrent le long des murs du donjon et éclaboussèrent cent pas à la ronde selon l'apparition ou la disparition sous-marine des tentacules et des filets d'amalyses. La couleur de l'eau s'anima d'éclairs de lumière et de précipités noirs. Des bruits pouvant s'identifier à des cris se discernèrent au milieu de ce tumulte.

Éléa avait réussi à remonter sur le dos de l'oiseau. Tanin s'était jeté dans ses bras et protégeait son jeune âge de cette vision apocalyptique. Jerry prenait de l'altitude : le combat le laissait indifférent. La jeune fille regardait néanmoins ses amalyses avec peine. Il y en avait deux, peut-être trois, qui étaient ses compagnes depuis quelques années. À part celle de son visage, elle n'avait jamais réussi à les discerner individuellement à cause de leur propriété de fusion. Elle n'avait jamais su ce qu'elles ressentaient vraiment à ses chansons ou à ses propres sentiments, pourtant elle sentait comme une partie d'elle-même disparaître dans les flots.

La dernière image dans le noir fut une soudaine inertie des douves. Quel était le vainqueur ? Le gardien du château, de toute évidence, sinon les autres sariclès seraient venus combattre l'amalyse à leur tour.

Éléa serra ses doigts sur le collier d'Éline. Une petite douleur aiguë la surprit. Ce n'était pas le cercle de peau à vif tout autour de sa cheville qui la faisait souffrir. La blessure était tellement grave que son corps avait réagi en conséquence. Elle écarta les doigts : trois de ses ongles avaient pénétré la chair de sa paume de main pour ne pas lâcher le précieux bijou. Le vœu de sa sœur avait pris une telle importance !

Elle décrocha sa corne pour l'approcher de sa cheville et de sa main : elle devait profiter de l'endormissement et des défenses de son organisme. Tanin la regarda, horrifié à l'idée de la souffrance qu'elle allait endurer, et se serra contre elle en signe d'encouragement, peut-être plus pour lui que pour elle.

— Soigne-toi en silence ! précisa Jerry froidement. Assume tes bêtises sentimentales seule ! Et toi, Tanin, qu'as-tu cherché à prouver en désobéissant à Erwan ?!

— Laisse-le ! Il a eu suffisamment peur pour se faire sa propre morale !

Elle avait gardé encore un peu de rancœur à son égard. Elle avait bien des remarques à faire à Tanin, mais elle ne voulait pas les faire devant son Maître. L'oiseau se tut et d'un coup d'ailes plein de rogne, il rattrapa un nouveau courant d'air chaud pour planer entre les nuages jusqu'au village d'Ize.

Désespoirs et regrets

Ses talons claquaient à chaque marche, le bord de sa robe et ses jupons glissaient rapidement sur chaque arête de marbre. Sa traîne volait derrière elle comme ses boucles. La princesse Éline profitait du tumulte provoqué par le départ du Masque pour fuir à la suite du prince Axel.

Lui n'avait pas attendu que Misty soit occupée avec Korta. Il s'était juste assuré que Victoire s'envolait saine et sauve. La douleur maintenant lui faisait presser le pas, sans but autre que de croire que la fuite pourrait apaiser sa peine.

— Comte de Mont-Allois ! Attendez-moi ! suppliait Éline qui n'arrivait pas à le suivre.

Il n'écoutait pas et continuait de plus en plus vite.

— Comte de Mont-Allois, je vous en prie !

Il avait quitté l'escalier et partait dans une galerie déserte. Elle s'était arrêtée sur le dernier palier, il allait disparaître.

— Prince Axel ! cria-t-elle en dernier recours.

Le rappel de son rang stoppa net le jeune homme. Il était vrai que sa conduite n'avait rien de digne. Il se retourna et attendit la princesse, le visage rivé au sol.

Arrivée à sa hauteur, elle lui attrapa le bras et s'assura une seconde fois de leur solitude. Se retournant vers un pan de mur, elle passa la main derrière un tableau. Un mécanisme se déclencha : le mur pivota et révéla un étroit couloir sombre qui se terminait par un escalier donnant sur l'extérieur. Éline s'y engouffra, entraînant Axel. Ils débouchèrent tous les deux derrière une tour, sur le chemin de ronde du côté est.

À l'abri du vent, contre la muraille de pierres blanches ressortant dans la nuit, la jeune princesse fit face à Axel.

— Dites-moi la vérité, pria-t-elle essoufflée. Le Masque et la Fille-aux-yeux-bleus ne font qu'un, n'est-ce pas ?

Il resta silencieux.

— Prince Axel, s'il vous plaît, répondez-moi ! J'ai vu ses gestes de médecin sur le soldat inerte ! Sa surprise à votre présence ! Et c'est avec ses yeux qu'elle a fait taire mon père ! Ne me mentez pas, je n'ai qu'à vous regarder pour savoir que vous l'aimez !

Le jeune homme fit quelques pas dans la nuit pour se mettre dans le champ du vent. Sa violence et sa fraîcheur lui faisaient du bien. Il ferma les yeux et garda les lèvres scellées.

— Je vous en prie, cessez ce silence ! J'ai besoin de savoir si elle agit pour ou contre Sa Majesté ! Pensez à Éloïse ! lança-t-elle à bout d'arguments.

Le regard vert du jeune homme se posa enfin sur elle.

— Pourquoi me posez-vous la question puisque vous connaissez la réponse ?

Le rythme de la respiration d'Éline s'accélérait de nouveau.

— Et... quel est son prénom ? balbutia-t-elle.

— Elle se fait surnommer Victoire pour cacher son véritable nom.

Révéler tout ceci ne lui faisait aucun effet. Son cœur ne réagissait plus, las de tous ces secrets et de toutes ces peines.

— Alors, elle porte un Nom Interdit !

Éline avait parlé dans un cri. Une main sur ses voiles, elle découvrait ce que son esprit essayait de lui dire depuis longtemps. Ses yeux se troublèrent. Enfin, elle était sûre. Enfin, elle comprenait les derniers mots de sa mère.

Avant de mourir, la reine lui avait demandé de veiller sur ses sœurs. Pour Éline, il n'y avait qu'Éloïse, on lui avait dit que sa petite sœur Éléa était morte. Ses quatre ans n'avaient pas pu penser que sa mère devenait folle, et par la suite, elle n'avait pas pu l'admettre. Elle n'avait parlé de tout ceci à personne, et à chaque âge, elle avait donné une signification nouvelle à cette phrase de sa mère. Dix-sept ans de questions sans réponses sur l'esprit de la reine. Elle avait bien une deuxième sœur. La vérité lui créait autant de bonheur que de peine.

— Qu'est-ce qu'un Nom Interdit ? demanda Axel.

Éline renversa la tête contre le mur avant de répondre.

— Ces noms font partie des Lois Interdites. Toute personne considérée par la cour comme meurtrière voit son prénom intégrer cette liste. Même lorsque la personne est morte, il ne doit plus être prononcé, il est banni du pays jusqu'à réparation. Pour les Leïlannais, le nom d'une personne est aussi son âme. La justice ne pouvant pas toujours être rendue, cet artifice bien vu du peuple a permis aux nombreux souverains successifs de Leïlan de couper toute popularité aux criminels et de toucher les rares sensibles.

— Ce n'est pas une criminelle ! s'exclama-t-il.

L'explication l'avait ramené de sa torpeur.

— Je vous crois, répondit-elle. Je lui ai donné mon collier parce que j'ai eu confiance en votre jugement. Je ne connais que trop bien la noirceur des sentiments et des actions du duc d'Alekant pour douter de ce qu'elle a dit.

Même si Victoire lui avait fait mal, Axel ne pouvait supporter qu'on la traite de la sorte. Atterré, il s'approcha d'Éline en répétant son innocence. Il s'adossa contre la muraille, froissant son paletot dont la doublure d'argent luisait dans la nuit. Épuisé de ses tourments, il raconta tout ce qu'il savait de la jeune fille pour se justifier.

Il revivait au fur et à mesure de son récit tous les moments de bonheur qu'il avait éprouvés. Avec passion, il décrivit leur première rencontre dans les Bois Obscurs, l'épopée de la Rivière Esseulée, son intervention à Ize, l'origine du médaillon et toutes ses découvertes en Aces. Il oubliait que Victoire était loin dans cette nuit où les trois quarts d'une lune apparaissaient accompagnés de sa jumelle imaginaire. Il oubliait à qui il parlait, où il se trouvait : il se réfugiait dans son passé.

Éline fut touchée par ce qu'elle apprenait. La voix d'Axel se brisait au fur et à mesure qu'il s'approchait des événements présents, au fur et à mesure qu'il avait cru en leurs sentiments réciproques. La princesse se pinça les lèvres pour essayer de rester insensible devant cet homme déchiré par un amour trop grand pour lui.

Il resta la bouche entrouverte sans un son quand il voulut parler de l'entrée du Masque dans la salle du trône. Ses yeux brouillés se dirigèrent vers Éline, son esprit continua à revivre la scène. Lentement, la réalité emprisonna le rêve dans deux fines larmes. Malgré toute sa volonté, il n'avait pu les retenir.

Cette sincérité, qui ne se préoccupait plus de la dignité de son rang ni de celle de son sexe, laissa un moment la princesse sans voix, trop émue pour prononcer le moindre mot. Elle trouva toutes les larmes de femmes bien insignifiantes.

— La Nature permet bien des choses incroyables mais je suis persuadée que Tanin n'est pas son fils. Elle n'a pas encore dix-huit ans. Je doute qu'une guerrière de sa trempe ait pu être enceinte à neuf ans ! Ne croyez-vous pas ?

Axel eut un petit rictus d'approbation mais cette pensée ne lui avait pas redonné espoir.

— Ce médaillon était une preuve d'amour, vous en convenez vous-même. Se croyant trahie, sa rage pour vous l'arracher en est une autre.

Les efforts qu'Éline déployait pour lui redonner vie le firent péniblement sourire. Il n'écoutait qu'à moitié.

Pourtant, Éline croyait en ce qu'elle disait et soudain elle en réalisait la signification. Axel avait raison. Les trois Princes de Pandème étaient vraiment destinés aux trois Princesses de Leïlan. Les Fées avaient permis la rencontre d'Axel et d'Éléa, et le charme sous lequel ils étaient tous les deux le permettrait peut-être encore. Elle resta fascinée et pensa au prince Cédric d'une façon nouvelle. Elle voulut dévoiler l'identité du Masque, mais une dernière pointe de scepticisme l'en empêcha. Sa sœur ne l'avait pas fait, et Éline était encore trop réaliste pour croire à ce genre de fable.

— Gardez votre foi dans les Fées, dit-elle simplement. Leur volonté a fait croiser vos chemins plus d'une fois, vous arriverez à la revoir avant de quitter le pays. Croyez-le pour le prince Philip et la princesse Éloïse. Elle est leur dernier espoir.

✧

Korta souffla bruyamment en levant les yeux vers le plafond décoré de dorures. Il avait évité le pire. Derrière lui se refermait enfin la porte du cabinet royal. Il ne comprenait pas pourquoi le souverain s'était montré si facile à convaincre mais, peu importait, il ne se montrait que plus satisfait de n'avoir essuyé que des remontrances.

Lors de la disparition du Masque sur le gigantesque oiseau mystérieux, la bataille des sariclès et des amalyses lui avait permis de parler avec Misty. La vieille demoiselle lui avait rapidement révélé toutes les actions du Masque avant que le roi ne l'appelle. Ce simple compte rendu lui avait permis de faire face à la plupart des questions. Notamment pour les enfants d'Éade.

Il avait déclaré au souverain que ce village recelait bon nombre de personnes à la solde du Masque. Pour qu'ils trahissent celui-ci et lui permettent de l'arrêter, il avait fait enlever les enfants de ces traîtres au royaume. Somme toute, une vérité légèrement déformée. Il avait convenu de sa désobéissance : il avait touché des enfants et lui avait menti sur la véritable nature de ses agissements. Mais si le plan avait marché, Sa Majesté ne l'aurait-elle pas félicité ?!

Fort de ses arguments et du silence du roi, il avait appuyé sa défense sur une mise en scène du Masque. Cette danse pour les endormir, cet enfant bien trop vieux pour correspondre au rôle qu'on lui donnait et ce double saut spectaculaire n'avaient pu qu'être préparés : tout n'était que mensonges. La vraie nature du Masque se trouvait dans la mort de ce garde essayant de sauver le royaume et sa soif de richesse par cette rage à dévaliser les nobles. Il avait porté son dernier coup sur l'intervention d'Éline. La princesse au cœur pur avait été entendue par les Trois Fées puisque le collier avait failli coûter la vie au Masque.

Il avait plaidé non coupable avec un tel art de persuasion que le roi s'était laissé prendre au piège. L'argument sur la volonté des Fées avait terrassé les derniers vestiges de méfiance. En plissant sournoisement les yeux, Korta avait promis à Sa Majesté de ne plus s'en prendre à des enfants. Il avait gagné la partie.

Maintenant, il souriait de la naïveté du souverain, comme il s'était moqué de celle d'Utahn Qashiltar qui croyait qu'il suffisait de vendre trois de ses hommes, pendant un cycle et demi de lune, pour gagner une guerre vieille de huit siècles ! Il marchait allégrement dans la galerie d'armures, jouant de sa chevalière entre ses doigts. Il riait presque de toutes les précautions et de la manière posée avec laquelle le roi avait déclaré la raison de la visite du comte de Mont-Allois. Muht Dabashir n'avait pas été plus éloquent pour expliquer l'aveuglement momentané d'Erkem et Gorth.

Korta fixa sa bague dans un rictus de supériorité évident, et son regard se mit à luire. Ce petit comte pandémois avait réussi à échapper à ses hommes. Par miracle, il était parvenu au château. Mais il ne porterait jamais de message en retour. Les sariclès allaient se charger de lui donner une mort des plus spectaculaires. Au jugé de tous, la proposition du roi Frédérik serait considérée comme non bénéfique au royaume de Leïlan, et Korta garderait son pouvoir sur Éline sans se salir les mains. Sa chevalière disparut dans son poing et ses yeux brillèrent d'une flamme destructrice.

Il restait le maître. Malgré toutes ses hésitations, le Haut Commandant des armées de Scyl avait cédé pour que Muht et ses deux acolytes reviennent à son service par le premier bateau, comme convenu.

Un bruit de jupons derrière lui le fit se retourner brutalement. Misty avançait à petits pas. Son attitude cachottière n'avait rien de discret. Elle fit un sourire de jeune fille langoureuse qui rebuta Korta. Ce visage dur ne pouvait souffrir la comparaison avec celui, si fin, d'Éline.

Ces petits yeux sans couleur vraiment définissable ne pouvaient avoir le même impact sur son esprit que ceux du Masque. En bref, elle ne l'attirait pas pour un sou. Mais en tant qu'espionne des princesses – il avait refusé que Muht s'approche de celles-ci –, elle valait de l'or, aussi feignait-il d'être sensible à son charme.

— Nous n'avons pas eu la possibilité de parler du jeune comte de Mont-Allois, monseigneur, appuya-t-elle avec une volupté qui provoquait des dissonances avec sa voix de crécelle. Je me suis donc permis de faire ma propre enquête. Une trop grande complicité s'est insinuée entre la princesse Éline et lui.

Ces derniers mots semblaient traduire que si elle était la fiancée d'un homme comme lui, elle n'aurait de regards pour personne d'autre. Le duc d'Alekant lui plaisait : si grand, si fort, si intelligent, un bel homme sans égal aux marques de virilité voyantes. Elle aimait jusqu'à la cicatrice sur sa joue. Vieille fille, elle aurait tout donné pour lui, même son âme !

Elle décolla son corsage de sa poitrine, dont la guimpe était ouverte intentionnellement, pour en tirer une lettre qu'elle tendit à Korta. La chaleur moite du papier n'éveilla en lui que du dégoût, mais sa curiosité fut piquée au vif.

C'était la lettre d'Éléa à Axel. Sans signature, sans nom apparent, le jeune homme n'avait pas pu se résoudre à la brûler avec celle de Cédric.

Korta la parcourut avec intérêt. Enfin des informations palpables, et non des hypothèses embrouillées de cerveaux étrangers !

— Le médaillon dont parle cette lettre lui a été arraché par le Masque. Il en a été très bouleversé et c'est même à cette occasion que votre princesse lui a tenu la main, précisa Misty avec un léger mépris.

L'esprit du duc n'était pas aussi bas et ne s'arrêtait pas à ce genre de geste. Des mots retenaient son attention. Ce comte avait sauvé la vie d'une femme, à en juger l'écriture. Une femme connue et très influente puisque tous les villageois de ce pays lui en seraient reconnaissants. Il n'en voyait qu'une. Une ombre noire passa sur son regard.

— Où est ce comte ?! Comment est-il ?! demanda-t-il avec brutalité.

Misty était ravie que son action l'intéresse à ce point.

— Si Sa Grâce veut bien se donner la peine de faire quinze pas en arrière.

Il ne fit pas cas de ses courbettes et se dirigea vivement vers la fenêtre la plus proche. Délimités par des lignes de plomb fondu, les petits carreaux jaune et blanc lui révélèrent la présence de deux personnes à l'étage en dessous. Dessinée sur les murailles du château royal, il reconnut la délicate silhouette d'Éline. En face d'elle, les lunes blanches éclairaient un jeune homme aux cheveux clairs lui tenant une main.

— Elle m'a causé beaucoup de mal au début avec tous les passages secrets de ce château, mais maintenant, je connais toutes les cachettes princières préférées, souligna la vieille demoiselle que le noir des yeux du duc enchantait.

Ce n'était pas le baisemain qui intéressait Korta et qui assombrissait son esprit, mais la carrure de cet homme, sa manière de marcher et de s'éloigner dans la nuit. Il ne regrettait pas l'absence de Muht ; il était quasiment certain d'avoir trouvé l'identité du deuxième Masque !

— Quels sont les prénoms des princes de Pandème ? questionna-t-il sans bouger.

— Je peux me renseigner, monseigneur.

— Filez d'abord remettre cette lettre à sa place et ne

quittez plus cet homme des yeux. Je m'occupe de la princesse Éline !

Précipitamment, il se rua dans un escalier à vis extérieur.

Éline retournait dans le passage, Axel désirait rester seul. Sa peine la laissait triste et songeuse, mais elle pensait aussi à sa sœur : elle avait fait promettre au jeune homme de faire passer un message de sa part au Masque avant son retour à Pandème. *Un message qui pouvait tout changer.*

Elle avançait lentement dans le petit couloir sombre, toute à ses espoirs et à ses pensées, quand une ombre obscurcit complètement le passage. Elle se retourna : Korta la suivait et dans son regard se lisait la haine. Elle poussa un cri de frayeur à sa vue et voulut s'enfuir par le pan de mur pivotant qu'elle atteignait, mais il la retint brutalement par le bras.

— Chère princesse Éline, ce ne sont pas des manières d'accueillir votre fiancé, articula-t-il en lui broyant le poignet. Relevez votre voile, il m'est agréable de voir votre visage, continua-t-il en soulevant lui-même l'Interdit.

Les grands yeux bleu ciel étaient emplis de frayeur. Il fit une grimace.

— *Tut, tut, tut*... ce n'est pas non plus ce regard qu'il faut avoir.

Elle essaya de se dégager en le frappant de sa main libre. Il la bloqua et la plaqua contre le mur, les bras relevés.

— Peut-être préférez-vous les baisers de ce jeune... *prince* ? insinua-t-il en l'écrasant un peu plus sur la paroi.

— Lâchez-moi ! cria-t-elle dans son impuissance à se dégager de la force de cet homme. Votre jalousie est infondée ! Le comte de Mont-Allois se retirait seulement. Il n'a eu qu'un geste de politesse à mon égard.

Korta refit la moue devant cet air angélique, puis la toisa d'un regard froid.

— Votre père m'a mis au courant du sujet de sa venue.

Dans le corsage dentelé, il admira le gonflement de la poitrine accéléré par la peur.

— Vous croyez que je vais laisser un autre homme jouir de votre jeunesse. À mon grand regret, je puis déjà vous annoncer que ce messager ne quittera pas le château. Un grand malheur va lui arriver, déclara-t-il avec une peine exagérément simulée.

Éline serra les lèvres.

— Votre cruauté n'est que stupidité. Le messager est déjà parti. Vous avez oublié l'existence des pavallois ! L'oiseau doit déjà être parvenu à ses maîtres et la mort du comte vous sera inutile. Oh ! Je préfère mourir plutôt que de vous appartenir ! cria-t-elle de désespoir.

Korta lui lâcha les poignets et lui assena une gifle magistrale.

— Je n'accepterai jamais que *ma femme* me parle sur ce ton ! Éloïse paiera votre insolence ! Regagnez votre chambre et n'en sortez plus si vous ne voulez pas que je précipite sa mort !

Éline resta saisie, la main sur sa joue endolorie. Comment avait-il pu oser porter la main sur elle ?! Elle se précipita hors du passage et s'enfuit dans les couloirs du château : le duc venait de ruiner par ses paroles et son geste ses rêves les plus fous.

Korta regarda, impassible, les reflets de moire disparaître dans les sanglots. Éline obéissait. Il savait que, chaque fois que le désespoir l'envahissait, elle courait au chevet de sa sœur et y passait la nuit.

✧

Ize, dernier village de la Grande Plaine, coincé entre la Forêt Interdite et le Passage des Cinq Rivières, était le lieu de rendez-vous privilégié de Vic avec ses compagnons. Le plus souvent attaqué par Korta, qui cherchait désespérément la cachette du Masque dans le coin, il bénéficiait d'une haute surveillance. San, le loup, l'avait annexé à son territoire, un oiseau observateur faisait presque perpétuellement des rondes au-dessus, et les deux anciens soldats, Allan et Théon, donnaient des cours d'épée aux paysans.

Toutes ces mesures ne permettaient pas toujours de faire face à la violence des gardes du royaume. Les quelques murs noircis marquaient encore la dernière blessure. Mais ce n'était pas cette inquiétude qui serrait le cœur des villageois ce soir. Tous les habitants scrutaient le ciel où une myriade d'étoiles se plaisait à se camoufler derrière les nuages emportés par le vent. Le silence avait succédé à la joie de voir les enfants d'Éade sauvés. Il manquait deux personnes à l'appel.

Sten et Ceban se trouvaient là aussi. Le retour précipité de Korta les avait effrayés et ils étaient venus s'assurer de la réussite de l'opération. Pas un fragment de ciel n'échappait aux regards de Ceban pour retrouver sa sœur de lait. Ophélie pouvait mesurer son anxiété à la crispation croissante de ses bras autour d'elle.

— Là ! cria-t-il soudain en brandissant son index dans la direction où il avait cru reconnaître Jerry.

Tout le monde se précipita autour de lui et bientôt des cris de joie embrasèrent l'assistance. Deux têtes semblaient se dessiner sur le dos de l'étrange animal. Exclamations et bousculades se suivirent à l'arrivée de Jerry. Erwan et Virgine furent soulagés en voyant Tanin sortir de sous les voiles d'Éléa qui avait essayé de le protéger ainsi du froid de la nuit.

Le nain était encore fou de la frayeur qu'il avait eue en constatant l'absence de l'enfant. Il se retourna vers Éléa que Virgine couvrait d'une cape.

— *Mélice!* Comment cet enfant peut-il te ressembler autant?!

Sur le visage enfin libre de Victoire passa un sourire et son haussement d'épaules marqua son ignorance. Tout confus, Tanin s'approcha de lui en s'excusant et embrassa l'Akalien qui oubliait déjà sa colère.

Jerry ne voulut pas rester plus longtemps. Il demeurait encore un peu contrarié par la jeune fille, et il n'était pas un grand partisan des effusions. Il reprit son envol en direction de la Forêt Interdite. La présence d'une femme aveugle l'attirait. Il ne l'avait guère approchée, mais Imma l'intriguait énormément. Il passait des heures à observer la lente évolution de la guérison.

À l'arrière de cet attroupement, les enfants d'Éade n'avaient pas osé sortir des chariots et attendaient sagement, emmitouflés dans les toiles de jute. Erwan leur avait appris qu'aucun d'eux ne descendait à Ize: le village n'était pas suffisamment sûr. Sept des dix orphelins allaient être répartis dans d'autres petits bourgs où les attendaient des parents accueillants. Seuls trois d'entre eux étaient encore oubliés: Erby, Mélane et leur benjamin Antonin, les trois enfants qui avaient tenu compagnie à Tanin en prison. Ils participaient à la joie des retrouvailles de leurs aînés mais craignaient de se retrouver séparés.

Éléa aperçut les trois têtes blondes et comprit leur inquiétude. Elle resta étonnée qu'Erwan ne leur ait rien dit.

— J'ai pensé que le bonheur ne serait que plus grand si leur héroïne le leur annonçait, répondit-il malicieusement en débarrassant Tanin de ses harnais.

Les trois orphelins avaient redressé la tête, curieux d'un tel dialogue. Éléa s'approcha d'eux et s'accouda sur le bord de la charrette. Le vent faisait voler ses cheveux sur son joli visage.

—Nous n'avons pas trouvé de famille pour vous accueillir tous trois, dans la Grande Plaine. Nous n'avons pas pu nous résoudre à vous disperser dans le pays.

Les six yeux clairs ne la quittaient pas et absorbaient ses paroles.

—Que diriez-vous de vivre dans la forêt ? Votre père sera un Akalien, votre mère, une Scylèse et vous aurez même une sœur de cinq ans.

Le visage du plus grand garçon s'illumina en regardant Erwan.

—Alors, on habitera avec toi ! s'exclama-t-il. Et l'Masque !

—Je crois que tes déductions sont exactes ! rit Éléa.

Les trois enfants explosèrent de joie.

—Je peux raccompagner les autres enfants jusqu'à Éade ? demanda soudain Ophélie. Il serait dommage que Sélène et Erwan ne soient pas ensemble pour les présenter à Chloé.

Tout près d'elle, Ceban fut attristé de sa requête.

—Tu veux partir ?

Ophélie se glissa dans ses bras.

—Je vais vite revenir. Je ne risque rien jusqu'à Éade, les Scylès sont partis, et je pourrai passer par Orée. Voir tous ces enfants me fait penser à ma petite sœur. Maï me manque. Je ne lui ai même pas dit au revoir.

Il ne put que céder.

—Alors ramène-la, supplia-t-il en lui caressant les joues que le vent dégageait des boucles libres.

Leurs lèvres se rejoignirent dans cet amour simple qui les unissait déjà devant les Fées. Encore transportés par la victoire du Masque, les spectateurs de cette scène intime ne purent réprimer des exclamations d'admiration. Ophélie cacha son visage dans les bras nus de Ceban qui l'accompagna jusqu'aux chariots.

Seule Vic perçut ce baiser avec amertume. Elle les enviait de s'oublier ainsi, mais elle ne voulut pas s'affliger plus sur la fin de son histoire avec Axel.

— Ophélie ! appela-t-elle. N'accompagne pas les enfants jusqu'à Éade, c'est trop loin. Arrête-toi à Orée, Othal pourra les conduire. Je ne veux pas que tu passes plus d'une nuit dehors. Reviens demain au plus tard. Change les chevaux à Unan. Ne passe pas par les prairies à ton retour, même si le chemin est plus court. Abandonne le chariot à une lieue du camp et longe la forêt par le sentier intérieur, promets-le-moi.

La jeune fille donna sa parole et, quelques instants après, un seul chariot gorgé de vingt-sept enfants surexcités partit dans la Grande Plaine.

Il était temps pour le Masque et ses compagnons de prendre congé à leur tour. Il devenait difficile de trouver un abri contre le vent. Erby prit la main de son singulier père adoptif, toujours habillé en bouffon, et entraîna son frère et sa sœur vers le deuxième chariot. Émerveillés, ils marchaient ensemble vers une nouvelle vie.

Ce fut Sten qui prit les rênes des chevaux du chariot. Ceban, sur sa monture, tenant celle du géant par la bride, se mit à trotter à côté. Virgine, Erwan et Victoire adressèrent quelques derniers signes aux villageois et essayèrent de calmer les enfants à l'arrière du chariot. Hurlant à cause du vent, Tanin débordait d'explications et de détails pour ses trois nouveaux compagnons de jeux. Il était heureux de retrouver Erby. Il pouvait lui parler maintenant et se montrait aussi exubérant que le petit blond avait pu l'être en prison. Ils allaient partager plus que le secret du livre.

Éléa réussit à faire taire Tanin avec beaucoup de mal. Elle n'était pas aussi heureuse qu'un succès de mission aurait dû le laisser prévoir et Ceban l'avait remarqué. Virgine lui avait rendu ses amalyses et la jeune fille les avait dispersées sur son corps afin d'estimer combien étaient restées dans les douves du château. Une lanière passant normalement au-dessus de son genou droit manquait et l'amalyse qui lui enserrait habituellement les hanches demeurait absente. Lorsque son frère la questionna sur la raison de sa tristesse, elle prétexta la disparition de ses compagnes. Mais dans son cœur, toutes les peines commençaient en fait à se mêler.

Virgine remarqua, autour de son poignet, les trois tours de collier de rubis qui dépassaient de sa manche ; mais ce fut pourtant la légère noirceur de la peau à sa cheville qui attira son attention.

Éléa n'eut pas le temps de répondre à sa question, Tanin se chargea d'expliquer toutes les péripéties de leur sortie.

— Et tu te rends compte à quel point tu en as réchappé de peu ! fit remarquer judicieusement Erwan en le coupant dans sa passion.

L'enfant acquiesça mais l'histoire ne lui avait certainement pas servi de leçon.

— Pourquoi as-tu dévalisé les nobles ? demanda Virgine qui ne se souvenait pas de cette partie du plan.

— Cela me permettra de ne pas faire apparaître de bijoux pendant quelques soirs avec la corne, allégua Éléa mal à l'aise.

Erwan crut comprendre. Il attrapa le petit sac de voile qu'il avait enlevé à Tanin et qui l'avait si fortement intrigué. Le hasard fit que ce fut justement celui qui contenait le médaillon d'Axel. Lorsque l'Akalien le renversa et que le vent emporta la mousseline dans ses filets, le large anneau aux lignes simples se détacha de toutes les pierreries. Il le saisit, stupéfait d'avoir raison.

— Divinités ! Comment as-tu pu lui faire ça ?! s'écria-t-il effondré.

Éléa ne savait plus. Tous les regards s'étaient retournés vers elle. Erwan attendait une réponse, les autres une explication. Mais la question l'avait transie, la voix de l'Akalien paraissait si choquée qu'elle ne trouvait rien à dire. Son sac de voile sur son ventre, elle serra fortement le petit livre caché à l'intérieur.

— Axel ne t'a pas révélé qu'il était comte, et alors ? Lui as-tu dit qui tu es, toi ?!

— Il est noble ?! Eh bien, Victoire ! Tu dois être ravie ! s'exclama Ceban. Mais alors, il était présent à la petite fête ?!

— Il était au château ?! Je ne l'ai pas vu, fit Virgine surprise.

— Qui est Axel ? quémanda Tanin.

Erwan fixait Éléa, qui détourna le regard sur ses amalyses. Aucun des deux ne s'intéressait aux questions des autres. Ils gardèrent un moment le silence, seulement troublé par les bourrasques qui faisaient toujours rage.

— Vous allez nous expliquer le problème, ou vous avez choisi de nous laisser dans l'vague ? lança Sten.

— Qui est Axel ? insista Tanin.

— L'élève ne doit pas obligatoirement épouser les idées du Maître, poursuivit Erwan sérieusement. Tu ne dois pas réagir comme Jerry ! Je croyais que tu réfléchissais un peu plus !

— Maman, qui est Axel ?

— Tais-toi, Tanin, souffla Virgine qui commençait à comprendre la discussion.

— Vic, j'ai vu ses doigts courir sur le corsouflet ! J'ai entendu les notes qu'il était capable de jouer ! C'est un *forken !* Un... un homme exceptionnel ! traduisit-il dans la langue commune. Il est jeune, plein de fièvre et de maladresse, mais quoi qu'il fasse, la justesse de son cœur ne peut être remise en question ! Je serais prêt à le suivre sans hésiter s'il me le demandait. Il ne *peut pas* être un traître. Je suis certain qu'il ne t'a jamais menti.

— Il... il a croisé les Scylès... dans la cour du château... sans problème, dit-elle, sans arriver à être sûre que ce soit une bonne raison pour s'être emportée.

— Et bien, je ne sais pas... Ces dégénérés avaient l'esprit occupé ailleurs, ils étaient pressés par leur départ, choqués par ma potion qui les avait aveuglés... Je n'en sais rien ! Mais Axel n'est pas un traître !

Éléa se tassa dans le fond du chariot. Les coudes sur les genoux, elle cachait son visage derrière ses bras. Erwan se rendit compte qu'il lui faisait mal.

— Pardonne-moi, dit-il doucement. Ton masque me fait bien souvent oublier ton âge et le poids qui pèse sur tes épaules. Je te reproche des erreurs que j'excuse à Axel, alors que tu es plus jeune que lui. Ma vie t'appartient : je n'aurais pas dû juger ton geste. Je ne suis plus un exemple.

Il s'adossa, peiné. Le chariot avait pénétré la forêt depuis quelques instants, le Pont Sans Retour était en vue. Il fallait prévenir les enfants que son passage risquait d'être impressionnant. Au-dessus d'eux, les branches des sommets hurlaient leur douleur et la folie du vent. Une brise violente s'insinuait encore au niveau du sol mais le chariot se trouvait, en ces quelques instants, protégé par les arbres, dans un relatif calme. Éléa enleva à peine les bras de son visage.

— Erwan, articula-t-elle faiblement. J'ai eu trop peur. Je lui ai dit tant de choses ! J'ai oublié la valeur du corsouflet, j'ai été injuste et tu as raison de me le dire. Tu es libre, je te l'ai déjà répété. Je t'ai toujours laissé le choix de poursuivre ton chemin et je n'ai jamais voulu que tu participes à ce combat qui t'est étranger.

— Il fait pourtant partie des multiples raisons pour lesquelles je te suis attaché, répondit-il avec douceur.

Elle lui sourit péniblement et se terra de nouveau dans sa cape. Elle repensait à Axel et son erreur, son manque de confiance en lui la rendaient de plus en plus malade.

Le silence et le calme étaient revenus aussi dans la charrette. Lentement, les chevaux posèrent leurs sabots sur les planches du pont. Les trois enfants, non initiés à ce passage, se tenaient la main : la légende du Monstre était ancrée dans leur tête. La désinvolture que montraient les adultes et le sourire malicieux de Tanin ne les rassuraient pas totalement, mais le bras d'Erwan en guise de protection les soulagea. Malgré sa taille, leur nouveau père était un grand homme : le Masque l'écoutait !

Peu à peu, les trois enfants virent le devant de la charrette se fondre doucement dans le paysage. Et alors qu'aucune branche ne pouvait les dissimuler, dans un artifice irréel, une luminescence singulière et mirifique, ils disparurent avec les autres habitants de la Forêt Interdite, comme s'ils avaient basculé dans un autre monde.

Dans le noir, Éléa montait lourdement l'escalier de bois. Sa longue jupe bleue balayait ses jambes habituées à la liberté. La jeune fille espérait trouver un peu de réconfort dans les cabanes du sommet du Grand Arbre. Ou plus de solitude. Ce n'était pas seulement le vent qui l'empêchait de dormir.

Les phrases d'Erwan lui envahissaient l'esprit. Elle retournait toutes les scènes, tous les comportements d'Axel dans sa tête et ne comprenait plus comment elle avait pu soupçonner le jeune homme de trahison. La confiance si spontanée qu'elle avait eue en lui dès le premier jour l'avait constamment effrayée. Elle avait eu une réaction de défense au château. Elle ferma les yeux en y repensant.

La jeune fille était arrivée au niveau le plus élevé des constructions. L'arbre était suffisamment haut pour qu'une part du feuillage s'ouvre sur la Grande Plaine. Entre chaque balancement brutal des branches, Éléa devinait le paysage plus qu'elle ne l'apercevait vraiment : Leïlan… son royaume… si petit, si fragile. Le vent dégageait un ciel magnifiquement étoilé et orné de deux trois-quarts de lunes blanches. Pourquoi les jours ne pouvaient-ils être aussi beaux que les nuits ?

Elle se laissait bousculer par le vent sans envie de s'en protéger, quand elle remarqua une lueur diffuse à travers les lattes de bois de la cabane perchée au sud. Elle soupira et, contrainte, entra dans la construction. Malgré la présence d'un hamac, Tanin avait préféré s'asseoir à même le sol, un drap sur le dos pour atténuer la lumière de sa bougie. Éléa comprit immédiatement qu'il avait repris le livre qu'elle avait rangé dans la bibliothèque.

Elle ne lui avait jamais crié après, elle ne s'en était jamais senti la permission. Et ce soir, elle n'avait aucun désir de lui faire un sermon inutile.

—Éteins cette lumière, Tanin, dit-elle d'une voix faible. Même avec ce drap, on peut te voir du château. Et rends-moi ce livre. Ce n'est pas une lecture pour toi.

Il sortit la tête de sous le drap, tout confus d'être pris en flagrant délit.

—Oh! Maman, je veux savoir la suite! Il parle de Leïlan, il parle des Fées et d'un Esprit Sorcier, il parle d'un combat...

—Souffle cette bougie.

Il se résigna à l'éteindre alors qu'Éléa s'asseyait dans le hamac. Il se leva et rejoignit sa mère dans le noir.

—C'est toi le prochain Adversaire, n'est-ce pas? Tu seras la Championne des Fées?!

Elle ne répondit pas. Elle sentait des larmes de lassitude monter. Elle voulait tout oublier pour ce soir. Elle avait un trop gros poids sur les épaules, trop d'espoirs, trop d'échecs. Elle prit le petit garçon dans ses bras et glissa dans le hamac. Elle aurait voulu être seule pour hurler sa peine mais ne pouvait plus lâcher l'enfant. Elle se rappelait sa peur en apprenant que Korta l'avait attrapé. Toute l'angoisse en imaginant le dangereux Muht Dabashir l'interroger. Elle avait encore du mal à croire qu'il était sauvé. Peut-être parce qu'elle n'arrivait pas à considérer sa mission comme une réussite. Elle serra Tanin contre elle et laissa échapper une larme.

—Maman... je suis désolé d'être parti, je voulais être tout seul... Mais je le ferai plus, promis. Pour le livre...

—N'y pense plus, mon cœur. Il est des secrets qui doivent le rester. Tu ne dois en parler à personne.

Tanin n'osa pas lui dire pour Erby. Contre la joue de sa mère, il sentit une nouvelle larme mourir sur son front. Il en était désespéré. Il ne savait que lui dire pour la consoler. Il croyait être le seul fautif. Entourant son cou de ses petits bras, il lui donna le câlin qui lui avait tant manqué ces derniers jours. Mais à son grand désarroi, il n'arrêta pas les larmes silencieuses.

Achevé d'imprimer en octobre 2008
Par Brodard & Taupin - La Flèche (France)
N° d'impression : 49543
Dépôt légal : octobre 2008
Imprimé en France
81120059-1